历史的面纱

马逍遥 著

陕西新华出版传媒集团
太白文艺出版社·西安

图书在版编目（CIP）数据

历史的面纱 / 马逍遥著. -- 西安 : 太白文艺出版社, 2022.1（2025.1重印）

ISBN 978-7-5513-2000-9

Ⅰ.①历… Ⅱ.①马… Ⅲ.①历史故事－作品集－中国－当代 Ⅳ.①I247.81

中国版本图书馆CIP数据核字(2021)第210870号

历史的面纱
LISHI DE MIANSHA

总 策 划	党 靖
作 者	马逍遥
责任编辑	蒋成龙
封面设计	鹿本城工作室
版式设计	建明文化
出版发行	陕西新华出版传媒集团
	太 白 文 艺 出 版 社
经 销	新华书店
印 刷	天津旭丰源印刷有限公司
开 本	889mm×1194mm 1/32
字 数	240千字
印 张	11.25
版 次	2022年1月第1版
印 次	2025年1月第3次印刷
书 号	ISBN 978-7-5513-2000-9
定 价	39.80元

"实锤"吧，历史！

有人说，历史是任人打扮的小姑娘。

也有人说，历史都是胜利者书写的。

有的人过度迷信官修正史，认为那二十几本密密麻麻、厚破天际的史书典籍，就是五千年历史长河的真实写照。

有的人却完全相反，认为现存史料都是为封建统治阶级服务的，体现的是统治者的个人意志和主导价值。

介于这两者之间，还有一部分人对历史的真实性并不关注，毕竟没人能穿越回古代做历史的见证人，那么又何必如此在意真相呢？

他们追求的，是精彩有趣、曲折离奇的历史故事，故事越刺激越好，情节越劲爆越吸引眼球越好，以至于戏说、抹黑、洗白、架空、恶搞……各种套路常出常新，比比皆是，谁的脑洞大，谁就更能俘获读者的心。

萝卜青菜，各有所爱，这本无可厚非。问题在于，当野史、小说、影视剧一遍又一遍向读者灌输个人意志，甚至完全不顾史料记载和历史常识，仅凭个人想象对历史随意曲解，使得那些原本就存在一些争议的历史真相，就变得更加面目全非。

比如刘禅，《三国演义》中扶不起的阿斗，"弱鸡"中最弱的那个。

比如杨广，《隋唐演义》中荒淫无道的昏君，天下百姓皆愿生啖其肉。

再比如雍正，影视剧中被"黑"得最惨，篡改遗诏、迫害兄弟、残害忠良，然后在一个月黑风高的深夜，被侠女吕四娘飞剑斩首……

这些历史上声名显赫的皇帝，真如小说、影视剧中演绎得那般不堪？他们就要这么遭受后世的误解和抨击，然后被"搞黑搞臭"，丢进历史的垃圾堆？

其实，真相也未必然。

世界上没有无缘无故的爱，也没有无缘无故的恨。历史研究从来不是把一家之言奉为圭臬，而是按照一定的标准把种种碎片化的文字和情节，遵循严密的逻辑推断，拼合成完整的历史图景，以期展现更契合历史背景和历史规律的事实。

历史作家要保持好奇心，《历史的面纱》就是好奇心作用下的产物。

本书共选取秦始皇嬴政、新皇帝王莽、汉桓帝刘志、魏文帝曹丕、蜀后主刘禅、前秦天王苻坚、梁武帝萧衍、隋炀帝杨广、唐高宗李治、唐昭宗李晔、后晋高祖石敬瑭、宋高宗赵构、明神宗朱翊钧、明思宗朱由检、清世宗爱新觉罗·胤禛共十五位极具代表性和研究价值的皇帝。

这些皇帝，或多或少都受到后世不同程度的误解，甚至是被人有意"恶搞"、抹黑和扭曲。

比如，刘禅真的傻吗？

诸葛亮去世后，是刘禅带领着蜀国在风雨飘摇的三国乱世顽强生存了近三十年。

刘禅真的昏庸无为吗？

刘禅当政期间，蜀国既没有发生魏国那样的弑君惨案，也没有发生吴国那样的同室操戈，而刘禅本人也以在位四十多年成为三国在位时间最长的君王。

这些细节，往往被很多人忽视。他们宁愿相信《三国演义》中塑造的刘禅，却不愿相信长期生活在强人诸葛亮身后的刘禅，有多睿智、成熟和老练。

《历史的面纱》遵循"只管大胆'实锤'，绝不放肆胡说"的原则，严格围绕"揭秘"和"科普"的主题，通过整合各种史料，客观分析历史剧情，在保证行文轻快、内容有趣的基础上，最大限度地对这些人物遭受到的误解进行详细分析，并合理解释这些误解存在的原因。当然，本书写作的初衷并不是要为这些历史人物翻案，而是努力还原史料中的真相，绝不让小说家在中间"赚差价"，以期给读者展现一个全新的人物形象，或者说是更合理、更真实的人物形象。

在此，我要感谢太白文艺出版社一直以来对这部作品的重视和支持，感谢刘宇龙编辑为本书付出的努力，从选题策划到编辑加工，再到营销、宣传，刘老师都做了大量细致的工作。我相信，追求真相、还原真相，是写史人的宝贵初心，更是读者的现实需求！

是为序。

马逍遥

2020年9月17日于徐州

目录

1

2

秦始皇嬴政

那些打不倒我的，

终将使我更强大

1

　　嬴政的身世，一直是后人津津乐道的千古之谜。

　　嬴政究竟是秦庄襄王异人的儿子，还是吕不韦的儿子？这个无从探知真相的谜题，连官修正史《史记》的作者司马迁都不敢妄下判断。

　　为此，司马迁采用了一种很巧妙的方式。

　　在《秦始皇本纪》中，司马迁只给出一句笼统的记述：

　　秦始皇帝者，秦庄襄王子也。庄襄王为秦质子于赵，见吕不韦姬，悦而取之，生始皇。

　　然而在《吕不韦列传》中，司马迁话锋一转，又给出一段截然不同的记述：

　　吕不韦取邯郸诸姬绝好善舞者与居，知有身，子楚从不韦饮，见而说之，因起为寿，请之。吕不韦怒，念业已破家为子楚，欲以钓奇，乃遂献其姬，姬自匿有身，至大期时，生子政。

一段身世，两种说法。

如果从记载的详细程度判断倾向性的话，司马迁似乎倾向于嬴政是吕不韦的儿子。

在此前提下，不妨进行一些客观分析。

首先，异人是否有机会察觉吕不韦拱手相让的赵姬此前已经有孕？

十月怀胎，一朝分娩。如果异人有心情算一算日子，想必能从中窥探一二。

其次，赵姬若是事先有孕，还敢不敢当庭起舞？能否舞姿优美，不露痕迹？

最后，也是最重要的一点，吕不韦是否敢冒灭族风险，行此一着险棋？

毕竟在不知生男生女的情况下，还有春申君黄歇的悲惨结局[①]作为参考，吕不韦既赌异人也赌嬴政，既赌这一代也赌下一代，未免有些过于冒险。

因此，嬴政若是吕不韦的儿子，必须在最理想的条件下才能成立：赵姬必须刚刚受孕，刚受孕就要被吕不韦送给异人接纳，赵姬还要全力配合吕不韦演戏。

想完美做到这些，如果不是巧合中的巧合，其实难度很大。

换一种角度，若是不具备上述这些完美的巧合，故意编派嬴政是吕不韦的儿子，用意何在？

---

① 春申君将受孕的女子献给楚王，后因与此女之兄关系破裂，被满门抄斩。

实际上，如果以嬴政一生的经历为参照，并不能排除嬴政统一六国后，被六国之人添油加醋诬陷，用此嘲讽秦朝。

毕竟嬴政这辈子，一直在被六国之人算计，也一直在与六国之人作斗争。从童年开始，他就很少显露同龄人那种所谓的童真。

不是低调，而是环境不允许。

嬴政的爷爷安国君嬴柱①生了二十几个儿子，老爹异人却是最不受重视的那一个，老早就被送去赵国当人质。

赵国，对于秦国人质来说是环境最恶劣的去处。由于秦、赵多年来一直处于敌对状态，互派的人质都过得相当辛酸。

祖国不在乎，赵国不关注，夹在两国中间的异人没钱没势，最落魄时一度连出行的车马都没有。

幸运的是，异人遇到了商业巨头吕不韦，不惜斥重金对其进行宣传打造，顺利得到安国君正室华阳夫人的青睐。

华阳夫人的作风比较直接，抓住一切机会给安国君吹枕边风。时间一长，安国君不但让异人过继给华阳夫人当嗣子，还答应让异人将来继承王位。

一番操作过后，异人的社会地位迅速提升，再加上吕不韦要钱给钱，要物给物，日子过得简直不要太美好。

嬴政三岁那年，秦国围攻赵国都城邯郸，刚经历"长平惨败"②没几年的赵人对秦人极度仇恨。

---

① 嬴柱：秦孝文王，秦昭襄王次子，受封安国君，后被立为太子。
② 长平之战中，赵国被斩首坑杀约 45 万人，彻底失去了与秦国抗衡的实力，加速了秦统一六国的进程。

"打不过秦军，还杀不了人质吗？"赵孝成王输急了眼，准备拿异人开刀。

所幸吕不韦消息灵通，在抓捕人员到来之前就带着异人逃出邯郸，顺利返回秦国。

赵孝成王咆哮着吩咐下属："人质跑了，人质的家人绝不能放过！"

于是，赵孝成王亲自签发通缉令，全城搜捕赵姬和嬴政。

孤儿寡母是逃不出赵国本土的，赵姬只好带着嬴政东躲西藏。好在赵姬的娘家比较富裕，一直帮着隐藏母子俩的身份。幼年的嬴政，就是在这种极度不安定的环境下成长起来的。

秦昭襄王五十六年（前251年），秦、赵关系有所缓和，为向秦国示好，赵孝成王解除了对赵姬母子长达六年的通缉，并遣使将母子二人送回秦国。

这一年，异人已在吕不韦的扶持下成功登上王位。

这一年，嬴政十岁。

没人会知道，成功逃出苦海又即将面临更大屈辱和磨难的沉默少年，日后将以何种面貌对待友情、对待亲情、对待人生。

2

嬴政十三岁那年，异人，即秦庄襄王病逝了。嬴政以王太子身份继位，赵太后垂帘听政，吕不韦号称仲父，以相国身份执掌朝政。

失去父爱又年少继位的嬴政，内心一度是崩溃的，这本不是他应承担的重任。

一个人孤零零上朝、退朝、回宫，极度缺乏安全感的嬴政小心翼翼地面对着朝廷上一张张陌生的面孔，既要对周围的人保持警惕和防备，又要竭尽全力地快速学习、快速成长。

在亲政前的八年时间里，秦国的虎狼之师依然在战场上追亡逐北，吕不韦虽是商人出身，治国理政仍不失为一把好手。

嬴政知道，吕不韦是父王的恩人，没有他，就没有如今的这一切。然而，一直深受嬴政倚重和信任的吕不韦，却又意外地跟赵太后旧情复燃。

贵为相邦的吕不韦怕东窗事发，把门客嫪毐推荐给了旧情人。于是，嫪毐被伪装成宦官塞进赵太后的寝宫，日夜服侍，不久太后竟然怀孕了。

为了隐瞒事实，赵太后以身体不适为由带着嫪毐离开咸阳，跑到秦国故都雍城居住。

来到雍城后，有恃无恐的赵太后和嫪毐一连生下两个儿子。

为了补偿情人的付出，赵太后批准嫪毐可以随意使用秦国王室专用的车马、衣服、苑囿，雍城宫内一切事务，无论大小皆由嫪毐处置。

赵太后还特意请求嬴政，以嫪毐侍奉太后有功为名，将其封为长信侯，给了他一大片土地作为封国。

嫪毐小人得志，又仗着远离咸阳，居然大言不惭地给自己搞了个外号：秦王继父。

某次，嫪毐和宫里的侍臣一起喝酒赌博，估计这回嫪毐输得很惨，一言不合就一巴掌拍在赌桌上，厉声呵斥侍臣："我可是君上的继父，你算什么东西，敢跟我争执！"

侍臣听罢，惊得汗流浃背，想想兹事体大，侍臣不敢隐瞒，随即将此事向嬴政告发。

嬴政知道后感到一股莫名的怒火在胸腔中炸裂开来，他立即就此事展开秘密调查，得出的结果让人震惊。

原来，母亲近些年居然先后与两人私通，一人是吕不韦，一人是嫪毐；

原来，母亲居然私下给自己添了两个兄弟；

原来，母亲居然跟嫪毐密谋，等自己死了就让她和嫪毐生的儿子继位。

嬴政心如刀割，从此刻开始，所谓的母子亲情，在嬴政眼中如尘埃般飘散而去。他决定除掉嫪毐，顺便将母亲打入地狱。

秦王政九年（前238年）四月，二十二岁的嬴政前往雍城举办亲政典礼，对外故意放出惩治嫪毐的风声，逼着嫪毐先动手。

就在典礼完成后的当夜，嫪毐窃用秦王御玺和太后玺，调集亲信攻打蕲年宫。结果被早已准备妥当的嬴政当场击溃，嫪毐及其死党被一网打尽。嬴政宣布车裂嫪毐，灭其三族，与嫪毐有交往的门客四千余人全部流放蜀地。

至于嫪毐和太后生的两个儿子，被嬴政下令装在两个布袋里，当着赵太后的面活活摔死！

做完这一切，嬴政仍然不解恨，又将太后囚禁在雍城，对外宣布与太后断绝母子关系，此生永不相见。

更绝的是，嬴政还当众发话：朝中敢以太后之事进谏者，格杀勿论！

嬴政明显低估了朝臣们进谏的勇气，一连杀了二十七人，首级挂在宫墙示众，仍然有第二十八人以身犯险。

第二十八人，名叫茅焦。

茅焦在殿外候旨时，嬴政就先派人恐吓他："你难道没看见宫墙上挂着的首级？"

茅焦风轻云淡地回答："肯定看见了，只不过才死二十七人嘛，天上二十八星宿，加上我正好凑满这个数。"

嬴政一听这略带挑衅意味的回答，大声痛骂道："这匹夫准备凭借三寸不烂之舌冒犯寡人，简直是异想天开！寡人要将这匹夫活活烹了！"

看着殿外架起的油锅，茅焦从容来到殿中。嬴政按剑怒坐，死死盯着茅焦，怒道："今日的油锅，就是为你准备的！"

茅焦依然不温不火，慢条斯理地继续说道："大王的狂悖之行，难道您丝毫没有察觉吗？车裂假父、扑杀二弟、囚禁生母，就是桀纣这等暴君也干不出来。"

嬴政气得脸色煞白，一只手颤颤地指着茅焦："你这匹夫敢骂寡人是桀纣，你知道实情吗？"

茅焦这才收敛了表情，正色道："实情究竟如何臣不关注，大王内心有多苦，想必天下之人一样不会关注，他们能看到的只有大王的恶行，而非整个故事的剧情。他们会觉得您是个无情无义的君主，试问谁还会来秦国为您效命？臣实在替秦国的安危担忧，个人生死事小，话已说完，您要杀就杀吧！"

茅焦伏在地上，不再多说。嬴政强忍怒火，一言不发。

安静得令人窒息的一刻钟过后，嬴政拜茅焦为上卿，然后亲自前往宫中，与赵太后同车返回咸阳，母子俩和好如初。

当然，是否真正和好如初没人知道，但为了秦国的发展，嬴政可以忍！

嬴政认同了茅焦的说法，欲成大事，就要忍常人之所不能忍，把所有的屈辱和悲伤留给自己，才能把最好的形象留给世人。

为了发展大局，嬴政放下了个人仇恨。他的心里，从此装的是整个天下！

3

如果说干掉"继父"嫪毐是为了面子和自身安危，那逼迫"仲父"吕不韦自杀就是收回老爹曾经为报恩而下放的权力。

没有吕不韦，就没有异人和嬴政的王位，这一点，嬴政很清楚。尽管吕不韦才是祸乱后宫的始作俑者，但嬴政也只是免去其相国的职务，将吕不韦遣回封地洛阳。

在洛阳，吕不韦拥有十万户食邑，万余名仆从，三千多名门下食客，嬴政的意思很明显：老实待着，别管闲事，没准你还能安度晚年。

可被迫下野的吕不韦显然有些搞不清状况，还是高调地迎接六国的宾客使者，高谈阔论天下大事。

于是，嬴政给吕不韦写了封信：你对秦国有何贡献，敢号称仲父！秦国封你食邑十万户，还要怎样！既然你不好好做人，那干脆连人也不要做了，带上你的家人迁到蜀地去吧！

吕不韦收到信，才发现一切都为时已晚，与其日后被杀，还不如自行了断的好。

吕不韦饮下了一杯毒酒。

这杯毒酒，不仅标志着吕不韦、嫪毐这两大外姓势力的彻底覆灭，更向世人宣告：大秦是嬴政的大秦，他注定要奋六世之余烈，继续为实现天下一统不懈进击。

就在吕不韦被迫下野之时，朝廷挖出了一个间谍——郑国，他被韩国派来修建水渠，企图消耗秦国国力。

郑国的暴露，让秦国的客卿制度①受到本土官僚广泛抨击，他们纷纷上书，让嬴政赶紧逐客了事。

嬴政觉得靠谱，下了逐客令。

逐客令下达之日，客卿们纷纷卷铺盖准备走人。此时，却有一人非但不收拾行李，还在桌前奋笔疾书。

这位客卿，名叫李斯。李斯写的文章，名叫《谏逐客书》。

在这篇立意鲜明、文笔出彩的谏书中，李斯引用了许多先例驳斥逐客的错误，比如秦穆公用楚国人百里奚、宋国人蹇叔得以称霸西戎；秦孝公用卫国人商鞅得以富国强兵；秦惠王用魏国人张仪得以拆散六国合纵……

李斯告诉嬴政：

太（泰）山不让土壤，故能成其大；河海不择细流，故能就其深；王者不却众庶，故能明其德。

嬴政读后很受触动，间谍又如何，只要对秦国的发展有益，就能以我为主，为我所用！倘若君主连驾驭群臣的胸怀和本领都没有，还谈什么建功立业！

嬴政立即宣布废除逐客令，还将李斯提拔为廷尉，后升任相国。在明知郑国间谍身份的情况下，继续重用他在秦国境内修建水渠。六国而来的客卿，全部官复原职，并继续落实引才政策，欢迎更多的外国优秀人才来秦发展。

很难想象，拥有超强大局观念和容人气量的嬴政，居然刚

---

① 客卿制度：授予非本国人氏高级官职，其位为卿，待之以客礼。

满二十二岁。

从二十岁到三十岁，从年少继位到一统天下，炉火纯青的嬴政几乎很少出现决策失误，超强的领导才能足以秒杀六国一切竞争者。

秦王政二十三年（前224年），嬴政召开御前军事会议，商讨灭楚大计。

老将王翦认为非六十万将士不足以灭楚，年轻将领李信却拍着胸脯保证只需二十万就能把事办妥。

一个要六十万，一个只要二十万，没理由选择成本高的。

结果，李信被楚国名将项燕痛击，仓皇败逃回国。

震怒之余，嬴政亲自乘专车跑到王翦频阳的老家，主动向王翦道歉："寡人不听将军之言，李信果辱秦军。将军虽然年老，怎能忍心抛弃寡人隐居呢？赶紧出山吧！"

王翦顺水推舟答应了，仍率六十万秦军出师灭楚。

欢送仪式上，王翦悄悄给嬴政提了这么个请求："大王，末将统领大军，早已将个人生死置之度外，您看能否赏赐些钱财田宅，让我那些不肖子孙也能沐浴些浩荡王恩？"

嬴政笑道："没问题，寡人答应你！"

行军路上，王翦似乎怕嬴政说话不算数，居然连续五次写信求田。

这一来二去，下属们都很奇怪："将军，你三番五次向大王要田，难道是担心大王出尔反尔？"

王翦笑道："我越是积极向大王要田，这仗就打得越安稳。大王把六十万将士交予我手，这几乎是我大秦全部精锐，我若不积极向大王请求赏赐，保不齐就会被疑心为拥兵自重，到时与楚人相持起来，一旦大王信心动摇，这仗还怎么打？"

事实证明，王翦的做法很明智，秦军在楚国边境围了整整一年，就是不主动开战。嬴政却自始至终给予王翦绝对的支持和信任，王翦在楚军贸然进攻的情况下，以逸待劳斩杀项燕，并于一年后灭亡楚国。

对比来看，赵孝成王听信谣言罢免廉颇，起用纸上谈兵的赵括，才导致长平惨败。

魏安釐王猜忌声威日隆的信陵君①，罢免其魏国统帅之职，致使五国丧失了联合攻秦的最后机会。

4

灭亡六国的过程是波澜不惊的。

秦王政二十六年（前221年），王贲率领大秦铁骑灭燕后顺势南下，攻入齐国境内，一路上所向披靡，直捣齐国都城临淄。

嬴政派使臣陈驰照会齐王田建，劝他放下武器，出城投降。

田建对陈驰表明态度："不知寡人投降后能否保全性命？"

陈驰温声宽慰道："您这是说哪里话，我王让我来照会您时曾特意叮嘱，齐国一直是我大秦良好友邦，别的国家联合起来进犯我国，唯独齐国没有参与，我王心里是清楚的。"

说着，陈驰继续加重筹码："我王还说了，只要您率众投降，就直接给您五百里的封地，您在自己的封地内可以独立行使

---

① 信陵君：魏无忌，战国四公子之一。公元前247年，信陵君率领五国联军大败秦军，迫使秦王关闭函谷关，不敢出关应战。经此一战，信陵君声威大震，由此被秦人离间，遭到安釐王的罢免。

主权，这可是其他五国都没有的待遇。"

话说到这个份上，田建再不投降就是给脸不要脸了。

然而，当田建投降后长途跋涉来到所谓的封地时，肠子都悔青了。

原来，嬴政承诺的所谓封地，是一片荒无人烟的树林，松、柏深处有座宫殿，就是田建的住所。

这还不是最惨的，嬴政只给田建提供住所，却不提供衣食。多年来养尊处优的田建难以自食其力，很快就被活活饿死。

田建是最后一个死亡的六国君主，在他之前，韩、赵、魏、燕、楚的国君大部分也都悄无声息地死去。

原本，嬴政并没打算让他们都去死，只是后来演变到他们越反抗嬴政越得杀。

秦王政十七年（前230年），韩国灭亡，国家被降为颍川郡。

鉴于韩国多年来一直小心侍奉秦国，忠诚度还是有保证的，因此上至韩王下至贵族宗室，仍然可以继续留在本土生活。

三年后，韩国贵族们不堪秦国统治，又无比怀念曾经的光辉岁月，毅然联合反秦势力发动叛乱。

亡国贵族这点实力，还不至于让嬴政太过费神。只不过由于韩人突然反叛，间接导致嬴政灭魏的预期时间推迟了一年。

平定韩人叛乱后，嬴政为彻底消除隐患，秘密处死了韩王安。从此之后，嬴政收起了慈悲心肠，灭一个杀一个。

秦王政二十二年（前225年），灭魏，魏王假也像韩王安那样投降后妄图复国，预谋泄露后被杀。

秦王政二十三年（前224年），灭楚，楚王负刍被俘。不甘失败的楚人拥立负刍的弟弟昌平君为楚王，结果再战再败，昌平君自尽，负刍连带被杀。

秦王政二十五年（前222年），灭燕，燕王喜被俘，由于有荆轲刺秦的犯罪前科，燕王自然难逃一死。同年，赵国灭亡后赵王迁被流放，逃亡代郡自立的代王嘉被俘。

为了防止被灭之国死灰复燃，嬴政不得不将各位亡国之君挨个赐死，无论杀降是否为嬴政的初衷，他都有彻底消除隐患的理由。

当然，国家被灭，父母亲人饱受战乱之苦的六国之人，自然也有仇视秦国、痛恨嬴政的理由。

这无关乎正邪善恶，只关乎情感寄托。

有的人，在心里骂两句也就算了；

有的人，却一直不忘刺杀嬴政的企图。

比如高渐离。

作为荆轲的挚友，荆轲行刺失败后，嬴政通缉燕丹和荆轲的好友，高渐离只好隐姓埋名，远远躲了起来。

数年后，大秦统一六国，建立封建大一统王朝。这一切，与高渐离已无任何关系，为了保住性命，他远离故土，跑去一富贵人家做了奴仆。

某次，主人家有客击筑①，高渐离忍不住技痒，当众演奏了一番。客人见这奴仆深藏不露，便拉着他痛饮，并请他公开表演。

很快，高渐离的击筑名声越来越大，连远在咸阳的嬴政都

---

① 筑：弦乐器，形似琴，有十三弦，弦下有柱。演奏时，左手按弦的一端，右手执竹尺击弦发音。

忍不住想听听高渐离的现场演奏。

领导的想法很危险，朝臣们赶紧进谏："陛下，您不会不知道高渐离是荆轲的挚友吧？让他当殿演奏太危险了！"

劝了很多次，嬴政仍是想听高渐离击筑，便对群臣说："朕决定赦免高渐离结交荆轲之罪，你们务必想个好办法，让他既能为朕当殿演奏，又保证不出危险。"

朝臣们聚在一起想了半天，绞尽脑汁想到了一个很不人道的办法：弄瞎高渐离的双眼，让他在殿上演奏时距离嬴政超过一百步，这个距离绝对能保证安全。

5

在接到朝廷征召的诏书时，很多粉丝都劝高渐离再次逃跑。

这一次，高渐离却没逃跑，他平静地跟随使者来到咸阳，平静地接受被弄瞎双眼的命运，然后一次次用悲亢的音乐让嬴政泪流满面。

嬴政很不理解，为什么击筑时情绪高亢到裂开的高渐离，音乐停止后又瞬间如暗夜般沉寂、如寒风般凛冽，他到底在想些什么？

嬴政必须承认，如果不是顾忌高渐离是个危险人物，他很乐意同高渐离近距离地面对面探讨一番击筑的技艺。

"高渐离，为了更好地听你演奏，朕允许你向前二十步。"从一百步到八十步，再到六十步、四十步、二十步，高渐离凭借精湛的技艺一次次打动嬴政，让他多次降低标准，更近距离欣赏。

直到接近到二十步，高渐离才在向嬴政叩谢隆恩时，微微挑了一下唇角。原来，高渐离和荆轲不光是音乐领域的知音，更是志同道合的挚友，他决心完成荆轲的遗志——刺秦，即便牺牲性命也在所不惜。

第二天，处理完公务后，嬴政便召高渐离前来击筑。这一次，高渐离抱着乐器上殿，步伐却比此前任何一次都要沉重。

嬴政并不知道高渐离已提前在筑中装满了铅块，更没料到高渐离在演奏的最高潮，居然以筑为暗器，朝着自己所在的具体方位砸来。

多次受到死亡威胁的嬴政惊险地又躲过一次刺杀，身后的屏风却被击了个粉碎。按照这个力度，若是迎面挨上一下，当场就要死亡。

嬴政清晰地看到高渐离已瞎的瞳孔在乐器脱手的那一瞬间，迸发出夺目的光芒，一个响指的时间，又彻底黯淡了下去。

没击中！一切都结束了。

高渐离遗憾地垂下头颅，等待他的，只有死亡。

"燕赵果然多义士！"大受刺激的嬴政神色冷峻，方才欣赏音乐的轻松表情顷刻凝结如冰，双眼中似乎隐藏着一些更沉重更复杂的情绪。

这些情绪，代表着被冒犯的愤怒、被仇视的无奈和被误解的痛苦。

嬴政从来不信儒家那套所谓的仁义忠恕之道，连亲生母亲都跟外人合伙对付自己，试问还有什么亲情可言？！

恶劣的成长环境磨炼了嬴政坚韧不拔的意志，而一次次的背叛、刺杀，终于让嬴政以最深的恶意揣测人心。

既然亡国之人对大秦帝国的仇视难以消解，那么为了国家的长治久安，嬴政宁愿以强权和雷霆之怒震慑四海，也不愿再向外人表达善意和恩惠。

那些打不倒我的，终将使我更强大！

北击匈奴，南平百越，开发北疆，开拓西南，首称皇帝，废分封，行郡县，修建长城、驰道、直道，统一文字、货币、度量衡……短短十余年间，大秦帝国的钢筋铁骨就被嬴政一手浇铸而成。

整个过程，是嬴政不分昼夜批阅奏章、听取意见、颁布诏令，每天批阅重达数十斤的奏章的勤政结果。

整个过程，质疑声、反对声不绝于耳，然一切阻力都难以消磨嬴政开辟大一统王朝的决心。

自统一天下后的次年，嬴政就开始了漫长而艰苦的巡行。

每次巡行，他都带有鲜明的政治任务，既考察各地风俗民情、城防建设，又向天下百姓特别是六国不服统治的遗民遗老宣示皇帝权威。

"天下之大，四海之内，只有始皇帝一个最高领袖，忘掉你们的故国吧！放下你们的仇恨吧！"

特别是始皇帝二十八年（前219年）这次巡行，嬴政一路向东，一路刻石纪功。

在峄山，嬴政刻石：

乃今皇帝，一家天下，兵不复起。灾害灭除，黔首康定，利泽长久。

在泰山，嬴政刻石：

皇帝躬圣，既平天下，不懈于治。夙兴夜寐，建设长利，专隆教诲。训经宣达，远近毕理，咸承圣志。

在琅琊山，嬴政刻石：

六合之内，皇帝之土，西涉流沙，南尽北户。东有东海，北过大夏。人迹所至，无不臣者。功盖五帝，泽及牛马。莫不受德，各安其宇。

甚至出海考察，嬴政都要刻石：

今皇帝并一海内，以为郡县，天下和平。昭明宗庙，体道行德，尊号大成。

四处刻石纪功的目的，不仅仅是满足嬴政的虚荣心。

嬴政很清楚，尽管六国已灭，可天下一统、海内澄清的现实，以及大秦帝国统治的合法性，却并不被天下人共同接受，为了让大一统的观念深入人心，嬴政不惜耗费大量人力物力多次巡行。

只不过，对嬴政深怀恶意的人不这么想，在他们眼中，嬴政无论做什么，都是无聊的作秀，都是对权力的贪恋，都是对骄奢淫逸生活的追求。

对于嬴政而言，巡行天下绝不是轻轻松松、敲锣打鼓就能实现的，既要辛辛苦苦走完全程，不能有遗漏的区域，又要警惕潜在的行刺威胁。

第三次东巡期间，当巡行队伍行至博浪沙（今河南中牟）时，突然一只大铁椎从远处呼啸而来，当场将一辆马车击得粉碎。

这场刺杀的主角，就是在后世鼎鼎大名的留侯张良。

老张家在韩国五代为相，韩国灭亡后，国破家亡的张良一直对嬴政恨之入骨。

如果嬴政一直深居咸阳宫，那张良自然没有机会发泄恨意。当他多方刺探到嬴政东巡的行踪时，激动得好几天睡不着觉。

为了复仇，张良散尽家资，托人找到一个大力士，还专门为大力士打造了一只一百二十斤重的大铁椎，让其多加训练投掷铁锤的技术。

只不过，一直被暗算的嬴政为了保证人身安全，早已提前做好了准备。

为了混淆潜在刺客的视线，巡行队伍中有许多辆一模一样的御车，嬴政只在其中选择一辆乘坐，每日一换，非心腹之人都不知情。

张良自然也不知情，他潜在高处观察车队，一见皇帝专属的六马御车，立即让大力士抛下大铁椎，顺利将这辆带头的御车击得粉碎。

然而，这只是一辆伪装车，车内空无一人。再次躲过刺杀的嬴政下令全国通缉张良，逼得张良隐姓埋名，在刘邦时代才敢再次出山。

巡行途中，类似的刺杀经历还有很多，可嬴政从未因此深居内宫，放弃巡行。

六国之中像张良这种没落贵族对嬴政的仇恨是无限大的，更是无法消弭的。他们针对的，既是嬴政个人，也是大秦帝国这个不同于以往任何时代的庞然大物。

嬴政能做的，就是高调行动，小心提防，亲力亲为地为维护帝国统治辛苦巡行。

6

刺杀，嬴政不怕，可日渐衰老的身体还是让他愈发感到："死亡"是多么可怕，"活着"是多么美好。

他不想死，他还有很多未竟的事业需要时间去开拓，治国理政离不开他，大秦帝国的长治久安也离不开他。他需要健康和更长的寿命，支撑他继续为国家夯实基础，进一步消解六国之人对大秦帝国的敌意。

可惜，这份苦心被后世人有意误解，嬴政就成了贪生怕死、浪费国力的暴君。

四十岁以后，嬴政对长生不老的渴求渐趋强烈，在他身边，不知不觉聚集了一大批方士，为嬴政谋求长生不老提供帮助。

比如徐福，主要任务是出海寻找三大仙山——蓬莱、方丈、瀛洲。

一晃近十年，徐福在海上喝饱了海风，就是找不到仙山的踪迹。

徐福怕嬴政怪罪，又找个借口搞到了三千童男童女出海，从此一去不复返。

再比如卢生。卢生的主要任务是寻找仙药，也就是传说中的长生不死之药。

当然，仙药和仙山、仙人一样，都是只存在于梦里的东西。卢生找不到，就开始找各种借口。

找不到仙药，借口是嬴政居住的宫殿不够隐蔽；仙人不降临，借口是嬴政没有时常秘密出行、驱逐恶鬼。

嬴政信以为真，不但下令将咸阳附近二百里内的殿宇都用天桥、甬道相互连接起来，以此隐匿行迹，还颁布诏书，谁敢故意泄露自己的行踪，立即处死。

卢生怎么说，嬴政怎么做，折腾了许久，仙药依然无处可寻。

毕竟骗局总有被拆穿的一天，再加上嬴政的催促和批评日渐加剧，卢生就和同事侯生私下谋划，准备逃亡。

卢生对侯生说："皇帝这人，刚烈狠毒又自以为是，统一天下后就开始为所欲为。天下之事全由皇帝一人决定，以至于他每天批阅的文书（竹简）要用秤称，不批阅完规定数量的奏章就不休息。你看看，贪恋权势到了这个地步，我们不应该替这种人寻找仙药。"

在卢生口中，勤政变成了一种罪过，不是他想跑路，而是嬴政太罪恶，实在没法共事。

卢生、侯生跑路了，嬴政出离愤怒。原来自己无比信任的长生顾问，居然这么无耻。

嬴政随即召开紧急会议，在会上大发雷霆："朕为了国家长治久安，广泛在民间搜寻儒生、方士。结果呢？这帮人花着朕的钱，耍着朕的人，一个个无耻之尤！"

第一波怒意过后，嬴政痛心地自言自语："朕给了这帮人那么好的待遇，现在某些人居然合起伙来骂我！可见妖言已在坊间流传开了！"

说罢，嬴政立即派遣专员调查此事，让儒生、方士们相互检举揭发。

结果，被判定触犯禁令的四百六十多名方士、儒生在咸阳遭到坑杀，这就是所谓的"坑儒"事件。

不过，"坑儒"这个名词，是汉朝人取的，这四百余人里究竟有没有儒生，一直是学界争议的热点。

保守估计，这四百余人很可能以方士居多，连带了少数对朝廷不满、诽谤时政的儒生。

"坑儒"加上此前强行推动的"焚书"事件，是嬴政"暴君"身份的主要体现。

其实，"坑儒"的水分很大，而且事出有因，朝廷出了卢生这种恶劣小人，才是"坑儒"事件的最大推手。

嬴政并非痛恨所有儒生。在朝廷上，他设立了七十个儒学博士职位，选聘那些饱读诗书的儒生在朝廷任职。以法为教，以吏为师，是嬴政强力维护大一统王朝的国策，并不代表他对儒学有偏见。

而"焚书"确实焚了，但也没有完全销毁，医学、农牧等实用类书籍并不在焚毁之列。同时，被焚之书都是民间藏书，皇家图书馆都有备份。真正将先秦思想祸害殆尽的，却是项羽攻入咸阳后的一把大火。

"焚书坑儒"的目的，是统一思想，杜绝有害舆论对国家发展的影响。为了"大一统"的有序推进，嬴政默默承担了势必加之于身的骂名，他忍受了一切误解和非议，留给世人的是一个四海一统的万里河山。

始皇帝三十七年（前210年），嬴政病逝于第五次大规模巡行途中，终年四十九岁。

他这辈子，可没少被后世抨击。

比如贾谊在《过秦论》中来了一句：

秦王怀贪鄙之心，行自奋之智，不信功臣，不亲士民，废王道而立私爱，焚文书而酷刑法，先诈力而后仁义，以暴虐为天下始。

再比如杜牧的名篇《阿房宫赋》：

独夫之心，日益骄固。戍卒叫，函谷举，楚人一炬，可怜焦土！

后世很多人将秦朝称为"暴秦"，将嬴政视为"独夫""暴君"。其实，搞臭秦始皇，大部分是汉朝人的"功劳"，这也可以理解，汉人如果不骂他，就没有建立汉朝的理由。

不能否认，嬴政修长城、修皇陵害死了无数条无辜人命，破坏了无数个幸福家庭；嬴政不断搞大规模的巡行，还无止境地求仙问道，耗费了大量国力。

他的人性中，有"暴"的一面，只不过他的暴行，大都是被冒犯后的雷霆一怒。在建立封建大一统王朝的过程中，嬴政曾无数次直面人性的阴暗和情感的冲突，儿时玩伴雇人刺杀自己，[1]生母勾结外人算计自己，六国人士一次次冒犯自己……

强者不是没有眼泪，而是只能含泪向前。内心强大的嬴政放下了仇恨和个人恩怨，只留下一统天下的决心。

人生经历的复杂惊险，不可能让他选择"仁义礼智信"那套儒家理论，于是他选择法家严刑峻法的实用主义。

在个人行为上，嬴政几乎很少主动杀人，更没有无故诛杀

---

[1] 燕太子丹曾是嬴政在赵国的玩伴，后用荆轲刺杀嬴政。

功臣。从这一点来看，嬴政应该和"胡惟庸案"杀了三万多人，"蓝玉案"再杀两万五千人，功臣被屠戮殆尽的明太祖朱元璋区别开来。

嬴政的功绩，自然是功大于过的。历史选择了嬴政成就"千古一帝"的功业，那些生命中不能承受之重，都没有将嬴政击倒，反而让他变得更强大。

生而彷徨，难免心有所伤；

怒而奋发，自当力负千钧。

乌云永远遮不住太阳。这就是嬴政，负重前行的强者，行至万里的强者。

新皇帝王莽

天堂和地狱之间的距离是人心

1

汉哀帝元寿元年（前2年），发生了三件大事。

第一件事，西汉大文豪扬雄的宏篇专著《太玄经》问世，此书不但名列道家最深奥难懂著作之一，还成为日后金庸小说《侠客行》中的绝顶武学。

第二件事，汉哀帝刘欣的宠臣董贤被连赐三侯（孔乡侯、汝昌侯、阳新侯），老丞相王嘉上书切谏反被诬陷下狱，结果吐血身亡。

第三件事看似很小，却对西汉的国运造成了极大的影响，新都侯王莽的次子王获因私杀奴婢，被王莽无情赐死。

当事人王获感到很冤，不就失手杀了一名奴婢吗？自己不说，家人不说，谁能知道？

王莽的理由很正当，奴婢的命难道不是命？高皇帝约法三章，头一条就是杀人者死。儿子既然杀了人，就必须偿命！

于是，王获就这么送了命。他是第一个被王莽逼死的儿子，却注定不会是最后一个。

王获不会知道，自己的死，会给老爹带来多少非同寻常的收获。

王莽大义灭亲的"高尚"事迹，很快传遍了长安，数百篇请求哀帝刘欣召还王莽的奏章相继递了上去，哀帝见群情鼎沸，只好做个顺水人情，将隐居三年的王莽召回长安。

召还是召还了，可哀帝一向对王莽没有好感，他觉得王莽很虚伪，是个沽名钓誉之徒。

其实不仅是哀帝，后世许多人都对王莽的做派很是反感，甚至有些恶心。

比如班固，就在《汉书》中对王莽一通批判：

> 莽既不仁而有佞邪之材，又乘四父历世之权，遭汉中微，国统三绝，而太后寿考，为之宗主，故得肆其奸慝，以成篡盗之祸。

司马光在《资治通鉴》中不但全文引用了班固的评价，还全盘否定了王莽的一生功绩。

> 莽性躁扰，不能无为，每有所兴造，动欲慕古，不度时宜，制度又不定；吏缘为奸，天下謷謷，陷刑者众。

而且在《汉书·王莽传》中，明显能够感觉到通篇对王莽的偏见和否定，以及对西汉政权被篡夺的同情和愤慨。

其实，这是一个简单的"立场"问题。作为东汉的史官，班固不可能完全客观公正地评价王莽，如果在班固的笔下王莽还是西汉末年篡汉前那个尽人皆知的"完人"，那么东汉就没有建国的正当性。

不过，历史真相远没有官修正史中几句评价那么简单，我们抛开后世王朝的立场，王莽篡汉，有极深的历史原因和特殊情况，王莽本人，也绝非"虚伪"二字就能盖棺定论的。

作为西汉末年煊赫一时的外戚世家，王氏一族在太后王政君的庇佑下，先后有九人封侯，甚至五人同日封侯，创造了一大历史盛况。

可惜，出生在王氏家族，王莽却运气极差。由于老爹王曼死得太早，没捞上封侯，王莽的哥哥王永又不幸英年早逝，父兄的亡故，导致王莽在王氏家族既无地位，也无财产。

条件不佳的王莽却并未由此沉沦，既然没有背景只有背影，那就静下心来刻苦读书，虚心跟当代儒学大家们钻研知识。

努力学习的王莽很快学有所成。同时，他也没放松对品行的修炼。虽然家境拮据，他却尽心尽力侍奉母亲和寡居的嫂子，抚养长兄未成年的儿子。对于手握大权的叔伯们，王莽更是恭敬有加，不敢有一丝懈怠。

没有对比，就没有伤害。由于王莽和王家其他后辈差别特别明显，叔伯们对这个品行优良但比较弱势的侄子格外爱护。

特别是王莽的大伯——大将军王凤，一直对侄子关照有加。作为回报，王莽在大伯病重期间，亲自侍汤奉药，衣不解带、蓬头垢面地在床边伺候了好几个月，比王凤的亲儿子还亲。

在"以孝治天下"的汉朝，王莽的行为就是对孝道的最佳诠释和亲身实践。

王凤对此异常感动，临终之时特意请求太后关照王莽。

太后很支持，迅速将王莽提拔为黄门郎、射声校尉。不久，王莽的五叔成都侯王商又上奏朝廷，鉴于哥哥王曼没有封侯，自己愿意拿出一部分封地送给侄儿王莽。

得到王凤和王商的一致好评后，朝廷中许多名士也联名上书，盛赞王莽的人品和才德。

汉成帝一看支持率节节上升，索性连考察的程序都免了，直接晋封王莽为新都侯。

而立之年的王莽，真正靠高尚的品行成功与政治结缘。

这时的王莽，绝对属于谦虚好学、勤奋向上的有志青年。他变得更加谦谨，大批结交当世名士，还特讲义气，乐于助人，甚至经常把封地的全部收入，包括朝廷赏赐的良驹、华美衣物都送给有需要的好友、宾客，自己仍是常年一身素衣。

某次，王莽花钱买了个婢女，没过几天，又转手送给了后将军朱子元。

旁人很不解："你手头刚宽裕一些，正好买个婢女照顾衣食住行，平白无故送给他人是为何呢？"

王莽嘿嘿一笑："其实我根本就没想留下她，此前听说朱将军无后，经过多方寻觅，我才找到这么个生育能力很强的姑娘，特意买下来送给他生儿子的。"

消息一出，感动得朱子元泪流满面，拉着王莽的手激动地说："啥也不说了，你这个朋友我交定了！"

汉成帝绥和元年（前8年），王莽因德行出众，朝廷支持率又常年稳居第一，由此得以接替七叔王根担任大司马[①]。此时，他已然从一个名不见经传的小人物晋升为王氏家族最闪耀的明星。

[①] 西汉末期，大司马为百官之首，负责领导中央枢机，位极人臣，直接辅佐皇帝。

又有一次，王莽母亲生病，王莽的夫人亲自在门口迎候前来探视的文武百官。

同僚们见这妇女衣不曳地，裙才蔽膝，穿着打扮非常简朴，不禁连连赞道："大司马，您身为当朝重臣，家里的仆人却衣着朴素，足见您平日作风简朴，我等甚是佩服。"

王莽尴尬一笑，默不作声。

过了些时日，官员们才得知原来那天出门迎接的并非王家仆人，而是王莽的夫人！

这下轮到百官们尴尬了："就是上古的圣贤，都不能比大司马更优秀啊！"

2

汉成帝绥和二年（前7年），哀帝刘欣继位，亲妈的丁氏家族和亲奶奶的傅氏家族随即上台，两家一联手，把王氏家族打压了下去。

为了调和矛盾，已晋升为太皇太后的王政君不得不让王莽交出大权，离开长安，返回封地隐居。

王莽杀子的故事，就发生在隐居期间。

第一个儿子的死，帮助王莽重回权力中心。

他的运气也实在够好。元寿二年（前1年）六月，讨厌自己的哀帝驾崩，没有子嗣。太皇太后王政君抓住机会，在哀帝驾崩当天收回传国玉玺，宣布临朝称制。

出于控制朝政的考虑，王政君打算重新起用王莽为大司马。王莽却认为，可以内定他当大司马，但没有必要。他建议老姑下诏公推大司马人选。

王莽相信：凭实力上位才是正道，靠口碑才能赢得好评。

公推的诏书下发后，群臣们都觉得多此一举："无论人品、德行，还是能力，我们都和王莽相距十万八千里，没啥好选的，直接定了吧！"

王政君见选举呈现一边倒态势，便当场宣布："公推王莽重任大司马，谁赞成，谁反对？"

"我举双手反对！"

反对者，是前将军何武与左将军公孙禄。

此二人一直对王氏家族，特别是名声显赫的王莽没好感，这次公然跳出来坚决反对。他们强烈要求程序公正，必须公开投票。

事实证明，投票的确多此一举。

三人参选，结果何武和公孙禄每人只得到可怜的一票，而且还是相互投票所得，羞得二人抬不起头，灰溜溜地下殿而去。

同年九月，王莽拥立年仅九岁的中山王刘衎为平帝，重新确定朝廷要员。

作为群臣之首，王莽先邀请当代大儒、大司徒孔光出山，堂弟王舜、王邑，亲信甄丰、甄邯等担任要职，何武和公孙禄等反对派，则直接被罢官。

此时的王莽再不是当年那个心境淡泊的勤奋少年了，如今的他很有政治理想，更有大权独揽的欲望，以及再造社稷的雄心壮志。

很快，王莽就搞出了大动作。

某日，益州少数民族越裳氏献上一只白雉（野鸡）、两只黑雉。这就有说法了，王莽的一大批拥趸迅速跟进，积极向太后报祥瑞："上古时代，周公辅成王而天下大治，就曾有白雉降世。如今大汉在大司马的治理下也有白雉降世，还降一赠二，这可是百年不遇的大祥瑞！大司马应该像周公那样，晋位安汉公！"

太后没意见，毕竟侄子在处理政务、选贤用能方面做得都很出色，该进步得让人进步。

王莽闻讯，赶紧拒绝："天下大治，绝非臣一人之功，孔光、王舜、甄丰、甄邯等人都比我功劳更大，您应该赏赐的是他们几位，安汉公的封号，我实在没脸接受。"

太后再劝，王莽再辞；太后不想劝了，拥趸们再来呼吁；太后接着劝，王莽接着辞；太后继续劝，王莽答应了！

这种劝来劝去的剧情，日后将会多次出现。王莽正是在这种再三推辞的流程中，一步步篡夺了大汉的江山。

晋封安汉公这一次，太后被王莽的拥趸烦得受不了，只好晋升王莽的四大心腹孔光为太师、王舜为太保、甄丰为少傅、甄邯为承阳侯。

此时，王莽再无理由推辞，"不得已""勉强"接受太傅、安汉公的晋封，却坚决不受二万八千户的封地。

他的理由很高尚："等到天下百姓家家富足，那时我再接受也不迟。"

拥趸们不干了："百姓是百姓，您是您，这不冲突。"

无论太后和百官怎么劝，王莽坚决不再"妥协"，转而建议对各地诸侯王、功臣后裔和在职官员进行封赏，对退休功勋们大加慰问，对天下百姓和鳏寡孤独者普及恩泽。

上至王侯百官、下至黎民百姓，都被王莽送上恩赏，而他个人也是名利双丰收，赚得盆满钵满。

当然，王莽并不是个只动嘴皮子的滑头，他身体力行，一直保持着简朴的生活状态。

汉平帝元始二年（2年），全国大旱，并发蝗灾。受灾最严重的青州百姓流离失所，饥寒交迫。王莽向太后建言，希望她降低后宫的服饰、膳食标准，他个人则带头出钱百万、田三十顷救济灾民。

先锋模范的影响力是巨大的，在王莽的带动下，二百三十名官员纷纷效仿，贡献出大批田产房产，连长安城中也为灾民建了上千套住宅。

此后每逢水旱灾害，王莽只吃素食，坚决不食酒肉，每日玩命处理政务。

如此刻苦自省，连太后都很不忍心，下诏劝说侄子："你的忧国忧民之心众人皆知，为了国家社稷，你可要好好爱惜自己的身体啊！肉该吃还是得吃，此事你必须听我一言。"

王莽究竟吃不吃肉，史书上没写，他心里怎么想的，也无从猜测。唯结果论，王莽高尚的品行和事事愿为人先的楷模精神，愈发让群臣称贤、万民拥戴，那些忠实拥趸，时刻准备着为王莽摇旗呐喊，坚决不让"圣贤"吃亏。

3

为了实现天下大治的崇高理想，必须紧握权柄，避免重蹈哀帝扶持亲妈娘家人夺权的覆辙，王莽在平帝继位后就严令禁止其母卫氏和其舅进京，对外宣称：天子不能以一家之为家，而要以天下之为家。

总之一句话，这辈子你就甭想再见你亲妈了。

王莽这么不近人情，不光卫氏家族的人气不过，连他的大儿子王宇都受不了。

正义感极强的王宇主动进言："父亲，您这样做实在不妥，陛下还是个孩子！退一步说，即便您能控制一时，等陛下长大了，肯定也会因今日之事怨恨我们王家。"

王莽静静地听儿子说完，浓眉微皱着回了一句："国家大事你不懂，也不必过问。"

王宇劝不住王莽，就想了个损招。他趁着夜黑风高，带了一桶狗血悄悄翻出墙外，想把狗血泼在自家大门上，然后声称此乃上天降下的警示，迫使迷信天象的父亲回心转意。

很可惜，王宇的行动不够隐蔽，狗血刚泼上去就闹出了动静，被自家的仆从抓了个正着。

通往地狱的道路，都是由善意铺就的。

无论王宇如何向父亲解释自己的初衷都是为了王家，王莽却不理不睬，还将王宇送进死牢，然后一杯毒酒毒死了第二个儿子。

和王宇一同入狱的还有他即将临盆的妻子吕氏，王莽给儿媳妇定的罪名是"丈夫犯罪妻子不劝，等同于参与犯罪"。吕氏生下孩子后，也没能逃过一劫。

但是，儿子儿媳不能白死，必须要有人陪葬！杀掉儿子后，王莽诬陷卫氏外戚勾结王宇，密谋反叛。

紧接着，王莽将除了平帝亲妈之外的所有卫氏外戚，加上一直和自己不对付的敬武公主、梁王刘立、红阳侯王立等上百人全部逼死，彻底消除了潜在的争权威胁。

事后，朝臣们非但不觉得连杀两子的王莽是个无情无义的狠人，反而对他"大义灭亲"的举动大加宣扬，甚至还将此事写成赞颂文章分发各地，让地方官吏、百姓要像学习《孝经》那样学习安汉公的感人事迹。

元始四年（4年），王莽加号宰衡，与伊尹、周公并列。

状态拉满的王莽马上奏请建明堂、辟雍、灵台，为天下学子免费盖了一万套住所，一次性招纳上千位能人志士落户长安。

房子白给，待遇从厚，莘莘学子额手称庆。这时，无论王莽如何低调，都挡不住天下之人对他的崇拜和吹捧。

先是四十八万七千五百七十二人上书，强烈要求朝廷为王莽增加封地；接着王侯公卿九百人请求为王莽加九锡[1]。

那时候上书，基本全是竹简。想象一下，四十八万多封竹简，别说一封一封看了，就是直接堆在一起，数量也足够吓人的。

十五岁的平帝，就被这堆成山的竹简惊呆了："天下人都只认王莽，我这个皇帝究竟算什么？！"

多年来，平帝对王莽的态度由最初的敬畏变为如今的痛恨。毕竟他才是大汉的皇帝，手中的权力却被王莽完全攫取，人情全是王莽的了，好人都让王莽做了。想想真是气不过！

原本，平帝见了王莽还得装得很尊敬，后来王莽那张愈发谦恭的脸，让平帝越看越恶心，索性连装都不装了。

某次上朝，平帝就鄙视加怨恨地朝王莽看了一眼，只是在

---

[1] 九锡：天子赏赐臣下的九种礼器，包括车马、衣服、乐县（定音、校音器具）、朱户（红漆大门）、纳陛（专用通道）、虎贲（守门之军）、斧钺、弓矢、秬鬯（祭礼香酒），是对臣下最高礼遇的标志。

人群中多看了这一眼，王莽再也没能忘掉这逐渐成熟、满脸都写满了怨恨和不甘的表情。

然后，平帝就在元始五年（5年）十二月的一天，无声无息地死掉了。

平帝之死，有种比较能被后人接受的说法：王莽对平帝这怒目一视印象极深，想想平帝也长大了，以后不好控制了，所以王莽就献上一杯毒酒，让平帝毒发身亡。

最早提出这种观点的，是不久后起兵反莽的翟义，目的在于动摇王莽在世人心目中的地位。再后来，刘缤刘秀起义军、赤眉绿林起义军更是宣称平帝就是王莽毒死的，以此为起义的合法性增添筹码。

但是，官修正史《汉书》却只记载了平帝去世的日期，并未说明平帝是被王莽毒杀身亡。

在《汉书·平帝纪》一章中，班固明确记载了平帝的病情：

皇帝仁惠，无不顾哀，每疾一发，气辄上逆，害于言语，故不及有遗诏。

在《汉书·王莽传》一章中，班固又强调了一个事实：

平帝疾，莽作策，请命于泰畤，戴璧秉圭，愿以身代。

也就是说，王莽在平帝患病期间曾效仿周公向天祈祷，希望代替平帝去死。

没有证据能证实或否定王莽弑君的指控，因此无法妄加断定，可平帝死后，王莽确实动了篡汉自立的心思。

证据为：放着大把成年的皇室子孙不立，偏要立一个年仅两岁的孺子刘婴为帝。

为了更好地控制刘婴，王莽不但把孙女先确立为皇后，还派专人对刘婴严加看管，禁止外人跟他说话，搞得刘婴连猪、马、牛、羊都分不清楚。

这一次，王莽又通过拥趸们的热烈倡议，成功当上摄政假皇帝。

距离真皇帝，仅差一步之遥。

迈出这一步，王莽等了三年。

三年后，当王莽派堂弟王舜前往后宫向太皇太后索要传国玉玺时，王政君才终于搞清楚侄子居然想篡汉自立。

望着跪在阶下的王舜，太皇太后忍不住破口大骂："尔等这帮猪狗不如的畜生，汉室对尔等恩重如山，你们竟敢干这种大逆不道之事！他王莽不是要改朝换代做皇帝吗？新皇帝自然要有新玉玺，还索要我大汉的亡国玉玺干什么！就让我这个汉家的老寡妇带着玉玺入土吧！"

这顿骂直接骂得王舜找不着北，低着头不敢看老姑，过了半天才想出辙来。

"太皇太后，侄子跟您说几句掏心窝子的话，漫说堂兄是客客气气向您索要传国玉玺，他就是一定要拿到，您难道阻止得了他吗？您再出去看看，多少朝臣和百姓都觉得大汉气数已尽，堂兄代汉是天命所归，您又能断绝天下人对堂兄的呼声和支持吗？早知如此，何必当初啊！"

一席话说得王政君坐也坐不稳，全靠抓牢座椅的扶手才稳住了身体，想想自己也八十岁了，还有几年活头？真要跟侄子们闹翻，这把老骨头肯定折腾不起。

王太后盯着手中的传国玉玺，愤懑的神情中夹杂着无尽的悲哀，只听"砰"的一声，传国玉玺被她狠狠摔在地上，生生摔碎了一个角。

"我也活不几天了，可你们一定会被人灭族的！等着瞧吧！"

伴随着老姑的诅咒，始建国元年（9年），王莽代汉建新，创造了很多个新纪录。

比如他是历史上唯一一个儒生出身的开国皇帝，第一个通过禅让即位的皇帝。特别需要强调，他还是历史上唯一一个"民选"皇帝。

他的篡汉，没有血与火的悲歌，只有社会各界（除了刘氏宗亲）的广泛支持。其实，最初的王莽绝对没有篡汉自立的打算，但却一定有通过个人努力为家族争光、为社稷造福的初心，只不过王莽的个人光环太耀眼了，品行太异于常人，太大公无私了，身后的拥趸太热情太给力了，他们一步步将偶像抬到了有实力有理由篡汉的高度。王莽也正是在这个过程中，一次次坚定了信心，鼓足了勇气，终于迈出了这一大步。

大家都相信，王莽建立的大新朝，绝对会重塑辉煌盛世，百姓们也必然安居乐业，甚至天下大同。

王莽自然也是这么想的，他的政治理想，正是为了再创一个盛世。

4

多年执掌朝政，王莽对阻碍国家发展的症结非常清楚：土地兼并日益严重，无田者或卖身为奴或逃亡成流民，加之自然灾害频发，百姓生活非常艰辛，潜在的社会危机正在一步步加深。

他曾经颇为感慨地说："富者田连阡陌，贫者无立锥之地。"

那么，究竟有没有什么灵丹妙药能治好这些疑难杂症呢？

身处高位仍心系黎民苍生的王莽，从当上大司马时就开始思考，一直到建立新朝后想法才逐渐成形。想要解决难题，必须大刀阔斧推进改革。

王莽的改革称为"托古改制"，也就是复古。

后世人抨击王莽，除篡汉自立的罪行外，还有一点就是王莽思维僵化，妄图通过复古解决现实问题，真是愚蠢至极。

其实，这里面有些误会。

西汉中晚期以来，无论是政界还是学术界，都存在一种强烈的复古倾向。社会各阶层普遍认为：上古祖先们的制度、文化都比现在的好；尧、舜、禹、汤这些圣君，就是比当代的君主英明；尧舜时代、西周时代的社会状态，才是最理想的状态。

王莽熟读儒家经典，对先贤大儒们所描绘的理想社会羡慕不已。在儒学如日中天的年代，王莽推行"托古改制"，朝野上下非但没人反对，还都大力支持。

悲催的是，改革过程中出了致命问题，曾经得到过王莽恩惠的社会各阶层，开始从最广泛的支持变为最强烈的反对。

王莽，也在这个过程中从高居云端的圣人，被曾经的支持者生生打入暗无天日的地狱。

王莽改制中最核心、最关键的一项改革就是推行"王田制"，变地主阶级土地私有制为封建土地所有制。

制度规定，普天之下，莫非王土，天下土地应收归朝廷，不许私人买卖。

土地分配的方法则完全遵照古制，八口男丁之家分田九百亩；八口以下男丁之家若原有土地超过九百亩，则将多出的土地分给九族亲属、邻人和乡亲；无田家庭则按照规定一夫一妇分田百亩。

与"王田制"配套施行的是"五均""赊贷"和"六筦"。

"五均"，即在长安和全国五大城市邯郸、洛阳、临淄、宛城和成都设立五均官，五均官按照工商业的经营情况征收赋税，并平抑物价。

"赊贷"，即百姓在遇到诸如丧事、祭祀和经营工商业无钱时，可以向官府贷款，工商贷款需按年份支付一定的利息，丧事和祭祀借贷则不收取利息，只需按时归还。

"六筦"，即盐、铁、酒由国家专卖，铸钱由国家专营，山林水泽由国家管理，山林税由国家征收，此四项加上"五均""赊贷"统称为"六筦"。

两大核心改革之外，王莽还多次改革币制、官制，改革教育、祭祀、律法、音乐、历法、度量衡，甚至还重新定位了与周边各民族的关系。

作为信奉儒学的理想主义者，王莽极度遵循儒学体系中的"华夷之辨"，汉人就是应该比蛮夷尊贵。

于是，他强行把匈奴改为"恭奴""降奴"，将单于改为"善于""服于"，还不允许"高句丽"中有"高"字，硬核地将其改称"下句丽"，以示羞辱。

王莽的改制，耗费了大量的精力，制度设计不可谓不完美，却又不可避免地严重脱离现实。

首先，王莽低估了贵族阶层捍卫自身利益的决心。"王田制"自推行之日起，就遭到贵族、官僚和豪强地主的大肆阻挠，导致朝廷根本无法兑现无田者可以按制度受田的承诺，田多的家庭也根本不会把个人田产无偿分给他人。

虽然"五均""六筦"出发点是利民的，但在实际推行中却导致官商、地主阶层相互勾结，利用特权贱买贵卖，大肆敛财，致使普通百姓遭受更严重的盘剥。

其次，王莽对改制中遇到的困难估计不足，导致许多措施或半途而废或突然变调。七年间，王莽先后四次下诏改币，连发行带废止的货币多达三十七种，直接造成货币市场的混乱，以至于"农商失业，食货俱废，民涕泣于道"。

再次，王莽在改革中过于自我，行为过于轻率。王莽将上古官制和现行官制结合起来，从中央到地方，机构、官称、区划、地名几乎全改了一遍，搞得各级官员都记不住自己到底当的是什么官，自己的辖区叫什么名。

同时，王莽还轻率地把匈奴单于从王爵降为侯爵，匈奴人不服，王莽就调集军队进攻匈奴，结果导致边境战乱不断，几十万军队连年征战，百姓怨声载道，国家一片狼藉。

改革出现严重的反效果，是王莽始料未及的。由此引发的民怨、激起的民变更是令他百思不得其解。

自己的初衷是利民呀，百姓怎么都批判我呢？那些曾经不断为自己上书的忠实拥趸，怎么都开始反对我了呢？

王莽还没意识到，那些对他期望甚高的拥趸，已然在自身利益受损的过程中迅速"变质"。他们不仅在偶像越改越乱后将其抛弃，甚至还有人公然举起反旗，咬牙切齿地要将王莽碎尸万段。

5

天堂和地狱之间的距离，是人心。

随着刘縯刘秀起义军、绿林赤眉起义军和各地豪强武装像潮水般席卷而来，王莽才突然发现，几乎所有吹捧过他的人，此刻都想把他撕得粉碎。

他成了万众唾弃的窃国奸贼，当起义军攻入长安城前，他们愤恨地挖开了王氏家族的祖坟，然后一把火焚烧殆尽。

万念俱灰的王莽怀揣传国玉玺，手持虞帝匕首，不停地自言自语："天生德于予，汉兵其如予何！"

然而祈祷并没有任何作用，起义军很快攻陷长安，王莽逃往渐台。

紧接着，乱军攻上渐台，一阵砍瓜切菜，将王莽仅剩的战力杀伤殆尽。

然后，义军开始寻找王莽，顺便劫掠财物。

当商人杜吴一脚踹开渐台的某间宫室时，目光所及之处，一片狼藉之中，只见一浑身发抖的老头撅着屁股趴在墙角，杜吴不由分说，上去就是一刀，让老头归了西。

有趣的是，杜吴并不知道自己已经创造了历史。杀完老头，杜吴就在这间宫室里到处乱翻，结果没找到任何珍宝。

杜吴恨恨地朝着老头的尸体啐了一口，着急忙慌地就要出门，出门前，杜吴瞥见老头身上的绶带很漂亮，金光闪闪的，直接扯下来挂在自己身上，然后闯进下一间宫室，继续杀人抢劫。

刚出门没几步，杜吴就碰到了义军中一个叫公宾的校尉，此人曾在王莽篡汉前当过礼官，见杜吴身上挂着的是天子绶带，马上上前询问："老兄，这绶带哪里来的？"

杜吴眨巴着眼答道："刚刚杀了个老头，从死人身上扒下来的。"

公宾顿时眼冒金光，激动地拉着杜吴继续问道："尸体在哪里？尸体在哪里？"

杜吴挺纳闷，随口回了句："就在左手边宫殿内室的西北角。"

话还没说完，公宾就跑了过去，踹门而入后，把王莽的尸体翻过来，确认身份无误，便一刀斩下首级，然后冲出门外，大声高喊："王莽死了，王莽死了！王莽的首级被我砍掉了！"

公宾这么一喊，众人顿时都醒悟了："还是做过官的见过世面啊！"他们纷纷冲入宫殿，抢夺王莽的尸身邀功请赏。

顷刻间，数百人挤了进来，争来抢去，互相残杀了起来。

最后，王莽的尸体被士兵斩为数段。

为了抢夺尸体，乱战中也有数十人被同伙砍死。

几天后，王莽的首级被送往宛城，悬挂示众。这还不算，他的首级还被作为窃国巨奸的耻辱物证被历代皇帝密封收藏，直到晋惠帝时期，才在一场大火中被彻底焚毁。

客观而言，王莽试图通过"托古改制"，让社会各阶层都能获利，却悲剧性地导致所有阶层都对其深恶痛绝。过高的政治理想加上各阶层对其过高的期望，让王莽被动地站在了万丈悬崖的边缘，一旦事与愿违，所有的支持者都会倒戈相向，恩人会变成仇人，偶像会变成小丑。

说到底，一切的一切都离不开利益之下的人心向背问题。

当王莽做对的时候，所有人都热情歌颂；

当王莽做错的时候，居然连呼吸都是错。

6

无论从哪方面衡量，王莽的人生都是教科书式的悲剧。

为了打造盛世王朝，王莽拼尽了一切，四个亲生儿子全部遭难。

地皇元年（20年）七月，王莽以灾害频发为由废掉了太子王临（四子）。

王临很不能接受，天灾人祸与我何干？再加上他曾跟老爹的侍女私通，怕日后东窗事发，居然动了弑父自立的念头。

结果，王莽察觉了儿子的企图，逼王临自杀，一直卧病在床的三子王安听说弟弟被杀，一激动也病死了。

四个儿子全部因王莽而死，王莽不得已，只好把一直不愿承认的两个私生子王兴、王匡接了回来，不然连储君都没有人干。

不仅杀儿子不眨眼，对待造反者，王莽还用尽所有恶毒的手段打击侮辱。

首倡义军的翟义兵败后，王莽诛杀翟义三族，杀掉之后，再把尸体推进一个大坑，与蝎子、毒蛇、马蜂、蟾蜍等五毒一起埋葬，方便毒物在地下吞噬肉体，让翟氏一族死得极其屈辱。

对于翟义的祖先，王莽更是疯狂掘墓，然后在坟茔中注入粪便，让粪水将坟茔完全搞臭。

对于翟义义军主要首脑之一的王孙庆，王莽还破天荒地搞了中国历史上第一次人体解剖。

他召集太医和屠夫一起把王孙庆的尸体开膛破肚，挖出五脏，研究各个器官的功能，再用削尖的竹刺刺破血管，了解经脉的走向。

这可不是想开拓什么医学新领域，王莽只是想以最残忍、最不人道的方式羞辱罪人，让天下人都看看，造反者的下场有多悲哀。

王莽，还是失败了。

在失去万民拥戴的华丽光环后，王莽不可避免地要被后人唾弃。

但必须指出，王莽并非从一开始就预谋篡汉的。

曾经，他是一个品行高尚的有为青年，一步步在收揽人心中获得无限的吹捧和拥戴，又在吹捧和拥戴中自信可以带领全民创造一个"耕者有其田，鳏寡孤独废疾者皆有所养"的大同社会。

别忘了那次四十八万多人的联合上书。按照西汉不足四千万人口的比例，那次上书，几乎囊括了所有读书人。

天下有德者居之，无德者让之。大家都认为王莽是有德者，代汉自立乃众望所归。

但后世人却不认同这一点，他们抨击王莽虚伪奸猾，欺骗了全天下人。

不过近代以来，史学界对王莽的评价却有了较大程度的反转。

比如吕思勉认为，站在汉朝的立场对王莽进行评价很不公正，一个"伪"字掩盖不了王莽礼贤下士、谦虚好学的品性，更何况王莽复古改制代表了从先秦以来仁人志士的公意，无论成败都不是王莽一人之过。

再比如翦伯赞评价称，假如离开"祖刘"的立场，王莽不失为中国历史上最有胆识的一位政治家，改制是要将当时矛盾百出的社会经济制度加以改良，其本身应当是进步的。

抛开"祖刘"的立场，我们不妨回到最初的问题，王莽虚伪吗？

设想一下，如果有人几十年如一日，为了当上皇帝天天装、月月装、年年装，在这过程中还能严格约束自我，保持勤俭淡泊的品行和殚精竭虑处理政务的热情，以追求更高的人生价值，其本身就值得敬佩。

王莽篡汉是错误的吗？

在西汉行将就木之际，也许没有王莽，还有李莽、张莽出现，西汉注定要走向灭亡，王莽只是扮演了终结者的角色，更何况这一角色，是大众挑选的，是大众拥护的。

因此，与其说王莽具有虚伪的秉性，篡汉的罪责，不如说他有心做事，有心以一己之力再造一个国力强盛、百姓安居乐业的王朝。

正如白居易的名诗《放言》所言：

赠君一法决狐疑，不用钻龟与祝蓍。
试玉要烧三日满，辨材须待七年期。
周公恐惧流言日，王莽谦恭未篡时。
向使当初身便死，一生真伪复谁知。

如果王莽没有篡汉，他就是大汉王朝乃至全天下人心目中的圣人；

如果王莽建新后带领国家走向大同，他就理所当然成了并肩尧、舜、禹、汤的千古贤君。

只可惜，他失败了，一切都无从谈起了。

其实，别说王莽，历朝历代的改革都难以妥善解决土地兼并这一千古难题。土地私有，就会引发土地兼并，造成社会两极严重分化；土地国有，平均社会财富，又会引发既得利益者的强烈对抗，造成无休无止的斗争。

这是封建王朝一直存在的症结，改制只能在一定程度上谋求利益相关者的妥协和让步，若真正要彻底解决土地兼并问题，就必然难以逃脱失败的命运。

王莽失去了人心，就失去了曾经拥有的一切。曾经无比狂热的拥趸们，还会继续翘首以盼，等待着下一个"千古贤君"的出现。

汉桓帝刘志

无道亦有道

一

1

蜀汉建兴五年（227年），诸葛亮为兴复汉室，率众出师北伐，临行前，他担心自己不在朝堂，蜀主刘禅会放松自我约束，于是有感而发，写了一篇名垂千古的佳作《出师表》。

在文中，诸葛亮谆谆教诲刘禅：

亲贤臣，远小人，此先汉所以兴隆也；亲小人，远贤臣，此后汉所以倾颓也。先帝在时，每与臣论此事，未尝不叹息痛恨于桓、灵也。

这句名言的中心思想很明确：想振兴社稷，一定得亲贤臣、远小人，千万不要学桓帝、灵帝，沦为你父皇和臣眼中痛恨的模样。

其实，不光诸葛亮，包括刘皇叔，都鄙视桓、灵。"桓、灵无道"绝对是三国时期长谈不衰的反面教材，一直被汉末三国中人挂在嘴边，记在心里。

就连《三国演义》开篇都鲜明地指出："推其致乱之由，

殆始于桓、灵二帝。桓帝禁锢善类，崇信宦官。"

短短几十个字，东汉衰败的罪责全被扣在桓、灵二帝头上，数千年来一直没有改变。

不过，很多人都忽视了一个细节：两位皇帝的谥号问题。

先说"桓"，《谥法》曰："辟土服远曰桓；克敬动民曰桓；辟土兼国曰桓。"

无论怎么看，"桓"都绝对不是恶谥，而是美谥，显然与桓帝荒淫无度的昏君形象完全不搭，更别忘了"春秋五霸"之首的姜小白谥为齐桓公，蜀汉"五虎上将"张飞谥为桓侯，大家都是"桓"，为何要区别对待？

如果你觉得像谥号这种身外之物符合不符合全靠一张嘴，根本没有参考价值，那么再看看桓帝之后的灵帝，《谥法》曰："不勤成名曰灵，死而志成曰灵，乱而不损曰灵，好祭鬼怪曰灵。"

在灵帝之前，凡是谥号为"灵"的君主，多多少少都会做出些出格的事。比如春秋时期弑父的蔡灵公、被弑的晋灵公、爱细腰的楚灵王……

如果桓帝全是好评，没道理灵帝全是差评；如果是友情照顾桓帝的身后名声，没道理不照顾照顾灵帝；如果桓帝与灵帝是一路货色，那么谥号为何如此天差地别？

因此只能说，谥号的评定还是相当客观的，与灵帝相比，桓帝绝对不应被划入昏庸无道的昏君阵线，其中想必存在不小的隐情。

刘志（汉桓帝）能当上皇帝，纯属侥幸。

相较于其他王朝，东汉王朝具有一个特别显著的特点：在位之君大都英年早逝，不但在位时间短，而且继位还特早。

比如史上年龄最小的皇帝汉殇帝刘隆，出生一百天就迈上人生巅峰，然后二百多天后就被抬进坟墓；再比如汉冲帝刘炳，两岁继位，三岁驾崩；汉质帝刘缵八岁继位，九岁驾崩。

在位较长的如汉和帝刘肇十岁继位，二十七岁驾崩；汉安帝刘祜十三岁继位，三十二岁驾崩；汉顺帝刘保十一岁继位，三十岁驾崩。

过早继位又英年早逝带来的最大影响就是这些皇帝在历史上几乎没什么存在感。东汉国祚一百九十五年，共传八世十四帝，大概后世人叫得上名字的也只有开国之君光武帝刘秀（贡献太大）和亡国之君汉献帝刘协（《三国演义》）了。剩下的这些皇帝，仿佛都没什么建树，更没什么故事。

除了没名气，这些不知名皇帝的人生其实都很悲惨，继位时一个比一个小，驾崩一个比一个早，最惨的是他们根本无法选择自己的人生，登基称帝并不是他们的主观意愿，而都是被人扶持上位的。

有资格扶持皇帝者，就是东汉王朝另一大鲜明特色：外戚^①。

自和帝刘肇开始，东汉在百余年时间里，窦（窦宪）、邓（邓骘）、阎（阎显）、梁（梁冀）、何（何进）先后上台把持朝政。《后汉书·皇后纪上》对这一现象的记载特别深刻：

东京皇统屡绝，权归女主，外立者四帝，临朝者六后，莫不定策帷帘，委事父兄，贪孩童以久其政，抑明贤以专其威。

---

① 外戚：指皇帝的母族或妻族，历史上，皇帝年幼继位，太后往往临朝称制，太后的族人便趁机上位，或干政擅权，或废（弑）君另立，甚至篡位自立。

外戚专政这一现象在东汉时期，表现得格外突出。

由于皇帝驾崩时很年轻，皇帝的儿子年龄肯定很小，甚至有时根本无嗣可立。这时，先皇的母后，也就是自动晋位的太后就会自私地从皇族中拥立一个年龄更小的孩童，然后大肆提拔自己的兄弟、后辈安插在各个关键职位上，轻松将原本属于皇帝的大权收归到外戚手中。

比较鲜明的如邓太后拥立的汉殇帝刘隆、汉安帝刘祜；梁太后拥立的汉冲帝刘炳、汉质帝刘缵。

后宫由太后掌管，朝政由太后的兄弟、后辈把持，先后登基的那些几岁、十几岁的小皇帝根本没有任何权力，有的甚至不懂当皇帝究竟是什么意思，只能被迫成为国家的象征。

久而久之，就在东汉皇位交接中形成了这种恶性循环。没人愿意交出大权，意味着没人愿意拥立年长聪慧的贤明之君。

这些受制于外戚的年幼之君大多数都是默默忍受着外戚在朝堂上作威作福，苦等自己亲政，然后慢慢扶持自家的势力，这才有希望收回政权。

当然，其中也有性格比较刚硬的看不惯外戚的霸道，比如汉质帝刘缵，只因不满梁冀飞扬跋扈，在一次朝会中当着众臣的面用手指了指梁冀，然后愤愤地说了句："这就是个跋扈将军！"

梁冀大怒："敢当殿跟我叫板，我弄死你！"

然后素来以聪明伶俐被朝臣寄予厚望的刘缵，就被梁冀用一块毒饼给毒死了。

正因这块毒饼，让刚满十五岁又即将迎娶梁太后妹妹的刘志有机会登上皇位。

2

可以想象，原本只是一个小小蠡吾侯的刘志，突然之间因前任皇帝被外戚毒杀而仓促登位，内心会有多大的恐慌和阴影。

特别是梁冀拥立桓帝后，权势已达到最顶峰，百官稍有忤逆即随意诛杀。史书称其：

威行内外，百僚侧目，莫敢违命，天子恭己而不得有所亲豫。[1]

为了让梁冀满意，刘志丝毫不敢违背梁冀的决定，不但拱手让出朝政大权，而且还将梁冀直接抬到一人之下万人之上的地位。

刘志降诏，梁冀入朝不趋，剑履上殿，谒赞不名，礼仪比萧何；增封其食邑为四县，类比邓禹；赏赐金、帛、车马、奴婢、甲第之数堪比霍光。

注意，这三位可都不是常人。

萧何，西汉开国第一功臣；

邓禹，东汉开国第一功臣，云台二十八将之首；

霍光，昭帝朝权臣，开创"昭宣中兴"，麒麟阁十一功臣之首。

梁冀一人得三人之待遇，权势之盛可想而知。

朝中大小政务，无不由他个人决断；百官升迁必须先去向梁冀谢恩，然后才能到尚书台办理手续；每次地方进贡，必须先让梁冀挑选，挑选剩下的二等货才会给刘志。

---

① ［南朝宋］范晔：《后汉书·梁冀传》。

最过分的是，梁冀每天干了什么，无须向刘志奏报，而刘志的日常起居必须按时报送梁冀知晓。当然，像梁冀骄奢淫逸、纵容亲信横行不法，刘志不能问，更不敢问。

皇帝当成这样，想想也是没谁了。

和平元年（150年），梁太后病逝。此时梁家已先后封了七人为侯，出了三位皇后（包括刘志的皇后）、两位大将军、三位驸马，满朝公卿无不侧目。

不过，在梁太后弥留之际，也许是出于保护本家子弟的打算，特意降诏，让十八岁的刘志亲政，并隐晦地规劝梁冀好自为之。

只可惜，亲政后的刘志仍然无权无势，梁冀也丝毫没有好自为之，反而变本加厉，毫不顾及皇帝的权威。

梁冀的嚣张跋扈，自然会招来朝中正义之士的抵制和抨击，对待这些反对派，梁冀的处理方式很简单粗暴：杀！

比如前太尉李固、杜乔曾经反对梁冀立刘志为君，被梁冀诬陷，下狱处死。

宛县令吴树执法严明，依律将梁冀的部分亲信治罪。梁冀听说后不动声色，先将吴树晋升为荆州刺史，然后借饯行之机，用毒酒将吴树毒杀。

十九岁的郎中袁著年轻气盛，直接给刘志上奏，建议刘志以皇帝的名义勒令梁冀退休。

梁冀听闻此事，立即派人抓捕袁著，吓得袁著赶紧改换姓名，假称自己受惊而死，还企图用蒲草扎成尸首以假乱真，可惜还是被人告密，抓获后直接被活活殴打致死。

这一切，刘志都看在眼里，恨在心里。如果刘志亲政前按照惯例外戚擅权还有情可原的话，那么亲政后梁冀依然毫不收敛，刘志绝不会再继续容忍。

刘志比刘缵聪明，他不会像刘缵那样当面指责梁冀，反而还继续在面子上给予梁冀足够的尊敬。他心里清楚，反抗力量不充分，一切忍让都只是权宜之计。

刘志更明白，在这种极端不利的情况下，想要依靠百官的力量除掉梁冀，显然是不现实的。

既然梁冀短时间内不会主动交权，且外部条件都不利于己，为了收回大汉天子遗落许久的权威，必须采取非常之策，他很现实也很明智地做出了自己的选择，也是因此被后人猛烈抨击的选择：重用宦官，与外戚决战！

在这里，顺便说一下东汉王朝外戚专权之外的另一重要现象：宦官专权。

其实，宦官专权一直是封建王朝一大顽疾，其中当数东汉、唐、明三朝最为严重。

清代史学家王鸣盛在史学专著《十七史商榷》中曾特别强调：

《明》①有《阉党传》，制名特妙，盖不目之为佞幸为奸臣者，以其人又在佞幸、奸臣之下也。读《宦者传》，乃知汉已有之。

可以说，宦官专权是东汉中期以来的特殊产物。东汉建国之初，皇帝年富力强，英明有方，外戚现象和宦官现象都不显

---

① 《明》：《明史》。

著。自汉和帝英年早逝之后，外戚势力开始抬头，特别是和帝的皇后邓氏临朝称制时，朝中重臣对于外戚专权表现出强烈的不满和抵制情绪。

邓太后为平息矛盾、打压反对势力，开始尽用宦官担任中常侍①，扶持一大批宦官上台，比如因改良造纸术而闻名后世的蔡伦，就长期担任传达诏令、掌理文书、参与朝政的高级宦官，宦官的势力由此膨胀。

3

按照君臣双方实力对比，刘志想要尽快夺权，就必须依靠宦官的力量，除此，别无选择。

只不过，作为一大长盛不衰的威胁势力，外戚一方也不会忽视宦官的重要作用，当年梁冀拥立刘志为帝时，就得到了宦官集团的支持。

多年来，梁冀一直注重与宦官集团保持密切联系，因此即便下定决心依靠宦官，刘志手里也没有太多的资源。

由于宫中到处都是梁冀的眼线，刘志等了许久，才终于在某次上厕所之际，秘密与心腹宦官唐衡交了底："你知道咱们身边这些宦官之中，有哪些一直对梁冀不满的吗？"

唐衡迅速想了一下，回复道："中常侍单超、徐璜、具瑗、左悺，私底下都与梁冀不和，只是苦于没有机会，陛下若要

---

① 中常侍：西汉中晚期产生，多为皇帝心腹，一开始由士人兼任，职掌顾问应对，多是虚职。东汉时则改虚为实，邓后掌权时期尽用宦官。

铲除梁冀，这四人都可重用。"

刘志很机智，为了掩人耳目，他先把单超和左悺叫到密室之中，开门见山表明态度："大将军梁冀把持朝政，作恶多端，朕想铲除梁氏一族，你们觉得如何？"

单超和左悺一听，根本来不及多做考虑，直接答道："梁冀是国之巨蠹，早就该除掉了，我等平日敢怒不敢言，陛下有此决心，我等自当赴汤蹈火，万死不辞！"

于是，刘志又召见具瑗和徐璜，还咬破了单超的手臂，六人当场歃血为盟，共谋灭梁大计。

历朝历代，皇帝与宦官歃血为盟，大概除了刘志，别无他人。

得到五大宦官的支持，刘志的灭梁工作开展得相当顺畅。

单超等人竭尽全力拉拢一切可以团结的力量，迅速集结了包括虎贲、羽林、都候、剑戟士共一千余人，然后在某次梁冀休沐①日，刘志亲临前殿召集重臣，当众宣读梁冀大罪，让具瑗会同司隶校尉张彪一起围攻大将军府，命光禄勋袁盱带着符节没收梁冀的大将军印绶，改封其为比景都乡侯。

比景县位于今越南中部的热带丛林，绝对不是养老的好去处，再说刘志也不见得会让梁冀安全抵达。

事发突然，来不及抵抗的梁冀万念俱灰，当天就携妻自杀了。

梁冀的宗族如卫尉梁淑、河南尹梁胤、屯骑校尉梁让、越骑校尉梁忠等被处斩，亲信太尉胡广等被免职，司徒韩演、司

---

① 休沐：汉朝规定，每五天可给当值官员放一天假，也被称为休沐日。

空孙朗被逮捕，门生故吏被罢免者三百余人，整个朝廷，焕然一新。

梁冀的死讯刚一传出，整座京城瞬间沸腾，百姓们无不额手称庆。

自继位以来隐忍长达十三年的刘志，也凭借铲除梁冀的壮举，成为东汉所有皇帝中唯一一个成功靠政变从外戚手中夺回政权的君主。

稳定局势后，刘志下诏没收梁冀的家产，由官府变卖。令他瞠目结舌的是，梁冀的家产居然高达三十亿钱之巨。

据汉代《食货志》记载，一石米大约可卖五十钱，三十亿钱可购买大米约六千万石！

对比清代的购买力，和珅贪墨一案的涉案金额折算成白银约一亿两，可购买大米约一千六百万石。

然而，后世多数人大概不会知道，刘志处理这些赃款的方法比嘉庆要高尚几千倍，他将全部金额存入国库，并减收当年全国一半的赋税。而嘉庆拿到这笔巨额财产（相当于全国二十年的财政收入），却没给全国百姓减免一分钱。

这还不算，刘志又特意把梁冀在洛阳城外扩建的巨型私人园林全部分割给百姓耕种，并宣布从此不再设大将军一职，另设秘书监用以分散政务，强化皇权。除此以外，刘志还广泛在民间选拔贤才，用以补充梁氏一族覆灭后空缺的岗位。

坦白讲，刘志确实是依靠宦官之力夺回的政权，可他却是在极度不利的条件下力挽狂澜，加上他铲除梁冀后的一系列贤明决策，大概无论换成谁，都不能比他做得更好。

4

为了巩固皇权，必须扶持宦官，打击外戚势力。这一思维已在刘志心中生根发芽，他并不觉得重用宦官有什么错，何况这些宦官都是他夺回政权的大功臣。

就在铲除梁冀的同一天，刘志给单超、左悺、徐璜、具瑗、唐衡五大宦官同时封侯，各食邑一万户，出力最多的单超在此基础上再增加一万户，并晋位车骑将军，位同三公。

据后世估算，当时国家总人口应在五千六百余万，按平均每家五口人计算，全国总户数应在一千一百万左右。桓帝封给五侯的食邑，几乎超过了全国总户数的千分之五，五侯在刘志心中的恩宠程度可见一斑。

这一番看似疯狂的封赏，让满朝文武诧异不已。特别是那些恪守正道、作风正派的饱学之士，本来就看不起这帮外表恭顺、内心阴暗的宦官，再加上五侯得势后仗着刘志的宠信，也开始纵容部下横行不法，鱼肉百姓，他们不能忍受。

然而，刘志却仍然选择重用宦官，这并不仅是因为他们为自己出过大力，而是宦官的身份不同于外戚和士大夫集团，毕竟宦官的所有权势全部来自皇帝的授予，他们没有家族背景，没有地方势力，只能算作皇权的附属品。

哪天皇帝不高兴了，或是宦官过于放肆了，他完全可以随时撤掉一批，再扶持一批，无论如何都不会威胁皇权。

反观士大夫集团，在铲除梁冀的过程中除了在朝廷内外制造一些舆论，实质效用几乎为零。

在梁冀飞扬跋扈之时，除李固、杜乔等少数反抗势力外，大部分朝臣都选择投靠梁冀，甘当走狗。二者的表现一对比，刘志没理由选择放弃宦官、信任朝臣。

不过，刘志对宦官的默许和纵容也是有限度的，一旦宦官势力过于膨胀，刘志便会着手打压，毫不留情。

先说五侯，其实也就享受了几年安心生活，当五侯的行为过于恶劣，作威作福的程度影响到社会稳定之时，刘志的处置手段一点都不仁慈。

提拔侯览、张让等一批后起之秀，分割五侯的权力，打压五侯的势头，然后借助士大夫对宦官的仇恨和弹劾，一股脑儿解决问题。

延熹八年（公元165年），司隶校尉韩演上奏弹劾左悺之兄在州郡横行不法，侵犯吏民，刘志立即下诏审察，结果证据确凿，左悺兄弟只得被迫自杀谢罪。

紧接着，韩演又依样画葫芦，弹劾具瑗之兄贪污腐败，刘志这次都懒得调查，直接将案件交给廷尉，具瑗没办法，只好上交东武侯印绶，代兄谢罪。刘志将具瑗贬为都乡侯，收回他在朝中的一切职务。很快，郁闷的具瑗就病死了。

借助左悺、具瑗的恶劣影响，刘志趁热打铁，下诏单超、徐璜和唐衡的袭封者，一律降为乡侯，依靠三人被封侯者，一律免爵。

曾经如日中天的"五侯"，就这么三下五除二基本谢幕了。

侯览、段珪、张让为代表的新一代宦官集团上台后，刘志依然保持密切关注，一有动向随时严惩。

侯览、段珪的门客在街头欺压百姓，济北相滕延仗义执法，当场挥刀，分分钟将几十名犯事门客尽数斩杀。

侯览向刘志哭诉，结果刘志一声不吭，直接将滕延提拔为京兆尹。

张让的弟弟张朔时任野王县令，平日里无恶不作，以肢解怀孕妇女为乐。司隶校尉李膺素来刚正不阿，下令将这恶徒缉拿归案。

张朔听到风声，在抓捕人员赶到前就跑到洛阳老哥家中，自以为躲起来就安全了。

结果，李膺居然直接率兵闯入张让家中将张朔抓获，验明正身后立即处决。

李膺的雷厉风行，让张让很没有面子，他跑到宫里向刘志哭诉："陛下，李膺不经请示私闯民宅，又不向您汇报直接处死朝廷官员，明显是不把您放在眼里！"

刘志便召来李膺询问状况。面对云淡风轻的刘志和咬牙切齿的张让，李膺凛然道："孔子当年出任鲁国大司寇，七日便将不法之徒少正卯处决，如今我任司隶校尉已满十日，唯恐因办事迟滞造成过失，如今却没想到犯了办案过速的罪。臣自知罪孽深重，今特向陛下请旨，请您再多宽恕我五日，等我限期灭尽大奸大恶之徒，然后向陛下请死！"

刘志听罢，事不关己地转过头对张让说："你弟弟作奸犯科，依律当死，李校尉何错之有？你还有什么话说？"

刘志有意袒护，张让自然不敢多说，只得哭丧着脸默默站在一旁。

此事过后，李膺声名大振，连张让这等巨宦都吃了亏，谁也不敢在李膺眼皮底下犯事，甚至到了休沐日都不敢出门。

刘志很奇怪："你等平日在宫里辛劳，正好借休沐出去散散心呀！"

一干宦官听刘志这么一说，委屈地叩头痛哭："散心是不可能散心了，我们实在害怕李校尉啊！"

刘志重用宦官不假，却并非后世误解的那样放纵宦官横行不法。为了强化皇权，刘志利用宦官打压外戚；为了国家稳定，刘志也选择合适的机会抑制宦官集团势力的膨胀。

所以，刘志当政时期，外戚不再威胁皇权，宦官亦不足以乱政，一切都在刘志的掌控之下。可见刘志一点也不昏庸无道，反而是个手腕强硬、方法得当的有道之君。

5

在刘志的扶持下，宦官集团以一种"野火烧不尽，春风吹又生"的态势发展，虽然部分野草时常被刘志铲除，但从未斩草除根。

时间一长，外戚和士大夫们忍不了了，一方面宦官仍然在地方横行不法，危害百姓；另一方面，朝廷大部分权力都由宦官掌控，极大损害了士大夫阶层的实际利益。

既然皇帝不愿过分处罚宦官，既然小打小闹解决不了根本问题，干脆，决裂吧！

南阳太守成瑨率先发难，他逮捕了投靠宦官集团的南阳当地富商张汜，本想按律治罪，结果正赶上刘志大赦天下，郁闷至极的成瑨居然不顾大赦，强行处斩了张汜，还报复性地杀了张氏宗族及门客两百多人。

与此同时，汝南太守刘质逮捕了小黄门赵津，也是不顾朝廷大赦，将赵津拷打至死。

除了成瑨和刘质，山阳太守翟超严令督邮张俭抄没了侯览的宅邸；东海相黄浮擅杀徐璜的侄子徐宣……

抛开正邪之分，虽然处置对象的确罪有应得，虽然在儒家思想体系下这种方法是正义的，但成缙和刘质无视朝廷制度的过激行为肯定是违法的，不顾朝廷大赦打击宦官，就是赤裸裸地挑战皇帝的权威。

士大夫集团一出手就是政治死斗，那么宦官集团自然不会轻易认输，他们纷纷上书向刘志哭诉，弹劾成缙和刘质公然对抗朝廷。

刘志闻讯大怒，立即抓捕成缙、刘质，以犯上罪按律处斩。

就在此时，李膺又不管不顾地处死了蓄意杀人的宦官张成之子，张成便勾结张让等人，联名上书诬陷李膺等人暗自结交太学生非议朝政、祸乱风俗、扰乱社会稳定。

刘志的怒火还在燃烧，他认为这帮士大夫公然挑战自己的权威，明显是不把自己放在眼里，于是诏令全国，以结党之罪逮捕以李膺、陈寔、范滂为首的两百多名朝臣、名士。

由于当时被捕的都是受到天下歌颂的名人、贤人，度辽将军皇甫规甚至以未能名列"党人"被捕为耻，主动要求刘志将自己治罪。

不过，人虽然抓了，刘志却不想难为他们。第二年，尚书霍谞、城门校尉窦武联名上奏为党人求情，刘志索性顺水推舟，下诏释放在押人员各回各家，终生不得入仕。

这就是刘志除重用宦官外的另一大人生污点，史称"党锢之祸"。

实际上，刘志发动"党锢之祸"，并非公报私仇，也不掺杂感情成分，只是在士大夫与宦官矛盾不可调和的情况下，为了维护个人权威，迅速稳定局面，选择支持宦官集团，毕竟是士大夫集团挑衅在先，不打压打压他们的嚣张气焰，以后还怎么开展工作？

十五岁继位，二十八岁铲除梁冀亲政，三十六岁驾崩，刘志二十三年皇帝生涯，只有后八年才算真正掌权。

在这八年时间里，刘志做了很多大事，比如选拔人才、造福百姓，着手调和士大夫和宦官两大集团的矛盾。八年间，国内经济持续发展，在籍人口大幅增加，人口总数超过西汉极盛时期，他所重用的"凉州三明"①在对羌族作战中连战连捷，取得杰出战果，这一切，都是刘志的功绩。

当然，在这个过程中，刘志的个人生活确实也不那么检点。在梁冀身边做了十三年傀儡，又娶了梁太后的妹妹为妻，刘志一直都不敢放纵。

等梁冀被灭之后，刘志仿佛一下子释放了天性，虽然他最初曾接受光禄勋陈蕃的建议，从后宫放出五百多名宫女，可放完之后，刘志又多次进行大规模选美，据说后宫宫妃的数量一度高达五六千人！

大概正因为刘志过于放纵，早早透支了身体，永康元年（167年）十二月，刘志驾崩，终年三十六岁。

然而庞大的后宫嫔妃整天服侍，刘志居然没生出一个儿子（只有三个女儿），大权由此被外戚收回，刘志的皇后窦氏与其父窦武商议妥当，选择拥立解渎亭侯刘宏为帝，也就是"桓、灵无道"的另一位主人公汉灵帝。

汉灵帝刘宏，才是导致刘志在后世不断遭受恶评的罪魁祸首。

---

① 凉州三明：指对羌族作战的三大军事将领皇甫规、张奂、段颎。

6

客观评价刘志继位以来的种种表现，他绝对不是后世评价的那个荒淫无道的昏庸之君。

他不仅称不上无道，而且还很有道。

刘志掌权后，一直致力于强化皇权，打压外戚势力，同时也在有效制约宦官势力的膨胀。在这个过程中，他几乎很少失误，除了个人比较好色之外，重用宦官是为打压外戚，发动"党锢之祸"是为稳定朝局，其实根本算不上污点。

那么，刘志为何被后世抨击为"无道"之君呢？

我们不妨这么做个比较：

前后两代君主，如果前一个是暴君，后一个是明君，两者对比就会显得明君特别贤明，暴君特别暴虐；如果前一个的做法本就令有些人不满，又出了个更过火的昏君，变本加厉延续前一个的做法，那么前一个就会被后一个影响，这才是后世称"桓、灵无道"的原因。

也就是说，汉桓帝刘志后面很不幸地是一个"五毒俱全"的汉灵帝刘宏，两人就这么被后人捆绑在一起，刘志也被贴上无道的标签，与灵帝一道接受后人的"抨击"。因为汉灵帝刘宏实在过于糟糕，而且刘志那些受到争议的做法全部被灵帝继承，甚至还"发扬光大"。比如"党锢之祸"。灵帝刘宏一朝也发生了一次。第一次"党锢之祸"，党人一个没死，仅仅关押了十个月，就被刘志全部释放回家了。第二次"党锢之祸"，刘宏却挥起屠刀，迫害死了六七百人，这才酿成了一场巨大的政治危机。

比如重用宦官。刘志是一手重用一手制约，宦官集团基本没掀起太大的风浪。而在刘宏一朝，也学着先帝一日同封五侯的

"壮举"，一次性册封了十二位中常侍，也就是《三国演义》第一回讲到的"十常侍[①]乱政"。

十常侍狼狈为奸，灵帝又不具备桓帝制约宦官的能力，这才导致宦官弄权，社稷衰败，最终爆发黄巾起义，加速了东汉的灭亡。

再比如卖官鬻爵。卖官鬻爵确实源自桓帝一朝，但刘志卖官，并没把钱装进个人腰包，大部分都用来支持对西北羌族作战。

延熹四年（161年），零吾羌和先零羌等族先后叛乱，战火烧到关中地区，刘志为减轻国库的财政压力，下诏降低公卿百官的俸禄待遇，却发现根本省不出钱，这才下令以不同价格卖关内侯、虎贲郎、羽林郎、缇骑营士和五大夫等官爵。

拿到卖官得来的钱，刘志先后重用皇甫规、张奂和段颎平定叛乱。

特别是在花钱买和平不太见效的情况下，刘志起用主战派段颎以武力戡乱。

段颎很给力，先后平定东羌、西羌叛乱。史书称：

凡破西羌，斩首二万三千级，获生口数万人，马牛羊八百万头，降者万余落。（破东羌）凡百八十战，斩三万八千六百余级，获牛马骡驴驼四十二万七千五百余头。

辟土服远曰桓。正因在位期间取得对外族战争的完胜，扩

土上百万平方公里，才是刘志谥为"桓"帝的根本原因，这个谥号，刘志基本当之无愧。

刘志卖官，规模很小，还带有很强的政治目的。

反观刘宏，不但规模大，而且形式上还推陈出新。

像关内侯、羽林郎、虎贲郎这类官职，还是延用刘志的老办法，刘宏觉得不过瘾，直接加大了力度，关内侯、羽林郎能卖，三公九卿自然也能卖！

刘宏明码标价，九卿定价五百万钱，三公定价一千万钱。

如果有的人想一步到位直接拿下三公九卿又苦于钱不够，没关系，可以"按揭"，分期付款！

你没听错，我也没说错，为了捞钱，刘宏的确是这么做的。

卖着卖着，刘宏又发明了另外一种捞钱的方法，明码标价太死板，竞标肯定赚得更多。

于是，那些特别抢手的重要岗位，就用竞标的方式，谁出价最高，就让谁拿下。比如曹操的父亲曹嵩，花了超过原价十倍的价格（一亿钱），才终于把三公之一的"太尉"搞到手。

刘宏靠卖官得到很多钱，这些钱却通通用于个人享乐。

大兴土木、挑选美女自不必说，刘宏还扩建皇家园林，光是馆阁就有千间之多。

刘宏在这些豪华的馆阁中与后宫嫔妃寻欢作乐，白天休息，晚上纵情，根本没有精力处理朝政。对此，刘宏还大发感慨："如果朕能活一万年，一万年都待在这里，那么肯定比天上的神仙更加快乐！"

幸好刘宏只做了二十一年皇帝就死掉了，没有做到"万岁"，死时年仅三十三岁。

也就是在刘宏一朝，轰轰烈烈的黄巾起义爆发，极大地加速了东汉的灭亡。

种种现象表明，汉桓帝刘志显然被汉灵帝刘宏影响了，他被迫和刘宏捆绑起来，不幸被后人误解为一个无道昏君。

现代汉语对"无道"一词有这么几种解释：

1. 社会黑暗；

2. 不行正道，做坏事的昏君；

3. 违背常理或不近情理；

4. 没有办法。

对比而言，刘志一朝显然都不符合上述解释，而刘宏完全符合。

当然，桓帝刘志确实重用了宦官，发动了"党锢之祸"，在以儒家思想为准则的后世士大夫眼中，重用作恶多端的宦官、囚禁作风正派的仁人志士，无论哪朝哪代都不是明君该有的作为。

他们坚信桓帝不该重用宦官，不该发动"党锢之祸"。这明显是站着说话不腰疼，在无时无刻不渴望收回皇权，又迫于无人援助的情况下，刘志不依靠宦官根本无从与梁冀抗衡，在士大夫与宦官势同水火时，他又不得不选择支持一方，打压另一方，以求尽快稳定局势。

刘志做出了理性的选择，虽然这个选择在道义上站不住脚，所以注定会因此降低后人眼中的印象分。

也许，后人抨击的无道，完全取决于个人选择和立场。至于后人对自己的评价，刘志无法改变。他不是第一个被误解的君主，也注定不会是最后一个。

魏文帝曹丕

黑子遮不住太阳的光芒

1

《世说新语》关于曹丕有两个很黑暗的故事：

> 魏文帝忌弟任城王骁壮。因在下太后阁共围棋，并啖枣，文帝以毒置诸枣蒂中，自选可食者而进；王弗悟，遂杂进之。既中毒，太后索水救之；帝预敕左右毁瓶罐，太后徒跣趋井，无以汲，须臾，遂卒。复欲害东阿，太后曰："汝已杀我任城，不得复杀我东阿！"

魏文帝曹丕忌惮二弟任城王曹彰骁勇，有次约弟弟下围棋，故意在枣里下毒，曹彰吃了毒枣，性命垂危，曹母赶紧给儿子找水洗胃。

没想到曹丕做得很绝，事先就把取水的瓶瓶罐罐都打碎了，曹母来不及穿鞋，赤着脚跑到井边打水，结果连水桶都被曹丕藏了起来，曹母只得眼睁睁地看着儿子毒发身亡。

毒死了曹彰，曹丕又想陷害曹植。曹母吃了大亏，这回严厉警告曹丕："你已经杀了我的彰儿，绝对不能再杀我的植儿！"

第二个故事，比毒杀弟弟更加恶劣。

魏武帝崩，文帝悉取武帝宫人自侍。及帝病困，卞后出看
疾。太后入户，见直侍并是昔日所爱幸者。太后问："何时来
邪？"云："正伏魄时过。"因不复前而叹曰："狗鼠不食汝
余，死故应尔！"至山陵，亦竟不临。

魏武帝曹操病逝后，曹丕悄悄把父亲安置在铜雀台上的姬
妾们照单全收了。

等曹丕病重时，曹母前去探视，刚走到寝宫门旁，她赫然
发现，儿子内室里的女侍几乎全是当年老公宠幸的姬妾。

曹母很吃惊地问门旁的女侍："你是何时来服侍陛下的？"

那人回答："给魏王（曹操）服丧期间就来了。"

曹母叹道："狗鼠都不会吃你剩下的东西，死了也是活该！"

说罢，曹母愤然回宫，直到曹丕病逝以及出殡，她都没再
来看儿子一眼。

在历朝历代的史书典籍中，这应该是曹丕被抨击得最惨的
一次。

不过，对曹丕不太友好的《世说新语》，本质上类似于魏
晋名士们的趣事集锦，真实性有待商榷。

比如第一个故事，完全经不起史实的推敲。

首先，直接当着母亲的面毒杀亲弟弟，智商基本等于零，
这明显与曹丕有心机、有城府的性格不符；

其次，据史料记载，曹彰是六月病逝于京城的，六月份枣
子还没成熟，用枣下毒是不存在的；

再次，曹植受封东阿王是在魏明帝曹叡那阵，曹老妈不可能在曹丕时代就称呼曹植为东阿王。

至于第二个故事，一样很失真。

史载曹操病逝前曾特意降诏，遣送宫中淑媛、昭仪等嫔御各回各家、各找各妈，铜雀台上的那些姬妾不太可能在宫里服侍曹丕，更不可能被前来探望儿子病情的曹老妈认出。

但不得不承认，能把故事写得如此煞有介事、生动传神，足见后世还是存在不少批判者。

比如唐朝史学家刘知几，就把曹丕批判得一无是处：

> 文帝临戎不武，为国好奢，忍害贤良，疏忌骨肉。[①]

还有北宋名臣范仲淹，抓住曹丕的私生活狠狠抨击：

> 魏文帝宠立郭妃，谮杀甄后，被发塞口而葬[②]，终有反报之殃。

在有些人眼中，曹丕是个品行恶劣的恶人，靠卑鄙手段夺取了本该属于曹植的王位，然后躺在父亲的功劳簿上，以武力恐吓逼迫汉献帝退位，成了真正意义上的"篡国之贼"。所幸苍天有眼，只让曹丕这阴险小人当了七年皇帝，四十岁就死掉了。

读过《三国演义》或是看过影视剧的朋友，大概都会有这

---

① ［唐］刘知几：《史通》。
② 曹丕继位后宠爱郭贵妃，甄后日益失宠，流露出一些愤恨的言论，被曹丕赐死，据传下葬时甄后披发覆面，以糠塞口，以示惩罚。

么一种明显的感受：曹丕这辈子，不是正在坑曹植，就是在坑曹植的路上。

比如剧中就设置了一个有趣的桥段，建安二十四年（219年），曹操让曹植从军出征，解樊城之围，曹丕却在出征的前夜故意拉着弟弟痛饮，喝得曹植第二天正午都没醒过来，直接耽误了行程，让曹操大失所望。

其实，曹植确实在当晚喝高了，却不见得是曹丕的责任。毕竟最先记载这个桥段的《魏氏春秋》和《世说新语》一样不靠谱，况且曹植酗酒误事，可不止一次两次。

还有那个最经典的桥段，曹丕继位后残忍迫害曹植，命他七步之内完成一首兄弟题材的原创诗，还不准出现兄弟的字样，搞不定就推出去砍了。

曹植顶住压力，作出一首《七步诗》：

煮豆燃豆萁，豆在釜中泣。
本自同根生，相煎何太急？①

诗成后，曹丕没了治罪的借口，只好把弟弟踢出朝廷，贬到遥远的外地。往后余生，曹植一直都在无休止的监视和频繁的迁移中度过，惆怅和愤懑着走完了一生。

事实上，正史中并无关于"七步成诗"的任何记载，曹植被贬的原因，是他在封地"醉酒悖慢，劫迫使者"，这本是重

---

① 《世说新语》中有另一版本："煮豆持作羹，漉豉以为汁。萁在釜下燃，豆在釜中泣。本自同根生，相煎何太急？"《七步诗》是否为曹植所作也很有争议。

罪，曹丕还是看在母亲的面子上，才把弟弟从临淄侯贬为安乡侯，当年改封鄄城侯，第二年又晋爵为鄄城王。

而且，曹丕并不是只针对曹植，他针对了所有的弟弟。曹魏政权吸取了汉朝诸侯王起兵叛乱的教训，将立国制度定为依靠士族治国，削夺藩王实权。

曹丕所有的兄弟都跟曹植享受一样的待遇：在封地老老实实待着就行，不需要也不允许插手朝政。

只可惜，在后世文学作品和民间艺人的演绎下，曹丕被彻底抹黑。就像后世一听到三国的故事，普遍支持刘备刘皇叔、痛恨曹操曹阿瞒，也普遍同情才高八斗的曹植，批判伪善奸诈的曹丕。

2

在王位竞争的整个过程中，曹丕曹植兄弟基本属于公平竞争，过程中只有策略选择，真正决定胜败的是性格，绝非阴谋。

曹植争位失败，绝大部分原因是他自己造成的，并不是源于曹丕的陷害。

儿子多了，挑选继承人就很头大。

特别是东汉末年那些枭雄的后代们，一个个都不是省油的灯。

比如袁绍的儿子们特别热衷于内斗，结果一个都没活成，还搭上了个外甥高干，地盘全部被曹操兼并。

再比如刘表的两个不成器的儿子，一个被蔡瑁支配，一个被刘备支配，哥儿俩屁大的功业未立，还经常被曹操当成反面教材："生子当如孙仲谋，刘景升儿子若豚犬耳！"

相较而言，还是曹操的儿子们质量最高、故事最足。

曹丕的大哥曹昂，是个品学兼优、可塑性很强的好苗子，可惜在跟随父亲远征张绣时死在乱军之中。[①]

曹丕的二弟曹彰，绰号"黄须儿"，二十岁就敢正面擒杀猛虎，三十多岁就挂帅出征乌桓、鲜卑，大获全胜归来后，父亲抚着曹彰的黄胡子激动地说："黄须儿竟然如此优秀！"

曹丕的三弟曹植更不用说了，写得一手锦绣文章，在文坛属于杰出的代表。

还有一个超级神童曹冲，五六岁时就懂得利用水的浮力给大象称重。

曹丕能在这么一群优秀的竞争者中胜出，既有运气成分，当然也是自身努力争取的结果。

如果曹昂不死，大家都只能靠边站，谁也没资格觊觎王位。

曹昂死后，曹丕一样不是第一继承人，第一继承人是曹冲。

原因很好解释，曹冲当众显露超高智商时，曹操只有四十多岁，还有大把的时间培养儿子成才。

只可惜，曹冲十三岁就病死了，曹操痛惜得几天吃不下饭。

见父亲如此悲痛，曹丕还特意前来宽慰："父亲，冲弟英年早逝，我们都很难过，可您一定要爱惜自己的身子骨，不宜过于悲伤啊！"

曹操瞥了曹丕一眼，语调之间夹杂着意味深长的无奈："冲

---

① 建安二年（197年），曹昂随曹操出征张绣，张绣降而复叛，混乱之中，曹操坐骑被射死，曹昂把自己的坐骑让给父亲，步行保护曹操出城，结果与勇将典韦、堂弟曹安民俱死于乱军之中。

儿死了，是我的大不幸，却是尔等的大幸！"

后来连曹丕自己都承认："昂兄若在，理所应当坐在这个位置；如果冲弟还在，我也一样当不了皇帝。"

两大劲敌先后逝去，曹丕仍然不是首选，首选先是三弟曹植。

据说曹植十多岁时就能诵读《诗经》《论语》和先秦两汉辞赋，诸子百家无一不通。

更出彩的是，曹植不仅文笔行云流水，倚马可待，还是个思维敏捷、才辩无双的翘楚。

某次曹操看了曹植妙笔生花的文章，疑惑地问道："这是你请人代写的吧？"

曹植淡笑："话说出口就成言论，笔落下来就成文章，何必请人代写呢？"

建安十五年（210年），铜雀台落成，曹操兴致高涨，召集了手下的笔杆子们登台作赋，比试文章。

曾经在父亲面前说下的豪言壮语，就在此次比试中得以应验。有曹植在场的比赛，其他人谁也没有机会拿到冠军。

他不仅写得最快，而且写得最好，没多会儿，他就完成了一篇《登台赋》。

其中有几句很是应景：

天功恒其既立兮，家愿得而获逞。扬仁化于宇内兮，尽肃恭于上京。虽桓文之为盛兮，岂足方乎圣明。休矣美矣！惠泽远扬。翼佐我皇家兮，宁彼四方。同天地之规量兮，齐日月之辉光。

此后，每逢父亲率军出征或是朝中有重大活动，曹植都会当众即兴创作，为父亲歌功颂德。

再加上曹植性格洒脱，坦率随性，同样作为超一流诗人的曹操，在痛失曹冲后，一直中意活泼开朗的曹植，不大喜欢沉郁低调的曹丕。

建安十九年（214年），曹操远征孙权，让曹植留守邺城。临行前，曹操对曹植说了一段很有政治倾向的话："当年为父担任顿丘令时，年纪只有二十三岁，每每回想起那段努力奋斗的峥嵘岁月，至今都心潮跌宕，如今你也是二十三岁，怎能不奋发图强呢！"

注意，这样的话，曹操可从来没对曹丕说过。

不光是当事人曹植，朝中许多忙着站队的大臣，都是属狐狸的，但凡有点风吹草动都逃不过他们的视线，他们中的有些人敏锐地察觉到领导立嗣的偏向，果断选择跟着曹植混，那些始终拥护"嫡长子继承制"的大臣，仍然选择支持曹丕。

于是，曹丕和曹植身边各自集结了一群拥趸，拉开了兄弟间立嗣之争的序幕。

曹丕阵营：司马懿、陈群、吴质、朱铄。

曹植阵营：杨修、丁仪、丁廙、孔桂。

然而，原本在立嗣之争中拿到的一副"好牌"，却被曹植生生打了个稀巴烂。

曹植心高气傲，常常任性而为，酗酒误事，以至于曹操始终下不定决心立他为嗣。

除此以外，曹操还特别反感儿子跟自作聪明的杨修混在一起。杨修作为曹操的主簿，消息特别灵通，鬼点子也多，可惜运用起来，却总给曹植帮倒忙。

据说，曹操经常出题让兄弟俩作答，杨修便提前帮曹植押题，并准备好参考答案让曹植背熟，每一次曹植都能对答如流、分毫不差。

时间一长，曹操察觉到了疑点，儿子的智商再高，也不至于考题刚拿到手，分分钟就呈上答卷。私下一调查，曹操才发现原来是杨修在中间当枪手，配合儿子演双簧。

还有一次，杨修发现曹丕秘密把心腹吴质藏在装满绸缎的车中，拉进府里商讨对策，杨修就自己做主，把此事向曹操告了密。

曹丕听到风声，心里没底，便向吴质问策，吴质却很淡定："何必惊慌，既然魏王要查，我们不妨将计就计……"

几天后，又有一辆绸缎车停在了曹丕府门前，被曹操派去的调查人员当场叫停，结果一搜，除了绸缎还是绸缎。

从此，曹操对曹植的人品、作风有了不小的质疑。

如果这些小打小闹还不算过分，那么建安二十二年（217年）某日，曹植喝了场大酒，不知哪根弦搭错了，愣是不听劝说，擅自闯入皇城司马门，在只有皇帝举行重大典礼时才能行走的御道上纵马驰骋，放声高歌。

曹操闻讯大怒，立即处死了掌管王室车马的公车令，算是替犯下死罪的儿子背了锅，然后严厉重申朝廷的法规禁令。

这件事，让曹植在曹操心中的形象一落千丈，一个毫无政治意识和纪律观念的狂傲才子，哪能担当起治国理政乃至宰执天下的重任呢？

3

相比于曹丕的隐忍和心计，曹植的确是个弟弟。因为从一开始，曹丕就没打算跟弟弟拼文采。

曹植的智囊团全是一帮年轻气盛的文人，曹丕的智囊团却个顶个都是人精。

曹植的智囊教的全是如何高调地取悦父亲，曹丕的智囊却教他看得更远、想得更深。

某次，曹操率军出征，曹植还是保持着一贯的作风，当场写了篇气势恢宏的雄文，不出意外博得潮水般的掌声。

弟弟表示完，下面该曹丕表示了。

只见他不慌不忙地走到父亲身边跪了下来："子桓不能代父出征，想想都特别羞愧，虽然父亲英明神武，可是在外征战还是相当危险，唯愿父王保重好身体，子桓也会在京城为您日夜祈福！"

说罢，曹丕流下了两行真挚的热泪。

激昂的画风突然一转，搞得曹操大为感动，在场的大臣们也都很感动："曹丕这小伙子可真孝顺哪！能够理解父亲连年征战的不易！"

在效果上，曹丕显然取得了完胜。

自始至终，曹丕都懂得隐忍，严格规范言行，对父母恭敬孝顺，对弟弟们呵护有加，对朝中的大臣也是给予充分的尊重，从不以曹操长子的身份妄自尊大，赢得了多数人的好感和支持。

最终，给曹植致命一击的，是来自贾诩的暗助。

建安二十二年（217年）十月，也就是曹植擅闯司马门不久，曹操找来贾诩询问他关于立嗣的看法，贾诩却闭口不答。

曹操疑惑地问："你难道对此一点看法都没有吗？"

贾诩又沉默了一会儿，然后深沉地回答了句："此刻，我正在想袁绍和刘表的悲剧。"

曹操瞬间明白了过来，袁绍和刘表都是废长立幼惹出的祸乱。曹操终于下定决心，立曹丕为世子。

事实证明，传位给曹丕，绝对是个明智的选择。

也许懂得隐忍、克制，有手段、有头脑的曹丕算不上一个好哥哥，却注定能当一个好皇帝。

真正的三国，要从曹丕开始算起。

即位魏王之初，曹丕便深刻总结两汉至今的制度得失，推出了两项新政。

一是废除中常侍和小黄门，改设散骑常侍、散骑侍郎，严禁宦官干政，更不允许宦官在朝中担任重要官职，这就从制度上彻底消除了东汉末年宦官乱政的根源。

二是采纳陈群的建议，废止父亲"唯才是举"的政策，正式施行九品中正制。

在这里，需要回答一个后世一直热议不断的话题：曹操为什么不称帝？

官方解释有二：一是曹操想把基业留给儿子，二是曹操本来就只想做周公。

其实，从制度根源上看，曹操之所以不称帝，并非不想，而是不能。

那么曹操为何不能称帝？因为他一直坚持唯才是举、以才为先的政策，大力在民间提拔庶族，引起了士族①阶层的批评和反感，他们坚决不支持曹操称帝。

荀彧的悲剧就是个典型的例子。

---

① 士族：又称门第、门阀，指世代为官的名门望族。

作为颍川荀氏的佼佼者，荀彧多年来一直被曹操信任有加，最后却出人意料地反对曹操晋爵魏公。①

除了荀彧，曹操这辈子还杀了不少士族代表，比如孔融、杨修、崔琰。

孔融自不用说，杨修是弘农杨氏，崔琰是博陵崔氏，都是两汉累世公卿的豪门大族。

正因如此，当年孙权劝曹操称帝，他才会笑着说了句："这小子是想把我放在火炉上烤哇！"

曹丕不同，为了取得士族的绝对支持，他选择推行九品中正制，为士族阶层垄断政权提供制度保障。

九品中正制最核心的要义就是选拔中正官，作为品评人才的固定官职。然后，由中央下发人才推荐表，把人才分为"上上、上中、上下，中上、中中、中下，下上、下中、下下"九个等级。

全国各地中正官就按照这张表，将自己所在地的人才分别品第，并加评语，然后呈交吏部，吏部官员依此进行官吏的升迁与罢黜。

由于中正官都把持在士族手中，他们自然只会挑选本族子弟为官，由此逐渐导致魏晋时期士族门阀垄断了朝廷的重要官职，造成"上品无寒门，下品无士族"的局面。

推行九品中正制，正是士族阶层热烈拥护的。曹丕由此顺

---

① 关于荀彧的死，史学界有种流行的说法：在反对曹操晋爵魏公后，曹操给荀彧送去一食盒，里面却空无一物，荀彧见盒后被迫服毒自尽。

利取得士族阶层的大力支持，于曹操病逝的同年登基称帝，结束汉朝四百年统治，开创士族政治之先河，并为日后实现"三国一统"打下了坚实的基础。

登基之后，曹丕选择与士族合作，明令妇人不得预政，后族之家不得辅政，宦官不得干政，同时削夺藩王权力。像曹植这种藩王，在封地既无治权，更无兵权，不但受到严格监视，封地还时常变更。

所以说，不必再认为曹丕故意迫害曹植，这是制度造成的必然结果。

当然，制度选择都是利弊共存的，打压藩王确实能有效地避免诸侯国作乱，但随着魏国的统治实权逐步被士族垄断，魏氏宗亲势单力薄，在司马懿诛灭曹爽后，曹家的子孙再也无力阻止司马家族"三马（司马懿、司马师、司马昭）食槽（曹）"的悲剧。

4

除了迫害兄弟，曹丕还留给后人一个很不好的印象，就是后人总觉得他没水平，篡汉自立后基本毫无功业。

事实并非如此。

一般认为，曹操这辈子最大的功绩，就是统一了北方。

更准确地说，应该是集曹操、曹丕两代人之力，才算实现真正意义上的北方统一。

在平定董卓、吕布、张绣、张扬、袁绍等北方各大势力后，还有两块"自留地"一直处在半割据半归顺状态，一是青州、徐州，二是凉州的武威、张掖、西平、酒泉四郡。

特别是徐州之地，先后由陶谦、刘备、吕布等人控制，总是降而复叛、叛而后降，而且徐州距离曹魏的政治中心许昌、邺城一带很近，属于肘腋之疾，多年来没少让曹操烦心。

建安三年（198年），曹操在白门楼生擒吕布，为了更稳定地控制徐州，以便全力对付袁绍，曹操任用徐州地区的"土著"豪强臧霸为琅琊相，割青、徐二州委任于臧霸。

曹操的态度很明确：二州事务由你一人掌控，管好你的手下，别给我闹事就行。

拥有便宜行事之权的臧霸，基本在领地范围内属于土皇帝。当然，上面有曹大佬盯着，臧霸一直很安分，守好自己的一亩三分地，还在官渡之战以及此后的与东吴作战中立下大功。

曹操病逝后，青、徐之地有点不安分了。

先前，臧霸为了赢得曹操的信任，选派了一大批自己家族和部将亲属子弟送到中央，曹操刚一去世，这批人居然不经请示，擅自离开洛阳。

曹丕很生气，可他一向稳得住心态，当务之急是收揽人心，尽快代汉登基，所以曹丕听取贾逵等人的建议，对臧霸以安抚为主，还将其晋爵为武安乡侯，都督徐州诸军事，丝毫不问其罪。

代汉建魏之后，曹丕开始张罗收服青、徐之地。

与此前最明显的区别是，曹丕称帝时，百官多有晋升，而臧霸却仅从武安乡侯改为开阳侯，职位一点没升，算是给了他一次警告。

没过多久，曹丕晋升同族兄弟曹休为镇南将军，假节都督诸军事，全权负责吴蜀"夷陵之战"后对吴作战事宜。

关键点在于，曹休的职位远在臧霸之上，曹休驻军的汝南郡又邻近徐州，如果臧霸不听曹休招呼，就给了朝廷以武力拿下青、徐的借口。

这就是曹丕的高明之处，进可攻东吴，退了收青、徐。

很快，曹丕宣布御驾亲征，分三路讨伐孙权。三路大军中，曹休这一支是绝对的主力，在曹丕的授意下，曹休带着臧霸，臧霸带着青、徐之兵，在对吴作战中取得了不小的战果。

我们难以猜测曹丕是否具备刘备那样灭吴以报关羽、张飞之仇的劲头，可从伐吴的实际效果看，双方仅仅打了个平手，并无太多纠缠。曹丕以伐吴之名，把青、徐的问题彻底解决了。

鉴于臧霸在对吴作战中立下大功，曹丕迅速颁下圣旨："爱卿，先帝麾下能打硬仗的勇将已经不多了，你是最重要的那一个，赶紧来洛阳帮朕处理军机大事吧！"

圣旨更深一层的含义，臧霸自然很清楚，抗旨不遵就是对抗朝廷，土皇帝当了那么多年，也该挪挪窝了，戎马半生的臧霸不想再折腾了，为了保住来之不易的荣华富贵，他乖乖地去了洛阳，当了个执金吾。①

此后，曹丕又多次更换青、徐地区的大小官员，镇压当地小股反叛势力，很快就将青、徐之地彻底收归中央。

对待青、徐以怀柔政策为主，对待凉州一带的河西豪强，曹丕则是坚决打击。

三国时代威胁中原政权的胡人，主要是西北的羌族和北方

---

① 执金吾：肩负京城内的巡察、禁暴、督奸等任务，皇帝出巡，执金吾负责仪仗和警卫。

的匈奴、乌丸和鲜卑。

建安二十四年（219年），武威豪强颜俊、西平豪强麹演、张掖豪强和鸾、酒泉豪强黄华四大家族先是互相争斗，斗了一年发现成效不大，麹演就联合张掖和酒泉的势力反叛朝廷。

可惜，这几大家族的势力联合在一起，还是不太行，武威太守毌丘兴配合护羌校尉苏则轻松就把叛乱给平定了。

河西豪族们见自家势力在正规军面前毫无胜算，又开始勾结治元多、卢水、封赏等胡人部落起兵作乱。

这时，总督河西军务者，是曹魏最高军事统帅曹真。与曹丕的情况相似，在小说和影视剧中，曹真也被抨击得很惨。在战场上打不赢诸葛亮，在营帐里又总被司马懿盖过风头。

其实，曹真和曹休都是曹魏阵营不可多得的帅才，河西胡人叛乱时，曹真亲率大军一通砍瓜切菜，斩首五万余级，生擒十万余众，还缴获羊一百一十一万只、牛八万头。

更难得的是，此战重新打通了西域和中原的往来之路，鄯善、龟兹、于阗王各自遣使向曹魏进贡。曹丕设置西域长史府，重新恢复了中原王朝对西域的统治。

在西北战场取得丰硕战果，曹魏军在北方的表现毫不逊色。曹丕任命田豫为护乌丸校尉，牵招、梁习为护鲜卑校尉，一次次将敢于出头的少数民族击溃，特别是鲜卑首领轲比能，屡次犯边却也败得最惨，史载"胡人胆破"，而曹魏"威震沙漠"。

这一桩桩一件件，都是曹丕的功绩。

5

读史，最忌讳用道德的标准去衡量政治家。特别像曹丕这种能干大事的政治家，他做不成好人，却一定能做个心胸宽广、虚心纳谏的明君。

曹丕称帝后，想追封一下外祖母，尚书令陈群劝谏道："陛下，您的心情可以理解，可臣遍查上古典籍，从来没有分封妇人爵位的先例，希望您不要开这个头，想孝顺太后，不妨换种方式！"

曹丕认为有理，不但听取了陈群的建议，还特意把这项条例记录下来，定为制度，让后世子孙都要遵从。

夏侯尚作为曹丕长期的挚友，两人的关系一直很好。某次，曹丕喝了点酒，借着酒兴给夏侯尚颁发了一张免罪诏书："你是朕的亲信，朕可准你便宜行事，杀人可免罪，赦免人犯可不经朝廷批准。"

夏侯尚得此诏书，逢人就吹嘘自己跟曹丕的关系有多密切，自己有多受宠信。

没过多久，曹丕征召蒋济为散骑常侍，蒋济抵达京城后，曹丕问他在京城有何见闻，蒋济眯了眯眼睛，语气冰冷地答："别的不敢说，反正臣听到了亡国之音。"

一句话说得曹丕气不打一处来："爱卿，说话是要负责任的，你哪只耳朵听到亡国之音了？"

蒋济丝毫不为曹丕的怒气所动，目光坚毅如铁："陛下富有四海，可您却有权任性，随便下道诏书就能让一个和您关系密切的臣子肆意妄为，天下人会怎么看您？所谓天子无戏言，请问您做到这一点了吗？"

曹丕听罢默然不语，犹豫了一会儿，然后下诏追回了颁发给夏侯尚的诏书。

由于长期对外作战，河南郡人口锐减，曹丕称帝后，打算迁徙十万户冀州人士充实河南郡。

当时北方恰逢大旱，又闹蝗灾，百官认为天灾之际，不宜大动干戈，于是侍中辛毗就带着一干人等堵在殿外请求曹丕收回成命。

曹丕觉得被百官一堵就退缩，实在有些掉份儿，他冷眼盯着辛毗，从嘴里丢出一句话："你认为朕做得不对？"

"启禀陛下，确实不对。"辛毗很刚硬。

"哪里不对？"

"哪里都不对！"

曹丕愤然怒道："你这种品性，朕懒得跟你计较！"说着便要返回后宫。

就在这时，辛毗猛然上前一把拽住曹丕的龙袍，继续怒道："陛下让我担任侍中，我就要尽到责任，您迁不迁徙百姓对我有什么利弊呢？我这可是为您为江山社稷着想，您又有什么理由冲我发脾气呢！"

曹丕费了好大的劲，才挣脱辛毗的拉扯，头也不回地返回后宫。

过了大概一个时辰，曹丕气消了，又从后宫折回殿前，却发现辛毗还在门口站着，看此情形不松口他是不准备走了。

曹丕只好无奈地走上前去，对辛毗说："辛佐治，谈事就谈事，你为何要把朕逼得如此急迫！"然后，曹丕接受了辛毗的劝谏，只迁徙五万户充实河南郡。

还有一次，曹丕打算外出围猎，司空王朗（被诸葛亮骂死的那位）和辛毗闻讯又来堵人。

王朗的态度比较温和："陛下，您前些日子出外捕虎，天不亮就出发，天黑后才返回，这实在有违朝廷礼法，也不利于您的安全。"

曹丕很不以为然："什么安全不安全的，射猎多快乐呀！"

辛毗听罢立即驳斥："对陛下而言是快乐的，对臣下而言是痛苦的！陛下不能把自己的快乐建立在别人的痛苦之上！"

曹丕没什么好办法，只能宣布围猎取消。

6

曹丕是个好皇帝，千万也别忽视了他的文采。

作为建安文学的代表人物和"三曹"①之一，曹丕在文学领域的影响力一样很高，他的《典论·论文》是我国现存的第一部文学评论专著，他的代表作《燕歌行》是我国古代现存最早的文人七言诗：

燕歌行

秋风萧瑟天气凉，草木摇落露为霜，群燕辞归鹄南翔。念君客游思断肠，慊慊思归恋故乡，君何淹留寄他方？贱妾茕茕守空房，忧来思君不敢忘，不觉泪下沾衣裳。援琴鸣弦发清商，短歌微吟不能长。明月皎皎照我床，星汉西流夜未央。牵牛织女遥相望，尔独何辜限河梁？

虽然没有弟弟曹植的文风那么气势恢宏、天马行空，但曹丕的作品却以形式多样、委婉细腻著称，这和他低调沉稳的性格

---

① 三曹：曹操、曹丕、曹植。

密切相关。

当然，也千万不要觉得曹丕一直很阴郁，许多时候，他也一样很有真性情，而且有些冷幽默。

对仇人，他分外眼红。曾经杀害哥哥曹昂的张绣投降后，曹丕当众痛斥他："你杀了我的兄长，还有什么脸面见人！"吓得张绣很快自杀。

对投降者，他很会嘲笑。吃过人肉的将军王忠来投降，他命令部下把死人骨头挂在他的马前。

孟达从蜀国前来投奔，曹丕一见面就拍着他的背说："你就是蜀国派来的间谍吗？"

父亲曾经的爱将于禁被送返魏国后，于禁拜谒曹操的陵墓时，曹丕命人在墙壁上画樊城之战中关羽大胜、庞德殉国、于禁乞降的图画，羞得于禁很快就得病而死。

对朋友，他情真意切。王粲去世时，曹丕在好友的葬礼上对前来吊唁的官员们说："王粲喜欢听驴叫，你们每个人都学一声驴叫吧，权当为他送行了。"

某次，他在给吴质的信中，就放下了皇帝的身份，在信中对吴质吐露心声："从前大家在一起饮酒游乐，吟诗作赋，那时的日子多快乐啊！如今孔融、陈琳、王粲、徐干、阮瑀、应场、刘桢这些人，死的死，病的病，分离的分离，想想实在令人伤感。我准备为他们编一本册子，把他们写过的诗文记载下来留念。"

于是，历史上才留下了一本陈琳起草的《建安七子集》。

毕竟想过快意的人生，想不被任何条条框框约束，就别考虑掌握权力，而胸襟宽广，爱恨分明，对国事勤勤恳恳的曹丕，一直都具备着一个优秀的政权领导者应有的品格和素养。

　　他的那些所谓恶事，就像太阳的黑子，是太阳活动中最突出、最明显的现象。只不过，黑子遮不住太阳的光芒，恶事也遮不住曹丕的成就。

　　他是当之无愧的三国"第一明君"。

蜀后主刘禅

嘲讽我的人，才是真正的很傻很天真

1

曹魏景元五年（264年），是一个愉快的年份。

灭亡蜀汉的政权掌门人司马昭很愉快，亡国之君刘禅一样很愉快。

特别是刘禅一干君臣刚被送到洛阳安排的那场酒局中，不怀好意的司马昭故意叫一班歌女表演一段蜀地歌舞，蜀汉旧臣听之感伤，纷纷落泪。只有刘禅一人说说笑笑，看得兴高采烈，丝毫没有任何心理负担。

宴会结束后，司马昭颇为感慨地对心腹贾充说："刘禅这人没心没肺到了这步田地，即便诸葛亮活到现在，恐怕也没法让蜀汉维持下去，何况是姜维呢！"

贾充笑道："如若不然，您又哪能从他手中吞并蜀汉政权呢！"

话虽如此，司马昭仍然不够放心，过了几日，他又搞了一场载歌载舞的酒局，在席间试探着问了句："安乐公，颇思蜀否？"

刘禅手捧美酒，醉眼迷离地盯着翩翩起舞的舞女，笑嘻嘻地说出一句千古名言："此间乐，不思蜀也。"

曾经长期担任秘书令的郤正听刘禅这么一说，觉得太丢人，回去就叮嘱他："您不该这样回答，下次再问起这事，您就流着眼泪说：'先人坟墓远在陇、蜀，我心里难过，无日不想念。'没准司马昭心一软，真就把您送回去了呢！"

后来，司马昭果然又在酒局中谈及此事，刘禅就照着郤正说的从头到尾复述了一遍。

司马昭听完刘禅的复述，笑着问道："这好像是郤正的话啊？"

刘禅赶忙回答："对呀，正是郤正教我说的。"

此言一出，顿时哄堂大笑。

坐在一旁的郤正脸色一阵红一阵白，心里默然喟叹："这个人，没救了！"

"乐不思蜀"的剧情，记载于东晋史学家习凿齿的专著《汉晋春秋》中，后又经罗贯中《三国演义》的刻意渲染，这才最终给刘禅贴上了专属标签——扶不起的阿斗。

客观而言，曹丕、刘禅、孙权三位君主，无论以实际功业还是个人才能排序，刘禅必然要稳居末尾。

不过，若是只因"乐不思蜀"的典故或是后世小说影视剧的刻画，就将刘禅定性为白痴、昏君，难免有失偏颇。

其实，刘禅非但一点也不傻，而且一辈子都很睿智。

刘禅的睿智，表现为从小到大都在被各种安排的情况下，自始至终没有发过一句牢骚、偷过一次懒。

作为一个打小苦命的儿童，刚出生就跟着刘备东奔西逃，差点死在战乱之中，稍微长大了点，还险些被养母孙尚香带到东吴做人质。

好不容易熬到父亲称帝，很快又被满满当当安排了许多门课程，还列了一大张读书清单。

课内必修课程：《左传》《申子》《韩非子》；

课外自修课程：《汉书》《礼记》《商君书》。

顺便说一句，所有教材内容都由诸葛亮一字一句手抄。正因如此，刘备每每拿此事告诫儿子："禅儿，你不好好学习，对得起丞相这手抄教材吗？对得起我这么大的教育投入吗？"

监督刘禅学习理论之余，诸葛亮又给刘备提建议："陛下，曹操曾说'生子当如孙仲谋'，基础教育得常抓不懈，军事训练也不能忽视啊！"

刘备觉得靠谱，特地在成都北郊的斛石山开辟演武场，让刘禅在山上学习鞍马骑射及军事指挥技能。

父辈极高的教育投入和殷殷期望，让当事人刘禅只能选择好好学习，努力做个品学兼优的优等生。他心里明白，既然无法改变人生轨迹，坦然接受永远比叛逆消极更加分。

理论、军事两手抓、两手硬，刘禅的生活很充实，也相当辛苦。

这一切，诸葛亮都看在眼里。作为国之储君，能如此刻苦用功，既不偷懒也不抱怨，已经很难得了。

---

① 建安十三年（208 年），曹操在当阳长坂大败刘备，混乱中刘备仅率数十骑跑路，与妻儿失散，尚在襁褓中的刘禅在赵云的保护下杀出重围，才得以幸免于难。

诸葛亮曾对同僚射援谈及此事，还夸奖刘禅聪明过人，学什么都很快。射援心里存不住事，又悄悄将这番评价转告给刘备。

刘备很自豪，却不愿轻易显露，他希望维持严父的形象，督促儿子取得更大的进步。

直到刘禅捧着老爹的遗诏泪流满面时，他才发现原来父皇对自己的表现一直很满意。

"禅儿！连丞相都夸赞你天分极佳，成长的状况远超期望值，我还有什么可担忧的呢？继续努力吧！勿以恶小而为之，勿以善小而不为。以后更要多读书，多学习，多听丞相的教诲。"

刘禅拭了拭眼角的泪水，在心中暗暗发誓：父皇，您放心吧！我晓得的。

可惜，即将年满十七岁的刘禅，从老爹手里接过的却是一个烂摊子。

白帝城托孤时，刘备当着众人，将奋斗一生的政治资本全部托付给诸葛亮，还悄悄对他试探了句："如果刘禅是个可以辅佐的主，你就好好辅佐；如果他的表现过于昏庸，你可以取而代之。"

刘备的试探让诸葛亮不得不有所表示，他哭着说："臣一定会竭尽全力，守好忠贞不贰的节操，直至献出我的生命！"

当然，诸葛亮不像刘备只是试探，他是这么说的，也是这么做的。

君臣达成口头协议后，刘备又下诏敕："刘禅，汝与丞相从事，事之如父。"

从此，刘禅尊称诸葛亮为相父，蜀汉朝中大小政务，全由相父处理。

2

刘禅的睿智，表现为在个人能力一般、水平有限的情况下，认真遵照相父的安排，全力配合相父治理国家。

在刘禅的印象中，自相父接过重担的第一天起，刘禅他就很少有时间休息。

由于老爹不听劝谏，执意讨伐东吴，结果惨败而归，精兵良将损失了大半。死敌魏国仍然在北方虎视眈眈，原本的盟友东吴也成了仇人。

更严峻的是，南中地区的蛮夷勾结地方豪强趁机叛乱，蜀汉政权一度有些摇摇欲坠。

刘禅很着急，就去请教相父。

相父却很淡定，告诉刘禅一点也不要慌，外面的事，臣来帮你摆平，你的日常工作，除了学习，还是学习。

就算是在南征孟获的艰苦环境中，诸葛亮依然时常叮嘱刘禅努力学习，他给刘禅写信道：

"陛下，先贤的经典要读通读透，咱们蜀汉的律令也得烂熟于心，这本《蜀科》，集合臣、法正、伊籍、刘巴、李严五人之力编成，希望你尽快学懂弄通，以便更好地贯彻'以法治蜀'的国策。"

刘禅的回信很简洁："相父放心，朕记住了。"

诸葛亮对刘禅懂事听话的表现很欣慰，又悄悄表扬了起来，他在给同僚杜微的信中，明确肯定了刘禅天资聪颖，睿智通达：

朝廷年方十八，天资仁敏，爱德下士。^①

结果，这句评价被杜微传给了刘禅，刘禅很开心，一边继续努力学习理论知识，一边力所能及地为相父执政做好后勤保障。

刘禅继位后短短五年时间，蜀汉内部基本实现稳定，吴蜀联盟重修旧好，南中诸部落相继臣服，农业生产恢复元气，国力逐渐恢复到"夷陵之战"前的水平。

在刘禅的全力配合下，诸葛亮充分施展着超强的治理才能，蜀汉一度出现"田畴辟，仓廪实，器械利，蓄积饶，朝会不华，路无醉人"的盛景。

原来，诸葛亮的表扬，可一点不是阿谀奉承；刘备的期望，也并非无稽之谈。刘禅这位接班人，确实很不错。

蜀汉建兴五年（227年）冬末，诸葛亮决意麾军北伐曹魏。刘禅起初并不赞同，却不好直接反对，他委婉地规劝了句："相父刚刚南征归来，鞍马劳顿，是不是要好好歇一歇，然后再行北伐？"

诸葛亮的态度却极为坚决："陛下，臣的心思，《出师表》里写得很清楚，'先帝创业未半而中道崩殂，今天下三分，益州疲弊，此诚危急存亡之秋也'，不北伐，只会坐以待毙，为了先帝和陛下，臣必须出发！"

"好的，都听相父的。"见相父如此决绝，刘禅只好收回质疑，然后话锋一转，从不赞同转为全力支持。

为了兴复汉室、还于旧都，相父需要绝对的权力支持，这

---

① ［蜀汉］诸葛亮：《与杜微书》。

是刘禅必须无条件给予的，也是他与诸葛亮融洽相处的方式。相父的英明，就是他的英明；相父的成绩，就是他的成绩。

结果，首次北伐因误用马谡导致满盘皆输，诸葛亮以身作则，自请连降三级，刘禅赶紧跑去安慰："胜败乃兵家常事，相父千万不要在意。"

然而没过多久，诸葛亮再次奏请北伐。这一回，朝中反对北伐的声音开始大了起来。

"丞相，连年征战，国内消耗太大，不能再打仗了。"

"丞相，咱们坚守国境，多为百姓谋点利益不好吗？"

……

诸葛亮很机智，面对朝中质疑之声，又写了篇《后出师表》，更加鲜明地表明了立场。

先帝深虑汉、贼不两立，王业不偏安，故托臣以讨贼也。以先帝之明，量臣之才，故知臣伐贼，才弱敌强也。然不伐贼，王业亦亡。惟坐而待亡，孰与伐之？是故托臣而弗疑也。

刘禅读罢，不得不佩服相父的高明，开篇就把父皇搬了出来，北伐不是相父的义务，而是父皇赋予的使命，父皇都说汉、贼不两立，王业不偏安，不伐能行吗？不全力支持不就是违背父皇的遗志了吗？

此后，无论相父何时准备伐魏，无论死了多少士卒，消耗了多少钱粮，也无论朝臣反对声有多强烈，刘禅只会淡淡回上一句："别吵了！我们都要听相父的。相父不是说了嘛，伐贼，国家才能兴盛；不伐贼，国家就会衰亡。你们谁有本事就去找相父理论，不行就别说话！"

3

刘禅的睿智，表现为当内心对相父畏惧大于感激时，为了国家大局，依然保持着无条件尊重、支持相父的理性状态。

在诸葛亮眼中，刘禅始终是个长不大的孩子，不给机会锻炼能力倒也罢了，但凡刘禅贪玩了点、耽误了点事，比如斗蟋蟀、调戏宫女、和大臣开玩笑，他就会搬出刘备，再痛心地说上几句"对不起先帝托孤重任，对不起先帝三顾之恩"。

言外之意，不是我对不起先帝，而是你刘禅对不起你父皇。你父皇辛辛苦苦一辈子，跑了多少路？流了多少泪？受了多少屈辱？你要是还这么贪玩误事，对得起谁啊！

这是在逼着自己表明态度，玩蟋蟀是不好的，言语轻佻是不好的，上朝迟到是不好的，乱发脾气是不好的。

刘禅自然不敢跟相父闹翻，甚至不愿为自己的消遣行为解释一二。他的态度只有一句话："相父我错了，我会改。您别生气了！"

某次，诸葛亮回朝觐见，刘禅正和宦官嬉戏打闹，气得他当面斥责道："陛下宠爱阉奴，必然会受万代史官唾骂！"

一句话说得刘禅惶恐不安，只好当面向相父请罪。

刘禅很懂事，也很理智，他倒不是怕相父哪天失望过头把自己废了，而是实在不忍心相父日理万机，还要为自己这点小事操心。

批评几句倒无所谓，只是批评过后，诸葛亮突然对刘禅加紧了约束，提拔正直刚猛的董允为侍中，领虎贲中郎将，统管禁卫亲兵，对宫廷严加管控。

后来，刘禅才听说，相父曾经悄悄告诫董允："陛下年轻，朱紫难辨，为了复兴汉室的大业，今后必须对陛下严格照看，以免其玩物丧志。"

刘禅对相父的否定很难过：我都二十多岁了，又不色盲，是红色紫色分不清，还是忠臣奸邪分不清？

刘禅明白，一切都是为了兴复汉室，一切都是为了完成先帝的遗愿，或者说一切都是为了相父自己的人生追求，他忠的是蜀汉，忠的是先帝，可谁曾关注过自己心里是怎么想的？

就算皇位上坐着的是弟弟刘永或刘理，相父也一样会鞠躬尽瘁死而后已，这无关个人，甚至也无关个人情感。

一想到这里，刘禅不免有些悲伤，无论相父的贡献有多么巨大，行动有多么无私，动机有多么崇高，每次在朝堂上见到相父，他依然很不自在，在挥之不去的敬畏和纠结中，刘禅隐约看到，相父和父皇的两个身影早已合二为一。

违背了相父，就是对不起父皇；对不起父皇，就不是个好皇帝。

这一层利害关系，睿智的刘禅始终看得透彻。

多年来，相父总是小心翼翼把控一切，悄悄打击着朝中一切反对势力，甚至不惜废黜李严这位志大才疏，却同样身为托孤重臣，被父皇无限看好用来制衡相父的最佳人选。

还有那位自诩"诸葛亮第二"的狂傲之徒廖立，才能卓著却不受重用，只因非议了几句朝政，就被相父罢为庶民，终生不得任用。

如果可以选择，刘禅宁愿一辈子做个外人眼中不成器的孩子，让相父帮他安排好一切。何乐而不为呢？那么操劳多不值得。

他曾真心诚意地说过："政在葛氏，祭在寡人。"

政务不要来找我，我只出席祭祀活动，朝政的事，让相父去办。

为了蜀汉内部稳定，为了集中足够的力量北伐曹魏，刘禅一直对诸葛亮言听计从，即使偶有质疑也从不强硬反驳。

诸葛亮鞠躬尽瘁、忠心可鉴，刘禅谨守遗诏，事之如父，无论何时何事，都不容许相父的权威有损。正因政权内部君臣关系融洽，才保证了蜀汉在内忧外患的情况下国势平稳运转。

这是诸葛亮治蜀有方的结果，也是刘禅心甘情愿隐身于朝堂深处的贡献。

诸葛亮给刘禅规划好了一切，也告诫他出色的人君该有的样子，可就是没告诉他，万一相父没了，他该如何自处。

4

刘禅的睿智，表现为蜀汉的擎天之柱轰然倒塌时，能够用多年来隐于诸葛亮身后耳濡目染获得的经验，迅速将政权紧握在自己手中。

建兴十二年（234年），诸葛亮带着无限的惆怅和失落病逝于五丈原。

这一年，刘禅二十七岁了。

从噩耗传来的那一刻开始，他突然意识到，自己终于要独当一面了。

其实，在很早以前，刘禅就悄悄进行着一些维护皇权的措施。

比如，先后立张飞的两个女儿为皇后，又将自己的女儿许配给关羽之孙、年轻有为的将领关统为妻，这样就把蜀汉政权中最核心的"关张"势力变成自己最可依靠的班底。

而且，在相父病重之时，悲痛又冷静的刘禅已经提前做好了接权的准备，他派使者特意去前线看望，并轻声问诸葛亮："相父百年之后，您儿子诸葛瞻怎么安排呢？"

诸葛亮叹了口气，有些恍然大悟，这小子，果然长大了。

他告诉使者："臣家中有桑树八百株，足够子孙吃穿用度，无须陛下挂念。"

也就是说，蜀汉的未来属于刘禅，不属于诸葛家族。

真正接过大权的那一刻，刘禅保持着清醒的头脑、足够的耐心，还有充斥在胸中那股乾纲独断的欲望。

在诸葛亮病逝前夕，刘禅也曾心急如焚，在宫中日夜为相父祈福。

诸葛亮病逝的消息传来，他却突然变得异常冷静，下令全城禁严，维持京城治安。

他将用实际行动告诉蜀人：相父去世了，这个国家以后朕说了算！

蜀地的百姓感念诸葛亮劳苦功高，纷纷请求在成都为诸葛亮立庙，结果，刘禅只给了三个字的回复：不可以！

刘禅宁愿亲率文武百官出城二十里，迎接相父灵柩，又素服发丧三日，甚至哭倒在朝堂之上，诚挚地感谢相父对朝廷的贡献，随后又升任相父的弟弟诸葛均为长水校尉，让相父的儿子诸葛瞻世袭爵位，就是不愿在成都为相父立庙。

百姓们都很疑惑，你不是一直都尊诸葛丞相为父吗？就算不是亲生的，让干爹陪在亲爹身边（刘备的庙在成都），岂不是两全其美吗？

刘禅却坚持认为，相父功劳再大，也只是臣子，并非皇室成员，不是皇族就没资格立庙，否则就属僭越之举，有伤相父德行。

这一层含义，民间自然体会不到，因此各地百姓只好逢年过节在路边"私祭"。

此事一直拖了三十年，刘禅才勉强答应在沔阳为相父立庙，并禁止民间"巷祭""野祀"。

这一切，无关个人情感，更不是出于对诸葛亮长期掌权压制自己的打击报复，刘禅的坚持，完全是在维护君主权威，即便从来没人教他，他也一样在长期的耳濡目染中学到了如何去做真正的皇帝、行动不受制约的皇帝。

对待诸葛亮如此强烈的态度转变，让朝中一些"反诸葛派"产生了错觉。丞相参军李邈公然上了封奏章，大意为：西汉吕氏、霍氏未必一开始就心怀反叛之心，主要是君主比较宽仁，才慢慢培养出臣下的野心。诸葛亮这人依仗权势，狼顾虎视，臣一直担忧他心怀异志。如今他死掉了，边境也很安宁，实在很值得庆幸。

没想到，刘禅看到这封奏章，二话不说直接将李邈下狱处死。

在大是大非面前，刘禅立场坚定，毫不含糊：相父，是要绝对尊重的，可这个时代，该做什么，朕说了算！谁敢往相父身上泼脏水，就是诋毁朝廷多年的国策，诋毁先帝兴复汉室的初心！

事实上，刘禅早就发现，朝廷上对相父心怀恶意的人可不止李邈一个，无论是曾经的李严、廖立、魏延，还是现在的李邈、来敏，都对相父连年征战、大权独揽很有意见，维护相父身后的名节，在某种意义上就是维护失去相父后权力真空下的蜀汉政局。

能够如此犀利地看出权力过渡的症结所在，连南朝史学家裴松之都不得不承认：后主之贤，于是乎不可及。

不仅能始终妥善处理诸葛亮的身后事，刘禅还对臣下同样施以仁厚。

比如重新为五虎上将追封谥号，特别追授曾有恩于己的赵云为顺平侯，又特意给关羽追谥为壮缪侯（武而不遂曰壮，名与实爽曰缪），客观评价了关二叔一生的功过。

比如对待所谓的"叛贼"魏延，刘禅下诏好生安葬。其实，他心里很清楚，魏延的死，是蜀军内部权力之争的牺牲品。魏延作为老爹最亲信的将领之一，信任程度犹胜于马超，怎么会选择叛变投敌呢？不过是刚愎自用、人际关系太差酿成的悲剧罢了。

一切从头开始的刘禅，经常在思考一个根本性的问题：这个时代，不能再出现第二个相父了。既然接过了政权，就要一直握在自己手中。

在诸葛亮主政时期，蜀汉政权实际上是一种"虚君制"，其本质是"上而无为以任其下"，对丞相采取不干涉态度，任其带领百官管理国家事务，充分发挥才能。

就像相父自己说的："愿陛下托臣以讨贼兴复之效，不效，则治臣之罪，以告先帝之灵。"

可人们只记住了鞠躬尽瘁，死而后已的诸葛亮，却忘了任人信人的刘禅。

相父临终前推荐了蒋琬接班。接班可以，不能当丞相了。

刘禅任命蒋琬为尚书令、大司马；费祎为尚书令、大将军。一个主管政务，兼管军事；一个主管军事，兼管政务，相互制衡，又任命外戚吴懿（刘备大舅子）为车骑将军，接替被杀的魏延镇守汉中，在朝内朝外悄然收拢着政权。

等蒋琬去世后，刘禅更进一步，三国之中率先废除了丞相制度，彻底独掌君权。

反观曹魏和孙吴，却一直存在着权臣威胁君主的现象。

曹操曾警告曹丕："司马懿鹰视狼顾，非人臣也，必预汝家事。"结果，高平陵事变①后，司马懿诛杀曹爽三族，后来司马昭又公然杀害血气方刚的曹髦，彻底攫取了曹魏政权。

东吴的情况一样恶劣。孙权临终将年仅十岁的幼子孙亮托付给孙弘、诸葛恪、孙峻等大臣。

结果，孙权刚一去世，诸葛恪就将素来不和的政敌孙弘诛杀，独揽朝政；孙峻又设下一桌鸿门宴，在帷帐内埋伏士兵，将诸葛恪斩杀，并夷灭其族。此后东吴朝政混乱，国力日衰。

三国之中，唯有蜀汉始终保持着融洽的君臣关系，无论是诸葛亮、蒋琬、费祎、姜维，刘禅总能以平和的执政风格，审时度势，务实发展，使原本最弱小的蜀汉政权得以延续多年。

原来，刘备那套帝王之术，睿智的刘禅一样能玩儿得转，而且丝毫不比老爹差。

① 高平陵事变：曹魏正始十年（249年），司马懿趁曹爽陪谒魏主曹芳前往高平陵拜谒魏明帝曹睿之墓时，发动政变并控制洛阳，自此曹魏政权尽归司马氏。

5

刘禅的睿智，表现为在亲政后的很长一段时间里，都保持着极强的执政水平，还显示出极高的情商。

第一，调整国策，振兴国民经济。

刘禅执政期间，非但没有残杀暴虐大兴土木的记录，还停止穷兵黩武的北伐以休养民力。在刘禅执政初期，蜀汉的经济发展很快，国内的局势很稳定，百姓们的生活也相当安宁。即便是将要亡国时，成都的国库中尚存粮米四十万斛，金银各二千斤，锦绣彩绢各二十万匹。

第二，施行大赦，极力笼络人心。

延熙元年（238年）、六年（243年）、九年（246年）、十四年（251年）、十七年（254年）、二十年（257年），景耀元年（258年）、四年（261年），刘禅先后八次大赦境内，还亲自受降氐戎以示优待。

高平陵事变后，曹魏大将夏侯霸被迫叛魏降蜀。夏侯霸的老爹夏侯渊当年被蜀将黄忠斩杀，刘禅知道此事会让夏侯霸心存芥蒂，在接见时表现得极为友好。

"爱卿，两军相争难免互有损伤，你父可不是我父皇杀的。"接着，刘禅话锋一转，指着自己的儿子说道，"我俩非但不是仇人，而且还是亲戚。"

原来，刘禅的皇后是张飞之女，张飞娶的是夏侯家族的女儿，算来算去，夏侯霸还算是刘禅儿子的表舅。

三言两语让夏侯霸感动不已，从此他死心塌地追随蜀汉，多次参与姜维北伐之战。

第三，知人善任，稳定边疆局势。

延熙三年（240年），刘禅派遣张嶷前往越巂郡平定夷人叛乱，并对越巂郡进行开发，打通了越巂郡与成都之间的道路。

延熙五年（242年），刘禅派遣安南将军马忠前往汉中，又封姜维为凉州刺史，负责联合羌胡，收到良好的效果。

第四，接受批评，虚心听取谏言。

偶尔，刘禅想广选民女充实后宫，侍中董允说："古时候的明君后妃人数不超过十二，您已经够数了，别增加了。"

"行吧，听你的！"

他又想扩建皇宫建筑，谯周说："先帝以前怎么告诫你的，忘了吗？"

"行行行，你说得对！朕不建了！"

对于老爹和相父兴复汉室、还于旧都的遗志，刘禅一样在努力。

蒋琬辅政时，刘禅鼓励他："你行你就上，只要有成效，朕就给你做好后援！"

司马懿征伐辽东公孙渊时，蒋琬准备集合军队尝试伐魏，刘禅下诏告诫说："你别这么执拗，先看看东吴那边有没有行动，最好让他们先上，我们坐收渔利岂不更好？"

后来，蒋琬觉得诸葛亮一直走陆路没效果，准备改变策略，从水路偷袭，结果遭到刘禅在内全体人员的反对，伐魏的计划就此搁浅。

费祎辅政时，刘禅问他伐不伐曹魏，费祎不想伐，理由很充分："我等才能不及诸葛丞相，丞相尚不能讨贼兴国，我等更不行，还不如保国安民，培养下一代接班人呢！"

刘禅觉得靠谱，一样举双手赞同。

姜维辅政时，动静比诸葛亮六出祁山还大，搞了个九伐中原，依然寸功未立。

到了此时，刘禅终于放下了执念，既然一统天下完不成，那就守住江山社稷吧！

可惜，放松自我要求，宠信宦官黄皓制衡姜维的刘禅被邓艾偷袭了，当魏军出现在成都城下时，蜀汉朝廷顿时乱成一锅粥。

一派主张投靠盟友孙吴；

一派主张迁都南中；

一派主张出城投降；

还有一派主张固守待援。

真正让后世对刘禅口诛笔伐的根源，就是他做了个极其辱没气节的选择：降魏。

在御前紧急军事会议上，降魏的选择并不占主流，毕竟还有另外三个选项，干吗非要积极主动去做亡国奴呢？

真正让刘禅下定决心降魏的，源自光禄大夫谯周的一番陈述。他是这么说的：

"陛下，固守待援并不靠谱，姜维一时半会儿不见得能赶到，万一被邓艾破了城，那就不是主动投降的待遇了。迁都南中，也不靠谱，南中蛮夷自诸葛丞相那时就反叛不定，去了必然凶多吉少。再说投靠孙吴，更不靠谱。按照国力分析，魏能吞吴，而吴不能灭魏，投靠孙吴，已经是亡国受辱，等孙吴被灭，还要再次被辱，与其两次受辱，还不如来个痛快的！直接降魏难道不好吗？"

真理，往往掌握在少数人手中。虽然谯周自始至终就是个坚定的投降派，却也是站在天下大势的高度客观分析现状。降魏虽然身心受辱，却不失为最保险、最实惠的选择。

等谯周分析完，群臣都不吭声了。这时刘禅的第五个儿子刘谌跳出来大骂谯周卖国贼，并号召老爹与社稷共存亡。

刘禅却不愿意去死，也不愿意拉上更多的无辜百姓为自己陪葬。他问谯周："万一朕投降后，魏国那边不提供高规格的待遇，怎么办？"

谯周拍着胸脯打包票："若是如此，我谯周愿意拼上老命去洛阳理论，一定为陛下争取到应有的待遇。"

思之再三，刘禅妥协了。既然早一点投降能得到更多的好处，那又何必苦苦挣扎呢？亡国奴总比阶下囚要好点。

他给出的投降理由，虽说有点没骨气，却很理智：

未能进咫尺之地，开帝王之基，而使国内受其荒残，西土苦其役调。

朕没本事，干不成大事，可却不愿再让蜀地百姓饱受战乱之苦。

他并没有说谎，蜀汉亡时，人口仅剩九十四万，百姓的负担也因此前九伐中原变得更加沉重。而且，无论是本土官员，还是本地百姓，都希望刘禅牺牲他一个，幸福千万家。

民心如此，还怎么挣扎？

曾供职于蜀汉，写下《陈情表》的李密，后来被召至洛阳为官。有人问他："安乐公（刘禅）何如？"

李密回答："可比齐桓公。"

那人不解："这两人有可比性吗？"

李密接着说："齐桓公得管仲而霸，用竖刁而虫流；安乐公得诸葛亮而抗魏，任黄皓而丧国，是知成败一也。"

在李密看来，有功有过的刘禅仍不失为一代雄主。

蜀汉亡后许多年，当地百姓仍然怀念着刘禅，他们为刘禅修建祠堂，与武侯祠分列于刘备的昭烈庙两侧，自南北朝一直保存到北宋。

6

很多人认为，"乐不思蜀"是刘禅昏庸人生的最佳注脚，其实，这却是他这辈子最睿智的表现。

我们不妨来客观分析下整件事。

在那个还不太流行杀害亡国之君的年代（汉帝刘协没死，魏帝曹奂没死），再参照后来降晋后每每羞辱司马炎的吴主孙皓也没死，无论刘禅是何回答，大概都没有生命危险。

因此，不排除刘禅有复国的想法，可他应该很清楚，无论怎么挣扎，人家司马昭又不傻，好不容易抓来的，怎么可能轻易放你回去呢？与其显露自己的不臣之心让人"惦记"，还不如好好活下去。

人，无论处在何种境遇，干吗非要跟自己过不去呢？

被老爹安排学习时，努力做个三好学生的刘禅是这么想的；

诸葛亮掌权时，甘心居于幕后的刘禅是这么想的；

兵败亡国时，主观上只想保命的刘禅是这么想的；

被司马昭多次试探时，宁愿自己丢人也不愿说真话的刘禅更是这么想的。

《三国志集解》评价此事：

117

恐传闻失实，不则养晦以自全耳。

如果传闻是假的，刘禅这辈子最大的污点就将被抹去；如果传闻是真的，那就是刘禅在韬光养晦以求自保。

表现得没心没肺，甚至没有廉耻之心，也许，都只是一种伪装，一种个人选择，一种随遇而安的人生态度。

只不过，表现得如此没心没肺，自然要被后世史学家们不停地骂。

于是，敢于多次羞辱司马炎的吴主孙皓被后人批评为暴虐无道，却不失为铁骨铮铮的硬汉；不战而降、乐不思蜀的蜀主刘禅，就被人评价为昏庸无为、懦弱无能。

刘禅真的傻吗？

诸葛亮去世后，刘禅带领着蜀国在风雨飘摇的三国乱世顽强生存了近三十年。

刘禅真的昏庸无为吗？

刘禅当政期间，蜀国既没有发生魏国那样的弑君惨案，也没有发生吴国那样的同室操戈，而刘禅本人也以在位四十一年的纪录成为三国在位时间最长的君王。

他的人生经历，不会让他成为一代明君，蜀汉之亡，也并不能将他视为罪魁祸首。他没有一统三国的本领，却能够于在位期间始终保持着理智的状态，这种"高明"的处世本领是保全自我及蜀地官民的现实选择。

这才是刘禅，一个始终追求利益最大化的睿智之君。

也许，那些嘲讽刘禅的人，才是真正的很傻很天真。

前秦天王苻坚

高尚，
是高尚者的墓志铭

1

当苻坚远远望见八十万秦军丢盔弃甲、仓皇后撤那一刻，他才猛然意识到这将是一场彻头彻尾的惨败。

数月前，骄傲的苻坚不顾群臣劝阻，执意麾军南征，准备一鼓作气灭亡东晋，建立属于氐族的宏图霸业。

出征前，苻坚得知东晋实际参战兵力仅有八万时，更是当众放出豪言："今以吾之众，投鞭于江，足断其流，又何险之足恃乎！"

他绝对有骄傲的资本，这次南征，他带来了八十万将士，对外号称一百万。

十比一的参战比，在苻坚眼中，这注定是一场实力悬殊的碾轧战。

这一年，苻坚刚满三十八岁，颇有当年魏武挥鞭的气势。

按照苻坚最初的设想，东晋作为所谓的中原正统，哪里见过这么强盛的兵力，最好能主动投降，这种剧情比较符合他事事追求高尚的风格。东晋就算抵抗，那也是羊入虎口，望风即溃。

战局的最初发展基本都在苻坚的预料之中，东晋的八万将士在局部战场上虽然给前秦造成了一些困扰，但无关痛痒。

建元十四年（378年）四月，灭晋之战拉开序幕。

前秦征南大将军苻丕率步骑七万进攻东晋重镇襄阳，随后又另派十万三路合围，襄阳主将朱序死守近一年，终于城破被俘。

拿下襄阳后，苻坚又派彭超围攻彭城（今江苏徐州），秦晋淮南之战爆发。在淮南之战中，东晋名将谢玄自广陵起兵迎战，四战四胜，打得彭超毫无脾气。

前秦短暂性失利，不得不暂时放慢进军速度，双方在长江一线形成拉锯之势。

尽管首战不利，百官也大都不支持开战，苻坚还是在建元十九年（383年）宣布御驾亲征。这一次，他亲率步骑兵八十余万从长安南下，另派梓潼太守裴元略率水师七万自巴蜀顺流而下，向建康（今江苏南京）进发，近百万大军前后千里，旗鼓相望，东西万里，水陆齐进。

在这一刻，苻坚绝不会想到，自己居然会和巨鹿章邯、官渡袁绍、赤壁曹操并列，做了战役的失败方。

那条名叫淝水的河流，正静静等待着苻坚、前秦乃至两百年来整个历史进程的走向。

这场以少胜多、以弱胜强的著名战役，历史上称为"淝水之战"。

与另外三大战役巨鹿之战、官渡之战、赤壁之战不同的是，淝水之战的经过，意外性更强，结束方式最戏剧，简直比小说剧情还要神奇。

按照最初的战力对比，八十万对八万，如果仅看数字，这仗基本没法打。

符坚的算盘打得啪啪作响，只可惜望风即溃的不是东晋，而是前秦。

符坚跟随前秦军的先锋部队到达寿阳，和东晋军隔淝水相望。本着一贯的高尚风格，符坚派东晋降将朱序去招降晋军统帅谢石，劝说其放弃无谓的抵抗。

没承想朱序身在曹营心在汉，反向谢石献计，将秦军软肋和盘托出："秦军虽有百万之众，但较为分散，大批部队还在后面埋头赶路，如果等秦军全部集合起来，那这仗根本没得打，必须趁秦军立足未稳迅速发起进攻，击败其前锋部队，挫其锐气，就有可能将秦军完全击溃。"

十一月，东晋猛将刘牢之率精兵五千偷袭洛涧，拉开了淝水之战的序幕。

符坚并不理会东晋小股力量的袭扰，而是进逼淝水，将几十万大军全部驻扎在淝水西岸，迫使晋军无法渡河。

就在此时，淝水之战进入"神奇模式"，意外性加戏剧性，让这场战役的走向完全出人意料。

两军对峙没几天，谢石突然给符坚写了封信："您孤军深入，却在岸边死守，想困死我等是不存在的。我们呢，其实也不想这么纠结，干脆您把军队往后撤一撤，为我晋军过河腾出块地儿来，我们认真打一场，如果输了，我们心甘情愿归顺岂不痛快！"

好，你想干脆点，朕也不是拖泥带水的人！

符坚居然想都没想，直接下令全军后撤。

他就这么轻松地中计了。

这是一条军事大忌：对于军队数量多的一方，命令传达很需要时间，搞不好还容易被误解、曲解，甚至被恶意改变命令，造成军心动摇、指挥失灵。

对数十万大军而言，最重要的就是军心。

事实的发展正是如此，后撤的军令甫一下发，漫山遍野的秦军一方面很不好调动，另一方面还没开战就向后退，后军并不知晓前方战况，还以为前面的兄弟战败了呢。

军心动摇之际，军中还出了叛徒。

降将朱序退着退着，突然策马狂奔，制造混乱，并挥着马鞭大声吆喊："秦军败了，秦军败了！"

这么一喊，后方的大批部队顿时阵脚大乱，谁也搞不清前方什么情况。

既然搞不清，那就不管了，跑吧！

这种逃跑效应是极具示范性、鼓动性的，你跑了，我为什么要当炮灰？由于人太多，你跑我也跑，很快，后撤就演变成溃散。

就在这时，晋军乘势强渡淝水，追击秦军，更扩大了秦军的战败阴影，一时间风声鹤唳、草木皆兵。

大秦八十万将士，根本还没出手，就已被对方击倒在地。

2

苻坚不会想到，"淝水之战"的惨败，不仅将其一生致力于天下一统的努力付诸东流，还给后人留下了绝佳的反面教材和永远解释不清的误解。

那便是，妇人之仁，愚蠢至极；滥施仁义，以致败亡。

比如司马光曾这样评价苻坚：

夫有功不赏，有罪不诛，虽尧、舜不能为治，况他人乎！秦王坚每得反者辄宥之，使其臣狃于为逆，行险徼幸，力屈被擒，犹不忧死，乱何自而息哉！

明太祖朱元璋更是一针见血地指出：

坚聪敏不足而宽厚有余，故养成慕容氏父子之乱。俱未再世而族类夷灭，所谓匹夫之勇，妇人之仁也。

司马光和朱元璋大概并没有说错，因为与苻坚同时代的赳赳老氏们也是这么认为的。

在他们眼中，苻坚太过另类了，八岁就爱上了读书。他不读兵法，而是读《论语》《孟子》。

爱读书不是重点，重点是他们觉得苻坚这么多年读书读坏了脑子，居然对儒家那套所谓的"仁义礼智信"深信不疑。

在氐族皇室成员中，苻坚的人品、才学、胸怀、能力都是超一流的，可就是缺少胡人那股子原生态的狠劲和杀心，做起事来希望以仁换仁，推己及人。

苻坚不是汉人，更没有生活在太平盛世，"五胡①十六国"数十年间，各胡族势力趁天下大乱纷纷起事，争抢地盘，利益往往用暴力获取，安危往往由喜怒决定，彻底消除隐患往往比聚拢

---

① 五胡：指匈奴、鲜卑、羯、氐、羌，实际上五胡只是西晋末年胡人的代表性民族，数目并非五个。

人心更有效果。

然而，苻坚却是个另类，魏晋南北朝三百余年唯一一个毕生追求仁义之道的"别样"仁君。

在《晋书·苻坚传》的记载中，苻坚对于反叛者的宽容程度，绝对让你大开眼界。

刚继位时，并州张平起兵谋反，前秦大将邓羌率部平叛，一战擒获张平之子张蚝。

一般情况下，拿下叛军头目的儿子，肯定要以其为筹码，在不听招呼就撕票让你绝后的恐吓下，迫使敌方投降。

邓羌刚开始也是这么想的，然而苻坚却简单给出一句："我们要以德服人。"然后就无条件地把张蚝毫发无伤地送还给了张平。

搞不清张平是因苻坚的仁义之举大受感动，还是畏惧邓羌的兵力之强，张蚝平安无事归来的第二天，张平就开城投降了。

一般情况下，像张氏父子这种叛臣，即便不杀不关，也不会得到重用。

而张平投降后，苻坚立即赦免其罪，还将其提拔为右将军（三品），张蚝为武贲中郎将，加封广武将军，父子俩可以继续带兵。

别人进步要靠本事拼，在苻坚的时代，靠叛乱也能进步，而且是直接向前迈进一大步。

张平叛乱，只是开胃小菜。有罪不罚，希望以真心换真心的苻坚，还有更令人咋舌的表现。

南匈奴首领曹毅、刘卫辰（铁弗部首领）反复无常，先降秦，后降代（拓跋鲜卑部建立的政权），之后又叛代降秦，又叛秦降代。

这一通令人眼花缭乱的叛叛降降，气得苻坚御驾亲征，顺利在战场斩杀曹毂胞弟，曹毂和刘卫辰只得再降。

对待这种反复无常的小人，苻坚仍是晋封曹毂为雁门公，继续统领本部。曹毂病逝后，苻坚任命刘卫辰统领旧部，晋封夏阳公。后来，刘卫辰继续叛叛降降，在苻坚眼皮底下有恃无恐。

毕竟反叛成本太低，不存在任何心理负担。

如果说张平、刘卫辰之流只是小鱼小虾，完全不值得关注，那么对于皇室宗亲的反叛，以及前燕、羌族、前凉等政权的归顺待遇，苻坚的仁义之道显然有些过火。

前秦甘露六年（364年），征北将军苻幼趁苻坚远征匈奴，长安空虚之际，暗中联络晋公苻柳、赵公苻双二人反叛，结果由于通信不畅，在苻柳等人刚接到消息时，苻幼就在偷袭长安之战中分分钟被解决掉了。

解决了苻幼，另外两人仍在蠢蠢欲动，他俩又分别勾结魏公苻廋和燕公苻武共谋作乱。

建元三年（367年），四公分别在并州、秦州、洛州、雍州四地起事，苻坚最初的措施并不是调兵遣将，而是派出四路使臣，分别带去四个咬了一口的梨子为信（啮梨为信），劝谕四个同族兄弟悬崖勒马，万事好商量。

结果，四人纷纷表示造反准备了那么久，不可能因为一个梨子就轻易放弃。苻坚这才放弃了劝降的意图，起兵平叛。

也许四公叛乱被杀对苻坚的心灵造成了极大的伤害，他觉得有些对不起这些兄弟，以至于此后宗室叛乱，苻坚总是坚持宽大处理，不到万不得已绝对不杀。

比如镇守洛阳的北海公苻重谋反被平定后，苻坚只短暂解除其官职，令其回家反省，不久又加封为镇北大将军，镇守蓟州。

比如征南大将军苻洛因不满封赏，率军七万直逼长安，引发京畿一带强烈动荡，苻坚平乱后仍是不杀，只将苻洛贬于凉州安置。

不止对皇室宗亲宽大处理，苻坚对所有投降者均给予优厚待遇，比如前燕国君慕容暐受封新兴侯、尚书，慕容评受封范阳太守、给事中，羌族首领姚苌受封武都侯、扬武将军，前凉国君张天锡受封归义侯、北部尚书。

由于张天锡反复无常，且性格残忍暴虐，还曾射杀前秦的使臣。前秦众臣都以为苻坚即使不会处死张天锡也必将其贬谪囚禁，没想到苻坚居然仍是不问罪过，一概重用。

3

苻坚过于痴迷仁义之道，让心腹重臣、才能堪比诸葛亮的大丞相王猛深为忧虑，这么多年与苻坚相处，他唯一感到遗憾的，就是没能改掉苻坚滥施仁义的毛病。

他曾不止一次对苻坚强调："明君你去做，骂名我来背！"也不止一次设法铲除鲜卑、西羌各族虽已投降却贼心不死的隐患，可苻坚总是天真地认为，以心换心，以德报怨，终将感化那些冰冷而阴暗的灵魂。

特别是为了铲除慕容家族中实力超强的名将慕容垂，王猛不惜用了一招"金刀计"，先虚情假意骗取慕容垂随身佩带的宝刀，然后用此刀为信物，向慕容垂的儿子慕容令假传"逃回燕国"以图东山再起的口信。

慕容令见到金刀，信以为真，便假借出城围猎之名，往邺城逃去。

慕容令出逃的消息传到长安，慕容垂不知此乃王猛之计，以为儿子真的叛变，于是举家跑路，半路上被早有准备的王猛当场擒获。

王猛向苻坚强烈建议："陛下看到了吧？慕容垂父子心怀异志，妄图复国，如今在长安的慕容皇室成员，想必都包藏祸心，不如尽早除之！"

苻坚却依然故我："为君之道，当以仁为本，孤若斩了慕容垂，天下人必会认为孤是一个心胸狭隘、不能容人的昏君。"

杀掉慕容垂，这很不仁慈。不仁慈的事，苻坚不愿意做，也不愿王猛去做。

因此，虽被陷害但确实有逃跑罪行的慕容垂非但未被处罚，苻坚还特意遣使大加安慰："你怀念故土的心思，孤完全理解，你的行为无可厚非，父子兄弟，罪不株连，慕容令已去，你不必惊慌。"

王猛见苻坚宽仁的程度已超出常人理解的范围，又为浪费了这次除掉隐患的绝佳机会心痛不已。

王猛显然对苻坚过于宽仁的做派和追求高尚的风格深感担忧。

很可惜，鞠躬尽瘁的王猛没能陪伴苻坚直到统一南北、建立王朝。建元十一年（375年）末，王猛油尽灯枯，临终之前，他对苻坚提出三大遗愿。

其一，亡燕君臣与数万鲜卑人集聚长安，数十万诸胡部众临近京畿，一旦有风吹草动，则必叛无疑，应尽快将各族部众不断分化、外放，以弱其实力。

其二，晋虽偏安一隅，但仍被奉为天下正朔，国内又有谢安这等重量级奇才，万万不可轻伐。

其三，大秦立国以来，战火从未熄灭，如今国库空虚，民生疲敝，近十年乃至二十年的国策应以休养生息、稳定内部、缓和各民族矛盾为主。二十年后，大秦国力强盛，内部稳定，到那时，晋可不战而胜！

王猛的建议，苻坚一直深信不疑，然而临终前的遗愿，苻坚却没能听从。

在苻坚心中，一直有个秘密不曾示人：他继位后非但没有称帝，反而将地位降为天王，这并非他不愿做皇帝，而是想在结束乱世、一统天下后，成为比肩秦皇汉武的千古一帝，甚至要努力让自己的功业超过此前所有帝王，成为历史上最伟大的大帝！

他有超高的个人追求，更有实现理想的资本和可能。

只可惜，王猛病逝刚刚七年，苻坚就坐不住了，他即将遭遇难以想象的惨败，并将一统天下的千秋功业付之东流。

建元十八年（382年），在长安太极殿讨伐东晋的御前军事会议上，苻坚首先发言："诸位爱卿，孤自承基业，不知不觉已近三十年了，今北方已定，唯东南一隅未沾王化。孤草草算了一下，我大秦九十七万带甲将士，削平东南必绰绰有余，孤打算御驾亲征，一统南北就在此时，不知卿等以为如何？"

秘书监朱肜性子急，第一个站出来积极响应："陛下奉天罚罪，晋朝皇帝若不衔璧投降，则必出海逃亡，那时陛下便可一统天下，立千秋万载之功。伐晋，臣坚决赞成！"

苻坚没想到，朱肜竟然是本次会议上唯一赞成伐晋的人员。

朱肜说罢，尚书左仆射权翼直接站出来反对："晋虽微弱，未有大恶，谢安、桓冲皆江东奇才，君臣辑睦，内外同心，以臣观之，未可图也。伐晋，臣反对！"

太子左卫率石越第三个站出来发言："晋朝据长江之险，民心依附，伐晋，必有天殃，臣也反对！"

接下来，朝臣们依次上前，纷纷表示反对伐晋。

苻坚心情低落，只留下平日里最受信任的胞弟、阳平公苻融，然后郁闷地宣布退朝。

脸色沉重的苻坚开门见山："自古决断大事者，不过一二臣而已。群臣你一言我一语，只会乱人心意，伐晋与否，孤当与你二人定夺。"

然而，苻融却也是个坚定的反战派。

苻融告诉兄长："伐晋有三难：天道不顺，一也；晋国无衅，二也；我数战兵疲，民有畏敌之心，三也。群臣言晋不可伐者，皆忠臣也，愿陛下听之。"

苻坚面子上有些挂不住了，他冷冷地盯着苻融，强忍下胸中的火气，断然怒道："连你都这么说，孤还有什么指望！孤不明白，以我大秦百万虎狼之师，挟百战百胜之势，晋怎么不能伐？"

苻融见哥哥一意孤行，只好流泪再谏："臣担心的，并非秦、晋之间的实力悬殊。这么多年来，陛下以仁义为本，优待鲜卑、羌、诸胡各族，这些曾经的手下败将、亡国之人遍布京畿，他们心里怎么想的没人知道，万一前方战事不利，臣担心不虞之变生于腹心肘腋，到那时悔之晚矣！"

4

权翼、石越、苻融等人的肺腑之言，苻坚不愿听从，会议结束后，苻坚又在游览霸上期间找来以慕容垂、姚苌为代表的投降派，询问他们对伐晋的看法。

没想到，一听说苻坚打算伐晋，慕容垂等人欢欣鼓舞，极力鼓动苻坚迅速集结部队。

特别是慕容垂，对苻坚说了一段特别鼓舞人心又居心叵测的言论：

> 陛下德侔轩、唐，功高汤、武，威泽被于八表，远夷重译而归。司马昌明因余烬之资，敢距王命，是而不诛，法将安措！……臣闻小不敌大，弱不御强，况大秦之应符，陛下之圣武，强兵百万，韩、白盈朝，而令其偷魂假号，以贼虏遗子孙哉！

一番话说得苻坚心花怒放："与吾定天下者，看来只有你了！"

慕容垂说出了苻坚内心的真实想法，却隐藏了自己企图趁乱复国的野心。

很可惜，苻坚对于这些异族亡国者的企图，从未进行过深刻的思考和警惕。而且在征伐东晋的队伍中，我们也能清晰地发现潜在的巨大隐患。

> 遣征南苻融、骠骑张蚝、抚军苻方、卫军梁成、平南慕容暐、冠军慕容垂率步骑二十五万为前锋。坚发长安，戎卒六十余

万，骑二十七万，前后千里，旗鼓相望。

在前锋队伍中，张蚝曾有过叛乱的案底，慕容暐、慕容垂二人为前燕皇帝和重臣，真正忠于苻坚的还是苻融等反对伐晋者，只不过，苻坚并不知道这些包藏祸心者并不与自己一心，虽然自己对他们恩重如山，情谊绵长。

苻坚做梦也想不到，"淝水之战"仅被朱序一句"秦军败了"，就落得全线溃败的悲惨结局。

这时，仓皇溃逃的苻坚终于发现，曾经极力劝说自己不要贸然伐晋的朝臣，都是氐族自己人；那些鼓动自己开战的官员，全是暗藏野心的外族人。

这支南征的八十万部队是一支典型的多民族联合军，并非一心为主，甚至各怀鬼胎，他们心里想的，是如何不动声色让前秦溃败，好各自重掌政权。

淝水之战后，前秦元气大伤，先前被统一的鲜卑、羌等部族纷纷举兵反叛，重新夺回政权。不到数月，北方重新陷入四分五裂的局面。

首先是前燕，慕容家族趁乱叛逃，慕容垂一路向东收复邺城，建立"后燕"政权，慕容垂的侄子慕容泓在山东起事，建立"西燕"政权。

慕容泓的弟弟慕容冲由于相貌俊美，少年时做过苻坚的娈童，一直深以为耻，趁着苻坚惨败而归，率军逼近长安。

直到此时，苻坚仍然希望以往日旧情感化慕容冲，遣使送去一袭锦袍。

没想到慕容冲趾高气扬，连正眼都不瞧一下："孤如今心怀天下，岂能顾念锦袍小恩！奉劝尔等早日投降，把苻坚交出来，孤自然会恩赦苻氏一族，以酬旧好！"

苻坚一听，忍不住破口大骂："悔不听当初王猛之言，这帮白虏①居然猖狂到这种地步！"

只可惜，一切都晚了。

慕容冲在长安城外死死围困，摆明了是想要苻坚的命。

由于城中极度缺粮，甚至出现人吃人的惨剧，苻坚倾尽家底，勉强凑够了一桌最后的晚餐，群臣却也分不到几片肉，还要塞进嘴里不敢咽下，回到家后再把肉吐出来让给妻儿老小吃。

建元二十一年（385年），苻坚率众突围，逃到武将山，被曾经又一个无比信任的部下姚苌俘虏。

既然前秦已经分崩离析，那我羌族人也可以建立自己的政权。

"如今你已不是那个登峰造极的前秦天王了，怎么样，把传国玉玺交出来吧？我会看在往日的情面上，考虑饶你不死。"

苻坚破口大骂："你这个恶心的白眼狼，竟敢逼迫天子！玉玺就是送给晋朝，也不会留给小小羌胡！"

一通乱骂让姚苌有些找不着北，过了数日，姚苌又来谈判："传国玉玺我不要了，这样，你把帝位禅让给我，我尽量保证你的安全。"

苻坚仍是继续痛骂："亏你还知道禅让，禅让是圣贤们的事，你只是叛贼，居然还有脸提禅让！"

说罢，苻坚怔怔地盯着姚苌，从他绝望的眼神中，已然放

---

① 鲜卑人皮肤白皙，故氐人有"白虏"之蔑称。

弃了活下去的希望："姚苌，孤平日待你不薄，甚至把'龙骧将军'①的称号赐给你，你却背叛了我的信任，今日孤唯死而已，不必多言。"

多次劝说无果，姚苌恼羞成怒，将苻坚绞死于新平佛寺，终年四十八岁。

高尚的苻坚死了，前秦随即迅速灭亡，曾经最有可能一统天下的政权，就此湮灭在历史长河中。

直到两百多年后，大隋南下灭陈，才结束自晋末以来长达三百年的南北分裂局面。

5

也许苻坚至死都不愿承认，自己毕生奉行的仁义之道，居然被残酷的现实和阴险的人心狠狠踏为尘埃，他当然也不想在后世沦为"妇人之仁"的笑柄。

不过，历史的真相远没有那么简单，对于苻坚也绝非一句"滥施仁义"就能盖棺定论。前秦的迅速败亡，虽然与苻坚过于看重仁义、忽视隐患的失误关系重大，却不是败亡的根本原因。

我们先来简单了解一下苻坚穷尽一生所建立的功业。

继位后，苻坚迅速展示出超强的治国才能，加之一干贤臣勇将的帮助，前秦在短时间内，迅速成为北方最强大的政权。

前秦的功业，半数都应归功于王猛这位实力比肩诸葛亮的天纵奇才。

---

① 苻坚继位前，曾长期担任龙骧将军。在前秦，"龙骧将军"属于最荣耀的称号。

王猛和诸葛亮一样胸怀安邦定国大志；一样避世隐居（诸葛亮躬耕陇亩，王猛贩卖畚箕）；一样得遇良主，犹如鱼之得水；一样为社稷鞠躬尽瘁，死而后已。

王猛尚未出山，就琢磨透了胡人政权的致命缺陷：纵容权贵，执法不明。

为此，王猛从一开始就对苻坚交了底："如果天王只为保住大秦的一亩三分地，那很简单，也不会有太多阻力。您若立志结束乱世，一统天下，成为秦皇汉武那样的千古一帝，必须首先着手整顿吏治，打击不法权贵。"

苻坚决心很大，给予王猛绝对的支持。王猛执法严明，禁暴锄奸，很快就引起氐族皇亲和元老旧臣的强烈不满。

老功臣樊世甚至当众放出狠话："王猛这厮千万别让我遇到，见一次我打一次，打死罪名我来顶，不信天王能把我怎样！"

苻坚闻讯大怒："不杀此老氐，不足以立威服众！"

樊世就这样因出言不逊被苻坚处斩了。

之后，王猛又在苻坚的授意下处死酗酒行凶、作恶多端的太后胞弟强德；在御史中丞邓羌的配合下再杀不法豪强二十余人，整顿吏治逐渐显出成效。

京城内外百官震肃，豪强贵戚老实守法，社会风气大为好转，一度出现路不拾遗、夜不闭户的良好秩序，得到各地百姓的强烈拥护。

这足以说明，苻坚的仁义之道，并不是对所有人都适用。苻坚有自己的原则，对于国人，他严明赏罚，为的是凝聚力量；对待异族，他施行仁义，是为安抚人心。

整顿吏治、打击不法的目的在于收服人心，在王猛的辅佐下，苻坚在人心逐渐聚拢的同时，开始着手振兴儒学、发展经济。

一方面，苻坚广修学宫，培养人才，还不辞辛劳，每月定期去太学考问诸生儒学经义，甚至还强制公卿子弟必须入学读书。

在崇尚武力的氐人普遍质疑苻坚沉迷儒学的同时，前秦统治阶层的整体素质正在不知不觉地提升。

另一方面，由于前秦多年来战乱不息，天灾不断，苻坚继位后决定偃甲息兵，大力发展生产。

在突遭大灾的年头，苻坚下令减少宫廷支出，后宫妃嫔皆穿布衣，并鼓励百姓休养生息，努力耕种。

经过几年的治理，前秦的经济迅速恢复，社会安定，百姓安居乐业。当时还有首歌谣，充分说明了前秦安定清平、蒸蒸日上的新时代新气象。

长安大街，杨槐葱茏；下驰华车，上栖鸾凤；英才云集，诲我百姓。[1]

我们不能忽视一个关键问题，在苻坚继位之前，前秦的生存压力很大。

北有拓跋鲜卑代氏政权，西有张氏前凉政权、氐族杨氏仇池政权，东有慕容鲜卑前燕政权，南有司马氏东晋政权。

夹在各政权之间的前秦，却在苻坚和王猛这对千古君臣的共同努力下，具备了一统南北的绝对力量。

---

① ［唐］房玄龄等：《晋书·载记第十三》。

相继降服匈奴刘氏部、乌桓独孤部、鲜卑没奕干部等实力较弱的诸胡部众后，摆在前秦面前的四大重量级对手分别为：前燕、前凉、代国和东晋。

基于此，王猛为苻坚制定了"先北后南"的统一方略，并亲自指挥了前秦在北方最大的战役——灭燕之战。

灭掉前燕后，前秦的疆域得以极大拓展。放眼北方，再无敌手。

建元六年（370年），苻坚灭亡仇池，引发西北诸胡的强烈震荡。迫于前秦的军事压力，前凉国主张天锡、吐谷浑首领碎奚、陇西鲜卑首领乞伏司繁相继归顺。

两年后，东晋梁州刺史杨亮侵扰原仇池疆域，被前秦勇将杨安击败，苻坚趁势调遣两路大军进取西川。

北路军由益州刺史王统、秘书监朱彤率军两万出汉川，南路军由前禁将军毛当、鹰扬将军徐成率军三万出剑门，一战而得益、梁、宁、南秦四州之地。

建元十二年（376年），张天锡降而复叛，被苻坚击溃，前凉灭亡。同年，苻坚又乘代国内乱之机灭代。

随着北方各政权的灭亡，以及东夷和西域六十二国同时向前秦称臣进贡，苻坚完成了北方的统一，前秦的疆域东至大海，西抵葱岭，南控江淮，北及大漠，占据了天下三分之二的版图。

需要指出的是，一切功业的迅速获取，都是建立在内部稳定的基础之上的。为了保证内部稳定，就必须与各异族势力和本族反叛势力达成和解。

设想一下，如果苻坚动辄妄杀，或是对各归顺势力大加猜忌，势必会给政权稳定带来沉重的负担。毕竟这是个多民族政权，毕竟一统北方各族，苻坚仅用了不到十年的时间。

矛盾需要化解，抵触需要磨合，以心换心，推己及人，绝对是一种理想而理性的选择。

6

不妨设想一下，如果苻坚是朱元璋那种对功臣有条件要铲除，没有条件制造条件也要铲除的君主，那么很多隐患都将迎刃而解。

但是，朱元璋的一句"妇人之仁"，并不能道明苻坚失败的根本原因。

施行仁义之道本身并没有错，前秦败亡真正的根源，司马光在《资治通鉴》中进行了深刻的评析。

论者皆以为秦王坚之亡，由不杀慕容垂、姚苌故也。臣独以为不然。使坚治国无失其道，则垂、苌皆秦之能臣也，乌能为乱哉！坚之所以亡，由骤胜而骄故也。

其实，苻坚败亡的根源在于：在不合适的时间，发动了一场不合适的战争。常年的连战连捷，让苻坚变得过于骄傲、迫切，忽视了前秦这个兼并鲜卑族、羌族、匈奴、乌桓等各族部队而形成的庞然大物，却时刻存在着深深的隐患。

首先，一统北方后，整个前秦统治的人口达到一千六百万人，可氐族总人口总量不过数十万；前秦军队总量超过一百二十万，苻坚的嫡系部队却不足十万。

所谓的百万雄师，不过是一群各怀鬼胎、心思各异的潜在背叛者。

其次，鉴于氐族人数有限，随着疆域的迅速扩张，苻坚仿效周朝分封诸侯，将苻氏皇族及亲近贵族三千多户分镇四方，希望以此稳定边疆。

问题却接踵而来，由于大批氐族亲信被派往各地镇守，本民族势力分散，在关中地区，苻坚的控制力大大削弱，鲜卑、羌、丁零各族的总和已远远超过氐族，伺机反扑的隐患大大增加。

前秦的国内形势，犹如一台重新组装的新机器，各个零件的磨合并不到位。然而，骄傲的苻坚却忽视了这关键的一点，他太急切地想一统天下了。

再次，多年间连战连捷，让苻坚过于轻敌冒进。倘若"淝水之战"前秦胜了，那一切问题都不再是问题，前秦很可能统一全国。凭借苻坚的努力，慢慢消解民族矛盾，实现民族融合，继而建立又一个封建大一统王朝，也是顺理成章的事。

当然，如果苻坚能够听从王猛临终之言，先化解矛盾、休养生息，再征伐东晋，即便不能一举而胜，想必结果也会有很大的转变。

问题在于，在年龄不断增长，功绩迅速积累的情况下，唯恐岁月蹉跎、时不我待的苻坚选择先统一天下，再化解矛盾。毕竟放眼四海，只剩下东晋这一支势力，灭掉了，就结束了。

他的选择很实际，在强大的军事实力的支撑下，看上去也相当靠谱。只可惜，他战败了，那些他信任的异族又趁乱重整旗鼓，天下再次陷入四分五裂的混乱之中，后世自然会把前秦的败亡归结于苻坚对待异族滥施仁义的愚蠢和天真。

从结果反推过程，如果"淝水之战"没有意外，苻坚得以降服东晋，那么是否还会有人质疑他先统一全国、再化解矛盾的选择呢？肯定不会。

因为那时的苻坚，早已比肩秦皇汉武、日后还会比肩唐宗宋祖，成为一统天下的千古一帝。

然而历史是没有如果的。

当然，就算苻坚被后人误解为滥施仁义，以至于亡国身死，葬送大好局面，我们也必须承认，苻坚绝对是位值得尊敬的有为之君。

从他身上，我们能看到儒家推崇的"完美王者"的理想人格。宅心仁厚，心胸宽广，勤政爱民，善待众人，攻城却从不屠城，破国而从不杀降。

尽管被后人评价为"恩仁信义有余，威严果断不足"；尽管王猛多次建议苻坚铲除隐患；苻坚却总是坚信阴谋诡计非明君所为，他行的是正道，恪守的是仁义道德。

特别是对于心怀二志的名将慕容垂，苻坚多次对朝臣坦言："人家走投无路来投奔我，我若总想找机会把他杀掉，岂不被天下人耻笑吗？"

苻坚认为，只要自己对别人施以仁义，别人也会报之以义。

苻坚一心想在乱世塑造一个圣君的光辉形象。可惜的是，他广施仁义的对象，却都是一群白眼狼。

即便苻坚是个失败者，也比那些心思缜密、玩弄权术、动辄杀伐的君主有太多值得赞扬之处。他的仁人之心、高尚品行，连诸多饱读圣贤书的汉人都自愧不如。也正是因为苻坚的出现，才稍微改变了汉人眼中心狠手辣、忘恩负义的胡人形象。

苻坚没有生错时代，也没有辜负时代，是乱世辜负了他，践踏了他的高尚，摧毁了他的圣君理想。

正如顾城的名句：

卑鄙是卑鄙者的通行证，高尚是高尚者的墓志铭。看吧，在那镀金的天空中，飘满了死者弯曲的倒影。

梁武帝萧衍

向天再减二十年

1

评价历史人物有个很有趣的衡量指标：寿命与功业的匹配度。

有的皇帝寿命太短、天不假年，结果霸业未成身先死。比如北周武帝宇文邕，励精图治、一统北方，死时年仅三十六岁。再比如后周世宗柴荣，厉行改革、南征南唐、北破契丹，死时年仅三十九岁。

假如宇文邕和柴荣能够再活二十年，大概日后就不会有隋朝和宋朝的事了。

有的皇帝寿命太长、活得太久，结果晚节不保，干了一些荒唐事，导致几十年间做过的努力、建立的功业被晚年的荒唐行径彻底掩盖，原本千古圣君的光辉形象瞬间暗淡，还留下诸多污点被后世批判。

比如"春秋五霸之首"的齐桓公，任用管仲为相，尊王攘夷、九合诸侯，晚年却重用易牙、竖刁、开方等奸佞，不但自己落得个活活饿死的悲惨结局，齐国的国力也随之江河日下。

再比如唐玄宗李隆基，开创唐朝极盛之世——开元盛世，晚年却昏庸无道，宠信小人，结果一场长达八年的安史之乱，直接将唐朝从巅峰拉入低谷。

假如齐桓公和李隆基能够少活二十年，他们的君王生涯将不会存在任何过错，成为十全十美的圣明之君。

由此可见，寿命太短，可能留下遗憾；寿命太长，也容易在晚年行为出格。本篇的主人公梁武帝萧衍，就是寿命太长出现过错的绝佳典范。

南梁普通八年（527年），这个看似"普通"的年份，却发生了一件很不普通的奇闻异事：六十三岁的梁武帝萧衍出家了！

在佛教比较兴盛的南北朝时期，出家本来算不上大事，可皇帝在位期间主动选择出家，不仅在南北朝是第一次，而且五千年历史也只此一例。

历史上的确存在有过出家经历的皇帝，却统统都是在位前，比如武则天曾在李世民死后来到感业寺削发为尼，明太祖朱元璋更是在青少年时期当了好几年游方和尚。

除了武则天和朱元璋，明建文帝朱允炆在"靖难之役"后失踪，就是出家逃难；清顺治帝爱新觉罗·福临在爱妃病逝后万念俱灰，自愿落发退位。不过这两个事例都只是传说，真实性有待考证。

历史上没有一个类似萧衍这样在位期间心甘情愿出家的案例，更出格的是，萧衍似乎玩一次还嫌不够，这辈子居然先后出家了四回！

普通八年（527年）首次出家，三日后还俗。

大通三年（529年）第二次出家，在同泰寺举行"四部无遮大会"①，当众换上僧衣讲解《涅槃经》，十日后朝廷捐钱一亿，向佛祖赎回萧衍。

大同十二年（546年）第三次出家，在同泰寺讲解《三慧经》，朝廷用两亿钱将其赎回。

太清元年（547年）第四次出家，这一次在寺院足足待了三十七天，朝廷出资一亿钱赎回。

萧衍出家，有一个专用名词：舍身。

先后四次舍身，出家和还俗就跟玩耍一样，萧衍痛快了，同泰寺也赚得盆满钵满，可却是苦了朝廷，四次舍身共计花费四亿钱，差点把国家财政掏空。

萧衍这种没有条件创造条件也要造福佛教的行为，也有一个专用名词：佞佛。

佞佛可是个无底洞，花多少钱都没底。对于古代那些佞佛之人而言，想要亲近佛祖，说白了一句话：拿钱来上供！这叫尽人事。连《西游记》里如来佛祖都含蓄地表达："尽管你取经是为普度众生，但也得尽人事，不然我们吃什么！"

所以纵使心里有一百个不愿意，唐僧还是得把紫金钵盂当人事换取经文。

在萧衍统治国家的时代，财政富裕，萧衍肯定有充足的资金经营自己的佞佛事业。当然，你花再多的钱，都是花给那些所谓佛祖在世间的代言人——僧尼的。只有通过僧尼，你的一片赤诚之心才能转达给佛祖，保佑你长命百岁，一生平安。

---

① 四部无遮大会：四部指僧、尼、善男、信女；无遮大会指佛教每五年举行一次的布施僧俗的大斋会。

因此，萧衍四次舍身挥霍的巨额钱财，最终都进了僧尼的腰包。

除了大手笔砸钱，萧衍还刻苦钻研佛经，时常与境内的"得道"高僧们开展佛学研讨，并亲手撰写了长达五十卷的理论专著——《大品经注》，另有《涅萃》《净名》《三慧》等百余卷个人专著。

此外，萧衍还在不经意间给佛教强行规定了一大戒律：吃素。

南梁之前，佛门中人没有吃素的硬性约束，僧尼也不需要犯戒后装模做样地自我安慰一句："酒肉穿肠过，佛祖心中留。"

正是萧衍在研究《大般涅槃经》时号称找到了理论依据，要求僧尼必须食素戒酒，吃素的戒律从此开始被佛门遵守。

不过，萧衍并不是一个"严以律他"之人。信佛之后，萧衍常年不近女色，不沾荤腥，甚至破天荒地提议宗庙祭祀也不准再用牛羊猪，改用蔬菜代替。

诏令下发后，朝臣们纷纷上书劝谏："陛下，您以身作则恪守清规戒律，这无可厚非，可我大梁的列祖列宗们都不似您这般信佛，以蔬菜为供品显得多寒碜啊，苦了祖宗真的好吗？"

君臣磋商了半天，最终各退一步，供品不用蔬菜，而是用面团捏成牛羊的形状，总之祖宗还是没肉可吃。

2

在萧衍这种顶级佛学爱好者的支持下，佛教在梁朝的发展势头极其迅猛，与萧衍同时代的郭祖深就曾鲜明地指出：

都下佛寺五百余所，穷极宏丽。僧尼十余万，资产丰沃。

还有唐朝大诗人杜牧这首脍炙人口的《江南春》，更为形象地说明了南朝佛教的兴盛。

千里莺啼绿映红，水村山郭酒旗风。
南朝四百八十寺，多少楼台烟雨中。

对佛教的过度追捧，导致萧衍在后世的评价一直不佳。北宋大思想家程颐就把萧衍视为佞佛以至亡国的反面教材。

梁武帝英伟之姿，化家为国，史称其生知淳孝，笃学勤政，诚有之。终其身无他过，止缘好佛一事，家破国亡，身自馁死，子孙皆为侯景杀戮俱尽。可不深戒！

毕竟历史上那些知名的有道明君们除了文治武功两手抓、两手硬，无一例外都是没日没夜为国事呕心沥血，绝对没有萧衍这种浪费国力的嗜好。

正因如此，后世人对萧衍往往产生这么一种刻板印象：昏庸、糊涂、天真、愚昧。他们只关注萧衍佞佛的行径，却忽视了萧衍一生的功绩；只片面认定佞佛是昏庸的表现，以至于把萧衍误解为是非不分的糊涂老头，却不知萧衍佞佛之中隐藏的深刻原因。

萧衍并不是一个昏庸荒唐的昏君；萧衍佞佛，绝不仅仅是兴趣使然；萧衍四次舍身，更不是有钱任性。其中存在着极大的认知偏差和误解。

想要分析萧衍佞佛的前因后果，必须首先弄清佛教传入中国以来的发展情况。

佛教自汉明帝时期传入中原，曾辉煌一时。比较著名的得道高僧鸠摩罗什，在凉州十七年弘扬佛法，译成《法华经》《金刚经》等流传后世的佛家经典，西域一带无人不识。为了争夺这位得道高僧，前秦苻坚、后秦姚兴不惜先后发动战争，灭了龟兹国和北凉。

皇帝中信佛的除了萧衍，还有汉明帝刘庄、隋文帝杨坚、女皇帝武则天等。"南朝四百八十寺"，是受萧衍的影响；"第一古刹白马寺"，由刘庄修建；"五台山荣膺中国佛家四大名山之首"，功在杨坚；"中国四大名窟之一洛阳龙门石窟"，则由武则天赞助扩建。

这些信佛的皇帝推动了佛教在中原的传播，并为后世留下了诸多景区。

特别是魏晋南北朝时期，中原百姓对佛教的信奉几乎达到了狂热的地步，佛教一直保持着旺盛的生命力不断成长。

佛教兴盛的原因大致有三：

其一，精神寄托。太平盛世，百姓安居乐业，对未来有所期待和追求，自然不必寻找生活之外的寄托。而生活在乱世，朝不保夕，百姓对现世多持悲观心态，甚至彻底失去希望，于是转而选择信奉佛教"不修今生只修来世"的理念，通过皈依佛祖，寄希望于来生。

其二，统治者扶持。其实不光是萧衍，南朝先后建立宋、齐、梁、陈四朝，北朝先后建立北魏、东魏、西魏、北齐、北周五朝，无论南北、东西，信奉佛教的君主大有人在，他们纷纷为佛教的发展提供各种支持。

其三，实惠多多。平常百姓选择出家，除寻求精神寄托外，物质层面的获取也不容小觑。一入佛门深似海，在佛门中，你会惊喜地发现：赋税不用交了，徭役不用服了，再加上寺庙都有私人田产，免费提供僧服、禅房，衣食住行都不再是问题。

不过僧人也要吃穿住用，还得和中原土生土长的儒教、道教竞争生存空间。

想生存就得吸收信徒，信徒多了就要起庙建寺。原本用于耕种的土地被盖起了寺院，本来需要缴税的百姓出家为僧，政府损失了土地，损失了青壮年劳动力，减少了赋税收入（僧侣不用纳税）。

正是出于对劳动力的争夺，寺院势力的膨胀经常会引起世俗统治阶级的强烈不满，有的方丈仆从成百上千，有的僧侣不守戒律霸占田产，鱼肉百姓。

因此，佞佛的皇帝，一般都会被列入昏君一流，像萧衍这种佞佛程度可以排在历史第一位的典型代表，自然难逃被后世批判的命运。

3

其实，萧衍这辈子，远非"佞佛"二字就能简单概括。他的人生，足够精彩；他的成就，放眼整个南朝也无出其右。

众所周知，史上最爱自我吹嘘的皇帝当属乾隆，给自己封了个"十全老人"，还原创了四万多首诗，产量差点追平了整部《全唐诗》。

只不过，所谓"十全"，全是战功；所谓原创，基本都是批量产出的"口水"诗。

相较而言，萧衍绝对可以称为"十项全能"。

他会的太多了！

作为兰陵萧氏的佼佼者，萧衍从小就是远近闻名的神童，学一样会一样，会一样精一样。

在学术领域，除了晚年编纂的三百余卷佛学专著外，早期的萧衍还纂有《周易讲疏》《春秋答问》《孔子正言》二百余卷，《吉》《凶》《军》《宾》《嘉》五礼一千余卷。

除儒家经义外，萧衍在史学方面的成果一样突出。他不赞同班固《汉书》这种断代史的写法，认为一点都不正统，于是亲自主持编纂了《通史》六百卷，《赞》《序》《诏》《诰》《铭》等一百二十卷。

他的学术成果量大质优只是一个方面，在文艺领域，萧衍更是格外出彩。

在南齐竟陵王萧子良门下，萧衍与沈约、谢朓等七位当红名士结交，史称"竟陵八友"①，八人共同创造了特色鲜明的"永明体"②，成为南朝文学一大重要流派。

作为"竟陵八友"带头人，萧衍的个人创作，基本都属上乘精品。特别是七言诗，萧衍注重仄韵互换，抑扬起伏，比如著名的《东飞伯劳歌》：

---

① 竟陵八友：萧衍、沈约、谢朓、王融、萧琛、范云、任昉、陆倕。
② 永明体：齐武帝永明年间形成的诗体，强调声韵格律，为诗文创作由艰涩难懂转向清新通畅起到了重要的引领作用。

东飞伯劳西飞燕，黄姑织女时相见。谁家女儿对门居，开颜发艳照里闾。南窗北牖挂明光，罗帷绮箔脂粉香。女儿年几十五六，窈窕无双颜如玉。三春已暮花从风，空留可怜与谁同。

文学创作也只是萧衍的一个技能，在音乐、书法、棋道、绘画领域，他各有不俗的造诣。

特别是书法领域，萧衍首推王羲之的书法，很快在民间兴起一波学习热潮。可以说王羲之能被后世赞为"书圣"，萧衍出了大力。

同时，萧衍还留下了《观钟繇书法十二意》《草书状》《答陶隐居论书》《古今书人优劣评》四部书法理论精品专著。

除此之外，萧衍还精通行军征战和鞍马骑射，显示出优秀的军事才能。

南齐明帝建武二年（495年），北魏孝文帝元宏亲率三十万大军攻打义阳，萧衍奉齐帝萧鸾之命领兵驰援。

萧衍马不停蹄，连夜抄近路悄悄赶到距离北魏先锋部队仅数里之遥的贤首山，由于敌我实力差距明显，萧衍命将士在山上遍插军旗。天蒙蒙亮，义阳城中的齐军看到贤首山上旌旗蔽空，士气大振，立即集合全军出城掎战。萧衍亲自上阵，指挥军队前后夹击。

北魏军搞不清萧衍增援部队的真实实力，一时间难以应对，只好匆匆撤退。

战后，齐军截获孝文帝元宏写给先锋部队的密信，信中写道："闻萧衍善用兵，勿与争锋，待吾至。若能擒此人，则江东吾有也。"

当然，贤首山之战仅是萧衍军事生涯的一个缩影。文武兼备、才华横溢的萧衍于天监元年（502年）代齐建梁，意气风发地迈向人生巅峰。

这一年，萧衍三十八岁。

精力旺盛的黄金年龄段，此时的萧衍对佛教基本没兴趣，他的精力，主要用来改革时弊、治理国家。

后人不知道的是，萧衍的勤政程度丝毫不逊于历史上任何一位有道明君。

在很长一段时间内，萧衍每日五更天起床，不分季节、不分寒暑，天气过冷时，他批阅公文的手时常冻得龟裂。

对于饮食，萧衍一切从简，除必要的宴请之外，他大部分时间只吃粗米熬煮的粥；对于衣着，萧衍格外节俭，一顶帽子戴三年，一床被子盖两年。

他以身作则，规定宫中侍女的服饰长度不能及地，大臣衣冠过分华丽均不接见，加上他常年不近女色，一直很少患病。也正因如此，萧衍（86岁）成为历史上仅次于乾隆（89岁），寿命第二长的皇帝。

实践证明，多吃粗粮、戒色戒欲，确实有益健康。

对于治国，萧衍注重整顿吏治，把选贤任能放在首位。选用地方官，萧衍严把德才标准，参照个人实绩逐级提拔。

此外，萧衍还会抽出时间亲自对即将上任的官员进行考察、训导，经常派遣专门人员外出巡察，弹劾玩忽职守、盘剥百姓的不法官员，举荐品行高洁、才学卓著的贤能之士。

同时，为了广泛纳谏，萧衍在宫门前放置了两个木盒（当时叫函），一个是谤木函，一个是肺石函。

如果有功之臣或有才之人没有获得应有的提拔、奖励，都可以往肺石函里投递信件；如果平民百姓想给国家提点意见建议，也可以往谤木函里投递。

十余年间，萧衍励精图治，梁朝国力迅猛增长，军威更是被北魏视为"南军百年未有之盛"的地步。

正是在萧衍的统治下，南朝的文治成就真正意义上第一次压倒北朝。东魏权臣高欢就曾愤愤然地说道："江东有一老儿名萧衍，专事衣冠礼乐，中原士大夫望之，以为正朔所在。"

4

从三十八岁继位到六十三岁首次舍身同泰寺之前，萧衍的表现绝对算得上一代明君。他的功绩，自然也得到了后世诸多史学家的认可。

比如北宋欧阳修：

梁萧氏兴江左，实有功在民，厥终无大恶。

再比如近代史学家钱穆：

独有一萧衍老翁，俭过汉文，勤如王莽，可谓南朝一令主。

想象一下，如果萧衍能够"向天再减二十年"，在局面一片大好的情况下安然逝去，没有后二十年的佞佛行为，那他的一生就是光辉灿烂的一生、无可指责的一生。

问题在于，英明神武十几年的萧衍，究竟是出于何种原因，突然之间坚定不移地佞起了佛，还一次又一次地舍身，大把大把地给同泰寺送钱？

这一切，都要从萧衍的两件伤心事说起。

天监四年（505年），临川王萧宏奉命总督八州兵马征讨北魏，结果途中遭遇暴雨，萧宏居然以此为由，弃军逃回南京，致使梁朝数十万大军全线溃败。

南梁朝臣对萧宏临阵脱逃的行为深感不齿，纷纷请求按军法严厉处置。

萧衍却顾及兄弟之情，选择从轻发落，还多方安抚担惊受怕的萧宏。

可惜，萧宏并没有对老哥的仁义表示感激，此后更是变本加厉，多次触犯国法，贪污腐败、窝藏杀人罪犯，萧衍只得多次将其降职免官，但依然不能让萧宏有所收敛。

后来，萧宏更是胆大妄为，不但跟萧衍的大女儿永兴公主萧玉姚私通，还和亲侄女密谋刺杀萧衍，企图篡位。

某日，萧玉姚带着两个易容成侍女的男刺客去面见父皇，结果刺客化装水平不到位，被萧衍察觉，当场将女儿和刺客拿下。

事后审讯，萧宏和萧玉姚对罪行供认不讳。萧衍看到供词，悲伤得差点拿刀自尽，他实在想不通自己究竟哪里亏待了弟弟和女儿。

悲伤归悲伤，萧衍思忖再三，还是顶着群臣强烈要求诛杀二人的压力，选择从轻发落，将女儿和弟弟分别软禁在各自府邸，眼不见心不烦。

另一件伤心事发生在萧衍二子萧综身上。

萧综的生母吴淑媛是前朝亡国之君萧宝卷的妃子，在萧衍代齐称帝时已有身孕。吴淑媛为了保住肚里的孩子，悄悄隐瞒了怀孕的真相，然后入宫做了萧衍的妃子。

结果，吴妃仅怀胎七月就生下了儿子萧综，理由是早产。

此时由于萧衍刚刚称帝，对此事也未曾深究。后来，萧衍逐渐不近女色，吴妃长期得不到皇帝的宠幸，怨恨之下便将真相告知萧综。

当萧综得知自己居然是前朝皇帝的儿子，萧衍居然是自己的杀父仇人，大惊之余对萧衍的态度愈发冷漠。

萧衍却不晓得萧综为何突然变得阴沉，他认为是自己对儿子爱护不周，不但对萧综的冷漠毫不怪罪，反而加倍宠爱。

几年后，萧综趁着南梁和北魏交战之际，悄悄投奔了此前降魏的亲叔叔萧宝夤，改名萧缵。

接着，萧综竟然公开表明了自己的身份，甚至对外发布消息要为生父萧宝卷服丧三年。

萧衍闻讯，差点气昏了过去。虽然萧综不是自己的亲生儿子，可多年的父子之情还是让萧衍对萧综很是挂念，包括曾经欺骗自己的吴妃，萧衍也只是将其贬为庶人，仍可享受妃子待遇。

虽然萧综与萧衍划清了界限，可他在北魏过得一点都不舒心，新婚妻子病逝，自己又遭到乱民驱逐，走投无路的萧综只好出家为僧，四处流浪。

萧衍听说萧综在北魏的境遇，感到于心不忍，特意派人给萧综送去他儿时穿过的衣服，希望他早日回家。

萧综很有骨气，实在拉不下脸面回到萧衍身边。不久，萧综就死在了北魏境内，葬于嵩山之上。

萧衍万分悲痛，冒着很大的舆论风险派人潜入北魏，盗走了萧综的遗骸，让萧综仍以皇子身份陪葬于自己的皇陵。

5

很显然，这两件伤心事无疑给萧衍的内心造成了极大的伤害，也对他此后的行为产生了深远的影响。

萧衍第一次舍身，就发生在萧综出奔北魏的两年后，也正是萧宏病逝的当年。

也许有人会对此表示质疑，像萧宏这种无恶不作的恶徒，萧衍为何一而再再而三地放纵他恣意妄为？像萧综这种并非己出的前朝皇子，萧衍又因何对其不离不弃？

有人就此认定，萧衍赏罚不明、是非不分，不是年迈昏庸，就一定是信佛信成了白痴，居然为了这二人跑去出家，实在是过于离谱。

其实，这中间存在着很大的误解。

萧衍过于纵容皇室成员，绝不是赏罚不明、昏聩无道；他一次又一次跑去同泰寺舍身，也并非沉迷佛法，看破红尘。

换言之，如果萧衍真心想皈依佛门，完全可以退位出家，根本没必要来回折腾。他善待萧宏和萧综，而且还以此为由选择舍身，绝不是信佛信昏了头，其中隐藏着萧衍深刻的政治思考。

萧宏荒唐、萧综出逃，并不仅仅只是表面现象，透过现象，萧衍看到了这类事件背后的政治动向：南齐萧氏宗族中，已然出现不大不小的裂痕。如果不妥善处理，甚至有可能酿成同室操戈、骨肉相残的悲剧。

当萧衍还在齐明帝萧鸾身边供职时，他就目睹了残杀宗室的整个过程。

为了登基称帝，萧鸾先后废杀了自己的两个堂孙：萧昭业、萧昭文。

称帝五年内，萧鸾又将齐高帝萧道成（叔叔）、齐武帝萧赜（堂哥）的子孙二三十人尽数诛杀，其中年龄最小者仅六七岁。

萧鸾残杀同族的恶行之狠，手段之残酷，在历史上绝对能排得上号。

更令人咋舌的是，在萧鸾病逝之际，嘱咐儿子萧宝卷的不是如何治国，而是做事不可在人后，要先下手为强，消除一切威胁因素。

萧宝卷登基后，在位不到一年，既杀宗室，也杀朝臣，杀来杀去，不但没有消除隐患，反而自剪羽翼，极大削弱了南齐的统治基础。

也正因如此，萧衍才有机会轻松代齐自立。前朝的悲剧给萧衍带来了难以磨灭的记忆，他绝不允许梁朝宗室也重蹈前朝的覆辙。

在萧衍看来，只有皇族势力强大又团结一致，国家才能长治久安。为了维护宗室内部稳定，萧衍做了很多努力。

例如对萧衍亡兄萧懿的儿子，尽数封侯；除皇太子萧统外，萧衍将自己其余七子全部封王，各镇一方；还有萧衍的侄子兼养子萧正德，先是叛变投靠北魏，不久又重回南梁，萧衍居然一句责怪的话都没有，反而流着眼泪劝勉了一番，然后恢复侯爵，委以重任。

历朝历代能像萧衍这样全心全意维护宗室的皇帝，其实并不多见。

6

有些事，一旦开始就很难停下来；

有些事，要做就要做到底。

史书上不止一次提及萧衍不顾群臣的强烈不满，保全自己的亲人、晚辈。同时，从第一次舍身同泰寺开始，此后三次舍身，几乎都曾出现过类似萧宏、萧综这种事件，也就是说，在皇室宗族出现矛盾，或是显现裂痕之时，萧衍就会执着地跑去舍身，然后静静地看着群臣耗费巨额的钱财，将自己赎回。

萧衍傻吗？

其实他一点也不傻，一切都在萧衍的精心策划中。

萧衍此举，意图有三：

其一，在佛教备受追捧的南朝，通过一次次舍身，将佛教的地位不断抬高，就可以将君主统治与佛教紧密地联系在一起，通过佛教的支持获取统治的正当性，以此巩固南梁统治。

其二，作为学贯儒、道、佛三教经义，还将儒家的"礼"、道家的"无"和佛教的"涅槃""因果报应"巧妙地融合在一起，创立"三教同源说"①的一代理论巨匠，萧衍经过认真比较，认为佛学理论和佛教修行对百姓更具吸引力，通过推崇佛教，就能在思想上强化个人权威。

其三，也是最现实的一点，萧衍希望借助佛教经义，以唤起萧氏宗族的慈悲之心。萧衍需要做好榜样，如果大家都能像自

---

① 在萧衍看来，儒道佛三家就如同莲花的叶、根和花，三者虽形状不同，但却同属一个生命共同体。由此，萧衍提出"白藕青叶红莲花，三教本来是一家"的理念。

己这样慈悲为怀，那么就能够在行为上进行自我约束，也就不会再出现前朝那样同室操戈的悲剧。

总之一句话，一切为了稳定，一切为了维护统治。佞佛是为巩固统治服务的。萧衍佞佛，只是一种政治上的信仰，而非思想上的虔诚。

萧衍一直很精明，也懂得变通。

毕竟打出佛祖这张牌，才更有理由宽恕罪人；毕竟佛祖强调慈悲为怀，放下屠刀立地成佛，萧衍信佛，所以萧衍不能妄杀，以此才能一次次堵住朝臣的嘴，从而竭尽全力维护萧氏宗室内部的和谐稳定。

实际上，佞佛不是萧衍的失误，纵容皇族也不是萧衍的失误。

造成萧衍人生悲剧的根源，其实是萧衍晚年在南梁臣民齐声歌颂为"皇帝菩萨"的顶礼膜拜下，逐渐变得刚愎自用，听不得半点逆耳之言，在众臣的反对声中将北魏叛将侯景引入南梁，最终在"侯景之乱"中落得个饿死台城的悲惨结局。

据说，萧衍在将死之时，曾说过一句："自我得之，自我失之，亦复何恨？"这句饱含人生哲理的言论确实适用于萧衍的一生，国家由他一手建立，由他一手带入巅峰，再由他迅速进入败亡。

最后，不妨再回到开篇提出的话题：如果萧衍能"向天再减二十年"，他就不必遭受从巅峰直接滑落深渊的痛苦，自然也就不会遭受后世佞佛的误解，更不会因晚年的行为掩盖了前半生的功绩。

隋炀帝杨广

我的征途是星辰大海

1

大隋仁寿四年（604年）年末，南陈末代皇帝、一代艺术大家陈叔宝在洛阳病逝。

按照惯例，前朝皇帝的谥号要由现任皇帝拟定。

对于陈叔宝这位亡国之君，现任皇帝杨广并不陌生。十五年前，年仅二十岁的杨广就是以伐陈主帅的身份，在建康城外接受陈叔宝的投降。

灭陈后，江南各地小股叛乱不断，杨广又受命赶赴江南任扬州总管。

在扬州驻守的十年时间里，政绩突出、作风简朴、谦恭谨慎又演技精湛的杨广最终一脚踢开大哥杨勇，成功晋升皇太子。

可以说，没有平陈的功业，就没有杨广日后的江山。

继位后的杨广仍然时常想念那段激情燃烧的岁月，他也曾无数次拜读过陈叔宝的许多原创诗歌。

比如《玉树后庭花》：

丽宇芳林对高阁，新装艳质本倾城。映户凝娇乍不进，出帷

165

含态笑相迎。妖姬脸似花含露，玉树流光照后庭。花开花落不长久，落红满地归寂中。

比如《长相思》：

长相思，怨成悲。蝶萦草，树连丝。庭花飘散飞入帷。
帷中看只影，对镜敛双眉。两见同见月，两别共春时。

如果陈叔宝不是皇帝，不是大隋必须灭掉的敌人，那杨广肯定乐意和他交个朋友。毕竟在文艺创作领域，杨广一样才华横溢，写得一手好诗。

比如这首脍炙人口的《春江花月夜》：

暮江平不动，春花满正开。
流波将月去，潮水带星来。

杨广鄙视陈叔宝过于纵欲和追求享乐，一国之君的至高荣耀，绝不是原创了多少诗歌，改编了多少舞曲，更不是掌握多少财富，拥有多少女人。杨广追求的，是秦皇汉武那样的宏功伟业，是名垂青史的千古帝王。

为了从陈叔宝的帝王生涯中吸取教训，为大隋皇室子孙树立反面典型，杨广斟酌再三，给陈叔宝确定了谥号：炀[①]。

然后，在新年将至的热闹氛围中，杨广豪情满怀地敲定了属于自己时代的年号：大业！

---

① 好内远礼曰炀，去礼远众曰炀。在谥法中算是最糟糕的一种。

很大气，也很直接。

在杨广眼中，老爹杨坚虽然实现了国家统一，文治武功两手都很硬，但明显开创大业的魄力不足，节俭过日子能致富吗？闷头苦干能名垂千古吗？

不能！

杨广认为老爹像极了汉朝的文帝或景帝，开创了类似"文景之治"的"开皇盛世"。那既然老爹是隋文帝，自己理所应当要做隋武帝，以高昂的斗志和征服一切的气魄，再造一个秦皇汉武时代那样的强盛帝国。

为此，杨广豪迈地宣称："非天下以奉一人，乃一人以主天下也。"心高气傲又信心满满的他甚至觉得老爹有些目光短浅，他不会选择老老实实做个守成之君，更不愿沿袭老爹敦本务实的国策。

杨广喜欢开拓，喜欢挑战，喜欢众星捧月般的追逐，喜欢成为全民关注的焦点。毕竟从一个繁荣的盛世到一个强大的帝国，还有很大的开拓空间，还有很长的进取征途。

改元之后，杨广迅速展现出不同于老爹的领导风格：标新立异、想做就做，甚至有些为所欲为。

比如建书房。一般书房的功能不是用来读书就是藏书，杨广的书房还兼具观赏的功能。

书房门前，悬挂着五彩缤纷的锦幔，门上雕刻着两只栩栩如生的仙鹤，在建筑大师宇文恺的匠心设计下，书房还拥有半自动化的开启模式。只要踏动门前的机关，锦幔就会缓缓上升，仙鹤会舞动双翅，书房的门会随之缓缓打开，整个过程相当新奇，又很有技术性。

比如搞实验。听说吐谷浑养殖了一批名贵的波斯种马，生下的小马能日行千里。喜欢猎奇的杨广派出数千匹母马前去配种，结果发现波斯马质量极低，生出的小马驹连一般的马匹都不如。

白忙活一场的杨广却并未动气，毕竟试错也是一种进步，最起码此番配种证实了吐谷浑的波斯马和隋朝本地马没有区别，日后万一与吐谷浑有战事，就不会吃战马品质的亏。

对一切新鲜事物充满好奇又时刻寻求刺激的杨广，精力还相当旺盛，经常深夜批阅奏章，想到什么就随即召见大臣，询问政策推进情况，搞得群臣苦不堪言。

他完全懂得"欲戴王冠，必承其重"，完全不是后世小说演义中塑造的那个荒淫无道、贪图享乐的昏君。

意气风发的杨广，正准备向全世界宣称：我的征途是星辰大海！没有什么可以阻挡我对未来的向往！

2

干大事，才能成大功！在杨广御极的前十年里，陆续推出了许多新政策，上马了许多大工程。

隋朝建立后，杨坚在长安城东南重新选址，营建国都大兴城。

杨广继位时，大兴城已经建了二十多年，居然还没彻底竣工，这符合杨坚勤俭务实的作风，却不是杨广的风格。

"先皇的大兴城已经落伍了！朕必须再建一座比大兴城更加气派的都城！"

"陛下，您的心意臣等完全理解，虽然您对先皇建的都城相当嫌弃，可总不能平地再起一座新城吧，您总要有所取舍吧？"

杨广冷眼一觑："朕就是要另起一座新城！"

朝臣们只得再谏："既然如此，那请求您稍微缓缓，毕竟这种一建一座城的大工程，没个十年二十年不好完工的。"

杨广笑了："十年二十年？开什么玩笑！到那时朕都老了，限你们一年之内必须竣工！"

朝臣们无可奈何地质疑道："一年，不大可能吧？"

"在朕的时代，一切皆有可能！"杨广把视野向东远眺，那里的方位是洛阳。

选择洛阳兴建东都，杨广斟酌了许久。一来洛阳曾作为多个王朝的都城，二来也方便加强对洛阳以东地区的管控。

这就是杨广，他决意上马的所有工程，推行的一切政策，都包含着深浅两层用意。

浅层：满足虚荣心，树立光辉形象。

深层：以工程促发展，强化国家统治。

只可惜，在建东都的工程和政策推进中过于激进，导致民怨沸腾，引发农民起义。那些深层用意被后世抨击杨广的人完全忽视，再经过有意识地加工渲染（特别是《隋唐演义》），杨广就这么被误解为昏庸无道的千古罪人。

比如兴建东都洛阳，杨广的指示很简单：要快、要好，又快又好！别想偷工减料搞豆腐渣工程！

为了达到领导的高标准，工程总负责人杨素和总设计师宇文恺只好倾全国之力，一次性投入两百多万名民工，还在江南地区大批征集奇木异石运送至洛阳。

工程速度本来已经足够快了，杨广还总是催催催，杨素和宇文恺很无奈，他俩肯定不会亲自上工地搬砖，只好给下级施压，下级又给民工施压，层层压榨，备受压迫的无辜民工没日没夜拼命干，死亡率最高时甚至达到百分之五十。

正是这两百万民工舍命硬拼，比大兴城更宏伟的洛阳城，仅用十个月左右就顺利竣工了。

杨广不关心这一座雄伟的洛阳城下到底埋葬了多少百姓的尸首，拆散了多少无辜的家庭。他只知道，东都建成后，既可以向天下展示自己成就万古基业的雄心壮志，也可以强化中央对于关东地区的掌控，毕竟在那个年代，"山东响马"的危害性已经初露苗头。

与兴建东都几乎同期上马的工程，是开凿大运河。

大运河的修建，一样具有两层含义。

浅层：方便日后巡游江都。

深层：沟通南北，促进南方发展。

大运河工程总共分成三期：从洛阳到淮河的"通济渠"开凿、从淮河到江都的"邗沟"疏通，是一期工程；从洛阳到涿郡的"永济渠"开凿，是二期工程；修浚六朝以来所开凿的"江南运河"，是三期工程。

这三期四段运河连接起来，就是贯通南北，全长近四千里的京杭大运河。

大运河，是古代最典型的"功在千秋，祸及当代"的国家工程。

功在千秋：通过运河连接钱塘江、长江、淮河、黄河、海河五大水系，促进运河两岸城市的发展，对隋唐乃至之后的宋元南北经济、文化交流，维护全国统一起到重要的枢纽作用。

祸及当代：大运河的广阔前景，被征发而来的河南、两淮地区百万民工是看不见、摸不着，也理解不了的。

他们只知道官府督工太急，一些刚从兴建东都工程撤下来的民工，这次又被强行征发来修河堤。

由于两大巨型工程同期开工，服役的男性民工数量很快出现短缺，地方官府为了在自己负责修建的部分不出问题，甚至征发大批妇女充当劳力。

开凿运河的民工在超负荷的长期艰苦劳动中成千上万地死去，特别是运河第一期工程，一百万人中将近半数死在了工地上，尸骨无存。

杨广却根本不顾工程是如何推进的，他只会不停地催，经常半夜三更还会突然找来工程负责人询问进展。

用人命拼出来的第一期工程，从洛阳贯通江都全长千里的"通济渠"和"邗沟"，仅用半年时间便修浚完成，创造了古代建筑史上的一大奇迹。[①]

兴建东都、开凿京杭大运河，杨广充分展示了"大隋速度"，他从来不觉得有何不妥，死点人不是很正常吗？秦始皇修长城死了多少人？汉武帝征讨匈奴死了多少人？为了大隋的千古基业，牺牲点百姓又算什么呢？

杨广永远意识不到"民心向背"问题的严重性和潜在的威胁性，这也在很大程度上预示了他的悲惨结局。

运河第一期完工后，杨广兴致勃勃地重回令他魂牵梦萦的江都。

① 京杭大运河与万里长城、坎儿井并称为中国古代三大工程。

他的巡游，只能用极度奢靡来形容。

据说，杨广的御用龙舟共四层，高四十五尺，长二百丈，最上一层设有正殿、内殿；中间两层共有一百多间豪华套间；最下层给杨广的护卫和宦官使用。

御用龙舟之后，还有七艘名为"浮景"的大船，每条船上都有一种游戏，供杨广在闲暇时消遣。

此外，还有名为漾彩、朱鸟、苍螭、白虎、玄武等近千艘中舟，平乘、青龙等数千艘小舟，供随行人员乘坐。

可以想象，大大小小数千艘旌旗招展、五彩锦绣的巡游观光船，出行的视觉效果有多震撼。而且大运河沿途州县还要按规定向御舟献食。

说是献食，到了那些腐败的州官手里，又成了向百姓摊派，从中牟取暴利的罪恶勾当。每到一处，成百上千桌美味佳肴就被运到船上，杨广和随从根本吃不完，大量剩余的美食直接就地掩埋，浪费无数。

针对大运河本身的功能，唐朝诗人皮日休已经给予了客观的评价：

尽道隋亡为此河，至今千里赖通波。
若无水殿龙舟事，共禹论功不较多。

但杨广借大运河之便进行大规模的巡游，却始终被视为亡国之兆：

千里长河一旦开，亡隋波浪九天来。

锦帆未落干戈起，惆怅龙舟更不回。①

3

兴建东都、京杭大运河两大工程，只是杨广千秋功业的开端，他显然还没折腾够，很快又安排上另一项大手笔——巡边。

大业三年（607年），杨广北巡榆林郡，顺便前往突厥首领启民可汗驻地视察。

杨广人生中第一次大规模远巡，排场安排得极为壮观，光是仪仗队就有三万六千人组成。仪仗队后，还跟着十余万金戈铁马的正规军沿途"护驾"。

巡边，同样具有两层含义。

浅层：满足杨广接受各部族万众膜拜的虚荣心。

深层：考察边防，巩固边境稳定，奏响提升大隋国际声望的时代最强音。

启民可汗听说杨广要来视察，丝毫不敢懈怠，不但提前把突厥各部首领召集而来，还机智地把依附突厥的小弟，如奚族、室韦族等数十个部落酋长都喊过来，一起迎接杨广。

为了体现忠于大隋的拳拳之心，启民可汗甚至亲自动手，把部落军帐外的杂草全部割除，又在西起榆林、东达蓟州的三千里道路上翻修了御道。

小弟很给力，大哥有面子。杨广特意让宇文恺造了一座能容纳数千人的营帐，以便宴请启民可汗及各部落酋长三千五百人。

席间，启民可汗亲自主持大会，还带头向杨广朝拜。杨广

---

① ［唐］胡曾：《咏史诗·汴水》。

173

对小弟很照顾，当场赏赐启民可汗二十万钱，其余三千五百人各有赏赐。

酋长们高兴得都要哭了："陛下！您的胸怀简直比天空还要宽广，您的国家比任何一个王朝都要富强。我等有个不情之请，请您以后做我们突厥人的'圣人可汗'吧！"

好久没有人能把奉承话说得这么清新脱俗了，杨广很受用，便慷慨地接受了突厥人的请求。

当突厥各部首领争相向杨广跪拜时，隋朝在北方部族中的声望随之达到巅峰。

此次北巡，除了向各部族炫耀国力之外，杨广还有个更实际的考虑：修缮长城。

北巡途中，杨广下令征发民工百万人重修长城，还在第二次北巡期间亲自到场监督长城工程修建进展。与此同时，杨广又顺手打通西域，降服吐谷浑，大隋无论声望还是疆域都到达了极盛。

只可惜，这些光荣的业绩被唐朝人选择性忽视，以至于差点湮没在历史的长河中。

大业六年（610年），结束第二次北巡的杨广回到洛阳。

这一年，洛阳城接待各部族游客近十八万人次，自五胡十六国以来，汉人已经很久没有这种主人翁的优越感和自豪感了。

各部落自发遣使赶赴洛阳，目的只有一个：装孙子。

"陛下，大隋气度恢宏，龙腾万里，您老人家恩泽天下，德照万方，我等甘愿追随大隋，永无异心！"

望着虔诚向自己朝拜的周边民族，杨广的虚荣心得到了最大程度的满足。

"来人，重赏！"

于是，诸国使臣有一个算一个，杨广都给予了丰厚的赏赐。

另外，为了展示大国气象，杨广特意下诏："我大隋地大物博、物产丰饶，尔等使臣不远万里而来，主动臣服，朕心甚慰。自即日起，尔国商人来到洛阳，食宿全免，临行发放盘缠。尔不负朕，朕即厚赏！"

总之一句话：跟着大隋混，保你们吃香的喝辣的。

消息传出，随即在诸国掀起热潮。一时间，上表为杨广歌功颂德的、誓愿为隋朝竭忠效命的奏章如雪花般飞入洛阳。

杨广说到做到，下令洛阳商户在街道两旁的店铺外设立帷帐，把压箱底的宝贝都摆出来，最好是能亮瞎各国商人的双眼。

同时，杨广还搞了一次大规模的市容市貌美化工程，保证洛阳城中不能有任何犄角旮旯存在垃圾，不允许说脏话，不允许有乞丐，甚至连街头卖菜的小贩都必须用昂贵的龙须席做摆菜的席子。

而洛阳城中大大小小的酒楼饭馆，在狂欢期间只有一项任务：看到外国客商，直接拉进来吃饭，能吃多少给多少，爱吃什么上什么，直到客商们酒足饭饱为止。

注意，这一切服务，都要免费！

如果有外国客商饭后坚决要求付钱，那么店员必须以更加坚决的口吻拒绝："大隋丰饶，吃饭喝酒一律不收钱！你如果要给，就是打我的脸！"

领导这么疯狂，百姓们只好陪着唱双簧。许多西域客商看到洛阳店铺鳞次栉比，洛阳百姓遍身罗绮，纷纷伸出了大拇指。

不过也有些比较耿直的客商总会疑惑地问上一句："我们一路而来，看到沿途州县很多穷人衣不蔽体、食不果腹，洛阳城街市上随处悬挂的丝绸布帛，给穷人们做衣服难道不好吗？免费提供的酒食，给穷人们吃喝难道不实惠吗？"

"这个嘛，我没法跟你解释啊！"陪同人员只能羞愧地打马虎眼。

继位六年来，杨广干的全是大工程，虽然他的眼里能容得下整个世界，可老爹辛辛苦苦攒了十几年的财富也即将让他挥霍殆尽。

杨广不在乎，没钱可以再赚，工程却不可以停。为了继续提高国际地位，继续建立自己的功业，杨广把目光投向了东北亚——高句丽。也正是这个小小的高句丽，最终将杨广心目中的千古基业彻底葬送。

4

杨广第一次下诏亲征高句丽时，事出有因。高句丽国君高元不太老实，违背杨广让其入朝觐见的命令，还在大隋边境蠢蠢欲动，已然成为东北边境不大不小的隐患。

此时，杨广终于找到一个机会向偶像汉武帝刘彻致敬。

同样渴望建立霸业，同样好大喜功，同样杀伐果决，同样乾纲独断，汉武帝能搞定匈奴，朕难道搞不定小小的高句丽？！

这就是杨广征讨高句丽的最主要原因：灭了高句丽，扬我大隋国威！

大业七年（611年）冬，随着大运河三期工程基本竣工，远征高句丽华丽拉开序幕。

此次远征，杨广共投入兵力一百三十万，对外号称二百万。另征调民夫二百万，负责运送衣甲、物资。

高句丽的实力如何？

其实，很弱。

据保守估计，隋朝在杨广时代有近五千万人口，高句丽的疆域面积仅相当于隋朝的一个州，人口不过一百万，兵力不超过十万。

这些悬殊的实力对比，杨广心里很有数，他自认为灭亡高句丽，就像捏死一只蚂蚁那样简单。

正是由于强弱差距悬殊，杨广布置的作战方略很敷衍：以泰山压顶之势向前推进，武力迫使高句丽屈服称臣，不然则强行攻伐，推平高句丽的首都平壤城。

谁妄图阻挡，只有一死！

大业八年（612年）正月，杨广御驾亲征，二十四个集团军，旌旗连绵千里，仅杨广的御营就长达八十里，军容之盛，三百年间仅有苻坚伐晋时才有展现。

此次远征，杨广志在必得。

局势的发展似乎正如杨广预料，他兵分三路，一路攻打高句丽重镇辽东城，另外两路水陆进发，直抵平壤城下。

不过，军队数量太多，客观上也带来了不少的麻烦。

最大的麻烦有二：一是粮草难以为继，二是信息传递不畅。

粮草这个问题，杨广想到了。他命心腹宇文化及率九个集团军共三十万人携带百日粮草，向鸭绿江以西进军，与水军合力攻占平壤。

这就又引发了另一层麻烦，粮草数量太多，士兵背着很累。

背着很累，就容易乱扔。

浪费粮草这个问题，杨广也想到了。他特意颁布军令：沿途弃米者斩。这就太不考虑士兵的感受了。

由于战线过长，每个士兵随身携带的兵器及军粮重达三石以上，实在负担太重。尽管杨广下了严令，还是有不少人冒着风险半路弃粮。

即便士兵负担重，怨言也很大，隋军依然在高句丽的疆域上纵横无敌，很快将战火烧到平壤城外。

高句丽王高元很阴险，他对隋军的行军态势进行了极为细致的研究。由于杨广的御营远在军后几百里外，根本不可能第一时间将最新军令传达到前线。

于是，高元假装投降了。

投降的书信送到御营，杨广很高兴，摆出一副圣君的姿态，对外宣称大隋要以仁义服天下，即令隋军停止行动，原地待命。

隋军好不容易喘了口气，高元却突然反悔，下令偷袭毫无准备的隋军。

击退高句丽的偷袭容易，但后面究竟打还是不打，前线隋将不敢做主，只得向杨广奏报。

等消息传来，高元又给杨广写信："陛下，可不是我下令偷袭您的部队的，是我手底下有几个不服管教的臣子擅自行动。这不，我已经杀掉了他们，首级给您送来了，您一定要相信我！"

杨广便下令禁止隋军攻打平壤，而此时高元再次派兵偷袭，如此往复好几次，前线数十万大军耽误了太多时间，再加上之前粮草扔得太多，隋军很快就面临士卒疲敝又严重断粮的局面。

说来说去，还是杨广太不把高句丽人当回事了，对敌人缺乏应有的重视。很快，杨广的百万大军就被生生拖垮了。

紧接着，高句丽人七战七败，故意将心情急躁的隋军诱至距离平壤不足三十里处，然后伏军尽出，四面合围，会心一击，宇文化及数十万疲敝之师溃散不止。

除此以外，还有一支四万隋军精兵孤军深入，冲进平壤城遭了埋伏，保家卫国热情高涨的高句丽人与隋军展开巷战，最终四万精兵全军覆灭。

仍在御营等消息的杨广无奈退军，回到中原。

征讨高句丽失败，是杨广政治生涯中第一场惨败，一直顺风顺水的他从未感受过失败的耻辱和不甘。

从哪里跌倒，就在哪里爬起来！第二年，杨广整合六十万军队，再次出征高句丽。

这一次，不甘心失败的杨广高呼："不灭高句丽，誓不罢休！"隋军迅速围困辽东城，为了尽快攻陷城池，杨广在国内建造了许多先进的攻城器械，打得没见过大世面的高句丽人毫无还手之力，哀号震天。

然而，在黎阳督运粮草的杨玄感却借国人怨愤，起兵反隋，杨广大惊，只得回师平叛，第二次远征不了了之。

一年后，叛乱平定，杨广不听群臣苦谏，执意第三次远征高句丽。

如果说前两次还是效仿偶像开疆拓土，那这第三次纯粹是杨广赌气。作为大隋皇帝，他实在接受不了这样的现实。

像我这样优秀的人，连高句丽这蕞尔小国都搞不定，以后还怎么驾驭万邦！

大业十年（614年）二月，杨广第三次讨伐高句丽。

这一次，由于被朝廷强行征发的士卒根本不愿再去千里送人头，一路上逃兵遍野，一边抓，又一边逃，勉勉强强凑足了几十万人马。

这一次，高句丽终于撑不住了。

连续三年作战，高句丽国内死伤无数，无力再战，只好遣使请降。

杨广见高句丽举国投降了，兴冲冲宣布"凯旋回朝"。

可就在大业十一年（615年）新年，杨广再次征召高元入朝觐见，高元怕被杨广暗害，再次拒绝了征召。

高元赤裸裸的拒绝让杨广三次亲征的努力全部化成泡影，大失所望的杨广扬言要第四次讨伐高句丽。

但此时大隋的国力已被杨广消耗殆尽，完全没有能力发动大规模对外战争了。

5

比无力再战更糟心的是，曾经无比忠诚的"小弟"——突厥人换了领导后趁乱起事，曾经被打服的吐谷浑伏允可汗也趁机收回失地。

而早在大业七年（611年），饱受徭役之苦的王薄铤而走险，在长白山（今山东章丘）拉起一支队伍，还创作了一首《无向辽东浪死歌》：

长白山前知世郎，纯着红罗锦背裆。

长槊侵天半，轮刀耀日光。

上山吃獐鹿，下山吃牛羊。

忽闻官军至，提刀向前荡。

譬如辽东死，斩头何所伤。

轰轰烈烈的隋末农民起义①就此拉开序幕。

随后三四年间，起义席卷大半个中国，各地义军已达百余支，参战人数几百万人。其中以河南李密的瓦岗军、河北窦建德的夏军，以及江淮杜伏威、辅公祏的吴军为主要力量，不过远没有小说演义中虚构的"十八路反王"那么夸张。

其实，酿成全国范围内的大动乱，杨广一点也不冤。

数据，是最客观直白的体现。

兴建东都，征发民工两百万；开凿大运河，征发民工一百余万。按照百分之五十的死亡率估算，大约有一百五十万人死于两大巨型工程。

三征高句丽，前两次用兵都超过一百万，第三次只以半数计算，仅参战士卒就超过二百五十万人，此外还有两倍于军队、负责后勤保障的五百万民工。

三次征讨保守按照士卒阵亡一百万，民工死亡二百万计算，至少又有三百万人为杨广的虚荣心付出了生命。

此外，还有北巡突厥、西征吐谷浑、修缮长城、修建龙舟等大型工程，只以死亡一百万人计算。

---

① 隋末农民起义自大业七年王薄起义开始，至唐高祖武德七年（624年）辅公祏反唐失败结束，前后历时十四年，对隋王朝予以致命的打击。

杨广御极十年，至少有五百万人成为冤魂。

人祸之外，还有时常暴发的天灾。大业七年，黄河肆虐，波及三十多郡，水灾之后又伴随旱灾和瘟疫，河南、山东近百万人流离失所、饿殍遍野。

我们不怀疑杨广的智商和努力程度，他必然能意识到宏大的工程上马会消耗国力，远征高句丽会伤亡子民。

从主观意图分析，杨广之所以顶住压力、拼着老命每年上马诸多工程，每次征讨高句丽要征发那么多士卒民工，就是想用一代人的牺牲，换取大隋王朝长久的繁荣昌盛，顺便实现他千古一帝的宏伟目标。

被残酷的现实生生击倒后，杨广放弃了。

他仍然像继位初年那样经常举办宫廷宴会，并发表慷慨激昂的演讲。但这已经不是他的真实感受，只有在半醉半醒之间含泪吟咏的这句"徒有归飞心，无复因风力"，才是杨广的内心独白。

文学素养极高的杨广是经常写诗的。

意气风发时，他的诗壮怀激烈。

辽东海北翦长鲸，风云万里清。方当销锋散马牛，旋师宴镐京。

无力回天时，他的诗则悲愤落寞。

寒鸦飞数点，流水绕孤村。

斜阳欲落处，一望黯消魂。

在全国乱成一锅粥时，意志彻底消沉的杨广再次来到江都。

此刻，他早已没了千古一帝的追求，只想在江都疗伤避乱，苟延残喘。

大业十三年（617年），国势已日薄西山，自知无力回天的杨广患上了严重的失眠症。

某次，他让萧皇后给自己梳头，梳着梳着突然自言自语："如此好头颅，谁来砍之？"

萧皇后强忍哀伤："陛下何出此言？"

沉默片刻，杨广又突然苦笑道："贵贱苦乐，更迭为之，人间常态，无须悲伤。隋朝的国祚没几天了，不过也不用担心，就算朕成了亡国之君，也能像老朋友陈叔宝那样被后世皇帝优待。我们就顺其自然，听天由命吧！"

从此，无论中原各地闹得再凶，杨广始终不闻不问，萧皇后也告诫侍从，不要对杨广说实话："事已至此，多说无益，只会让陛下徒增哀伤而已。"

6

大业十四年（618年）三月初十深夜，司马德戡、宇文智及等人在江都叛乱，三尺白绫，葬送了杨广的一生。

当年，瓦岗寨起义时，李密公然给杨广列出十大罪：弑父、乱伦、嗜酒、劳民、滥赋、兴役、征辽、滥诛、卖官、无信。最后批判了一句："罄南山之竹，书罪未穷；决东海之波，流恶难尽。"

"罄竹难书"，成了杨广的代名词。这实在很可悲。

只不过，杨广的罪名，是起义军说的，是唐朝人宣扬的，比如杨广的表侄子唐太宗李世民，至死抨击着表叔：

隋炀帝承文帝余业，海内殷阜，若能常处关中，岂有倾败？遂不顾百姓，行幸无期，径往江都，不纳董纯、崔象等谏诤，身戮国灭，为天下笑。

再比如清太祖努尔哈赤：

从来国家之败亡也，非财用不足也，皆骄纵所致耳。若夏桀、商纣、秦始皇、隋炀帝、金完颜亮，咸贪财好色，沉湎于酒，昼夜宴乐，不修国政，遂致身死国亡。

杨广果真如李世民等人所说荒淫无道、昏庸无能吗？

对此，《剑桥中国隋唐史》有一段讲述很具有启发性：儒家修史者对炀帝道义上的评价的确是苛刻的，因为他们把他描写成令人生畏的典型的"末代昏君"。在民间传说、戏剧和故事中，他的形象被作者和观众随心所欲的狂想大大地歪曲了。在中国的帝王中，他绝不是最坏的，从他当时的背景看，他并不比其他皇帝更加暴虐。

杨广确实算不上一个好皇帝，却绝非小说或影视剧中塑造的那种荒淫无道的昏君。

从"大业"的年号，你就能看出杨广追求"千古一帝"的理想和野心。一个昏庸之辈，能亲率大军南下灭陈、击败突厥、经略西域、开凿大运河、开创科举制度吗？

历史上从来没有哪个皇帝能像杨广这样，在十四年的时间里干完了四十年甚至一百年的工程量。

他的所有工程，全都打上了个人鲜明的特色：既有利于国家社稷，也为了满足个人欲望。

兴建洛阳、修大运河、征高句丽、搞城建，征服突厥人、契丹人、吐谷浑人，顺带三游江都、两巡塞北，还致力于与西域诸国交流，打通了丝绸之路。

这一切，足见杨广的工作热情之高，自我追求之大。

可他太着急了。

当李渊、李世民心安理得地继承杨广的全部政治遗产，不用背负任何心理负担和骂名时，我们可以清楚地发现：洛阳不用建了，运河和长城不用修了，一向嚣张的高句丽暂时老实了，科举制度用着很不错，当然也就不用再苦百姓了。

杨广的功业，他们是直接忽视的；杨广的品德，他们是不惮以最坏的恶意抨击的。他们只有一个态度，必须把杨广彻底"搞黑搞臭"，然后丢进历史的垃圾堆。

特别是在《隋唐演义》的小说或影视剧中，把杨广刻画为淫乱后宫的乱伦恶棍。实际上，杨广对萧皇后始终如一，后宫佳丽的人数也在控制的范围内，根本没那么夸张。

可惜，杨广究竟是明是昏，他自己说了不算，唐朝人说了算，唐朝人修的史书说了算。

于是，骂名都是杨广的，实惠都是大唐的。正如后人所歌：

百尺竿头望九州，前人田土后人收。
后人收得休欢喜，还有收人在后头。

当杨广的表弟李渊学着当年表哥给陈叔宝上谥号为"炀"的先例，也给一辈子渴望征服星辰大海，为后世留下诸多不朽功业的杨广谥为"隋炀帝"，这才是杨广被打入地狱并永久性地遭受后世误解和抨击的根源。

唐高宗李治

老实人『变形记』

1

贞观十七年（643年）四月某夜，唐太宗李世民在一次例行政务会议上当着长孙无忌、房玄龄、李勣、褚遂良四大重臣的面，突然情绪失控，猛地拔出了佩刀。

不要误会，李世民并不想杀他们四个当中任何一个，他想往自己身上捅！

说出来你可能不信，一生戎马、连突厥二十万骑兵兵临长安城下都不曾如此绝望的李世民，居然会为一个看似简单又格外纠结的问题当场失了风度。

这个问题，就是立嗣。

一般情况下，立嗣都不算个多选题，而是单选题，选项只有嫡长子。

特殊情况下，比如嫡长子先死了或是没有嫡长子（皇后无子），皇帝就要做选择题。此外，还有一种更为特殊的情况，嫡长子和老爹撕破脸皮造反了。

李世民就不幸遇到了最后这种特殊情况，已经当了十六年皇太子的李承乾，却在前一年密谋逼宫夺位，最终被无比痛心的李世民废掉。

曾经，李世民对聪慧明达的李承乾很满意，在册立李承乾为皇太子的诏书上，李世民对儿子满怀期望：

中山王承乾，地居嫡长，丰姿峻嶷；仁孝纯深，业履昭茂，早闻睿哲，幼观《诗》《礼》；允兹守器，养德春宫。朕钦承景业，嗣膺宝位，宪则前王，思隆正绪，宜依众请，以答佥望。可立承乾为皇太子。[1]

为了培养儿子成才，李世民给他聘请了许多名师，花了很多心思。

可惜，李承乾却属于"高开低走"的典型人物。太子当久了，自我约束渐渐放松了下来。

某次，他的男宠被老爹以鼓惑太子享乐为由诛杀，李承乾心生不满，居然数月称病不上朝，还在太子宫中私自为男宠立碑，让宫人日夜祭奠。

还有一次，李承乾甚至想派杀手刺杀自己的老师张玄素，原因是张玄素总是劝他振作起来，以国事为重，让他听得又烦又恼。

不懂收敛，我行我素的李承乾逐渐失宠，让作为嫡次子的魏王李泰看到了机会。

李泰性格沉稳、爱好文学，重视延揽人才，结交朝廷重臣，还像模像样在府中搞了一个文学馆，集合了一大批文学爱好

---

① ［唐］《立中山王承乾为皇太子诏》。

者，编纂出一部涵盖全国各州县历史沿革、山川河流、风土人情的大百科全书《括地志》，书成后受到李世民高度赞扬。

李承乾有多堕落，就显得李泰有多努力。

当李世民有意提高李泰的地位，使其迅速接近李承乾的太子之位时，李承乾非但没有痛改前非，反而在威胁日渐明显的阴影下变得更加固执叛逆。

随着李世民和李承乾父子之间的隔阂越来越深，异军突起的李泰大为获益，逼得李承乾孤注一掷，先是派人暗杀李泰，失败后又怕罪行暴露，勾结汉王李元昌、驸马都尉杜荷等人逼宫，以致被废。

李世民不会忘记李承乾被废时父子俩的对话场景。

李世民紧闭双目痛心地问："你八岁那年就当上了太子，多年以来朕为你费了多少心血，大唐的江山早晚都是你的，为什么还要谋反？"

李承乾却冷笑着说了这么一段话：

臣贵为太子，更何所求？但为泰所图，特与朝臣谋自安之道。不逞之人，遂教臣为不轨之事。今若以泰为太子，所谓落其度内。①

李世民也不会忘记李承乾被废后自己与李泰的对话场景。

他满面愁容地问："青雀（李泰小名），你如果做了皇帝，将来如何与弟弟雉奴（李治小名）以及其他兄弟相处？"

李泰似乎并不纠结，当场信誓旦旦立下承诺："我若为

① ［后晋］刘昫等：《旧唐书·李泰传》。

君，必会立雉奴为皇太弟，我死之前一定杀了自己的儿子，然后传位给雉奴。"

事后，李世民与心腹重臣们讨论此事，朝臣对此提出强烈质疑：历朝历代有谁当上皇帝后，会杀了亲生儿子让位给兄弟的？

纠结了许久，李世民不得不承认，李泰这句"杀子传弟"的高尚承诺，根本就是无稽之谈，他绝不会这样做，也不可能这么做。

李世民更不会忘记"玄武门之变"的惨烈，自继位以来，他对于兄弟相残的话题特别敏感，更不愿自己的后辈重蹈覆辙。

纠结到心态崩溃的李世民就在那一晚当着四大重臣的面，在长孙无忌等人慌忙上前夺下自己手中的佩刀之后，含泪做出了最终的评判：

> 我若立泰，便是储君之位可经求而易得耳。泰立，承乾、晋王皆不存；晋王立，泰共承乾可无恙也。①

就是说，如果立李泰，李承乾和李治也许日后都要落难；如果立李治，他和两个哥哥都没有私怨，三兄弟绝不会落到你死我活的地步。

2

为了避免酿成兄弟相残的悲剧，李世民的选择很无奈，也

---

① ［后晋］刘昫等：《旧唐书·李泰传》。

很折中。

他并非不爱自己的第九子——李承乾、李泰的同母胞弟李治，只是觉得李治的性格过于老实，甚至有些柔弱，能否支撑得起江山社稷，似乎要打一个很大的问号。

李世民，很快就后悔了。

贞观十七年（643年）年末，李世民密召长孙无忌，一见面就皱眉叹息：“你们一直劝我立雉奴，可雉奴这种仁懦的性格，恐怕难以肩负社稷重担，怎么办呢？”

作为李治三兄弟的亲舅舅，日后将成为托孤权臣的长孙无忌，一直坚定支持李治，反对李泰。

他和领导的观点一致，性格宽仁的李治继位后绝不会为难自己的哥哥。

他当然也有个人私心，老实人李治总比聪明人李泰好驾驭。

李世民见长孙无忌默然不语，只好自言自语道：“既然废太子和李泰都已排除在外，朕倒觉得吴王李恪坚毅果敢，颇有朕当年沙场征战的风采，朕打算易储，卿以为如何？”

“此举万万不可！”长孙无忌立刻表示反对，“太子仁厚，正是理想的守成之君。再者说，立嗣刚定不久，频繁易储实非国之幸事啊！还望陛下慎思。”

李世民默然良久，沉郁地点了点头。

事后，李世民召见李恪，措辞严厉地告诫道：“父子虽是至亲，若子有罪，做父亲的也不能包庇。当年汉武帝立八岁的幼子为帝，燕王刘旦不服，妄行不轨，结果被霍光诛杀。为人臣子，不可不引以为戒！”

老爹这番话，让本有心争一争储君之位的李恪直接出局。

尽管李世民最终放弃了易储的打算，可仍然时常对李治的表现不太满意。

一年后，李世民当着李治的面，也当着群臣的面，再次质疑李治的能力。

李世民问："太子的性行，天下人都有所耳闻吗？"

长孙无忌知道领导又有些不痛快了，于是赶紧站出来替李治解释："太子虽不出宫门，天下无人不钦仰其才德。"

李世民听后，心情稍微平复了一些，又扭头看了看脸红的李治，叹声道："朕在雉奴这个年纪，一点都不循规蹈矩。雉奴生性宽厚，谚语有言：'生狼，犹恐如羊。'只希望雉奴再成长一些，能够有所改变。"

仅从字面意思上看，李世民并没有批评李治，但他的弦外之音还是比较强烈，他希望李治能更像自己一些，哪怕能多点脾气也是好的。一味的低调懦弱，肯定当不好一国之君。

长孙无忌则继续救场："陛下神武，是拨乱之才；太子仁恕，是守成之主。虽性格各异，但都恰如其分。此乃皇天赐福于大唐及至天下苍生啊！"

李世民看了看长孙无忌，欲言又止地宣布散会。

贞观十九年（644年），李世民御驾亲征高句丽，出发前，他瞥见李治在一旁偷偷地抹眼泪，又勾起了他对这个柔弱儿子的不满情绪。

朕在你这个年纪，都上阵杀敌了，打个仗而已，哭什么哭！

他忍不住训起了李治："如今让你留下监国，身边都是朕信得过的贤臣，你多用心一些，正可在天下人面前展现你的风采。为国之要说起来很简单，进贤去不肖，赏善罚恶，大公无私，这都是你应该努力积攒的经验，勇敢去干就行了，有什么好哭的！"

李治听罢，只得擦干眼泪，硬着头皮按照老爹的部署参与国事。

其实，李治很担心老父亲的安危，又怕自身能力有限，辜负了老父亲的期望。

但是，李世民再怎么训斥，李治仍旧不改本色。在李世民大军凯旋时，李治在并州迎驾，当时李世民背上生了个大毒疮，李治亲自用口吸毒脓，还扶着御驾步行跟了好多天。

这份孝心，确实也让李世民感动不已。

本领不够可以通过实践锻炼，若继承人阴险狡诈，必然会对江山社稷造成难以弥补的危害。

李世民终于放下了疑虑，放心将万钧重担交给李治。

3

贞观二十三年（649年）五月，李世民病逝于终南山翠微宫，遗命长孙无忌和褚遂良辅政。

属于李治的时代，来临了！

只可惜，也正因得到了本不应属于自己的帝位，让李治不幸夹在两大超强帝王李世民和武则天之间，也夹在初唐迈入盛唐之交，不但存在感极低，而且还留下了三大躲不开的污点和误解：老实柔弱、怕老婆、碌碌无为。

就连《旧唐书》《新唐书》这两本官修正史，居然也在李治的本纪中毫不留情地进行了批评。

先看《旧唐书》：

大帝往在藩储，见称长者；暨升疏宸，顿异明哉。虚襟似纳于触鳞，下诏无殊于扇暍。既荡情于帷薄，遂忽怠于基扃。惑麦斛之佞言，中宫被毒；听赵师之诬说，元舅衔冤。忠良自是胁肩，奸佞于焉得志。卒致盘维尽戮，宗社为墟。古所谓一国为一人兴，前贤为后愚废，信矣哉！

再看《新唐书》：

武氏之乱，唐之宗室戕杀殆尽，其贤士大夫不免者十八九。以太宗之治，其遗德余烈在人者未远，而几于遂绝，其为恶岂一褒姒之比邪？以太宗之明，昧于知子，废立之际，不能自决，卒用昏童。

在两大史籍的作者看来，李治这人忠奸不明，是非不分，杀害忠良，致使奸佞得志，武氏乱政，绝对是李世民所托非人！

那么，李治果真是个昏庸无道、忠奸不明的皇帝吗？

这里面可能有些误解。

首先，来客观分析一下李治老实柔弱的性格。

在李承乾被废之前，李治本来完全没有机会竞争皇位，甚至连他自己都没有动过和两个亲哥竞争的心思。

在李承乾和李泰眼中，李治就是个长不大的柔弱少年。李承乾被废那年，李治只有十六岁，比哥哥李泰小七岁。

不过，原本只能靠边站的李治，却在李承乾、李泰相继被排除的情况下，意外获得了补位的资格。

某次，李世民检查李治的读书心得，看到他在《孝经》的每一页，都抄满了密密麻麻的课堂笔记，特别是在最后一页，李治写下了这样的心得体会：

所谓孝道，即成年前奉养双亲，长大后侍奉君王，在过程中修身养性，提升自我。仁义君子们，在庙堂之上必会时刻想着为国尽忠，居家也不会忘记劝谏君主的过错。

李世民阅后，写了一句评语："汝若能始终以孝行事，必能侍奉好父兄，做好臣子。努力！努力！"

坦白讲，在继位后的前几年，李治的表现确实有些柔弱。

特别是李世民的突然病逝让李治悲痛万分，他甚至不顾形象地抱着长孙无忌的脖子痛哭不止。

此时，连长孙无忌都觉得李治的确有些懦弱，特别是当他奏请李治赶快开始进入角色时，李治仍是泪流满面，低头不语，看着令人既心疼又无奈。

李治还没进入角色，长孙无忌倒是很快入了戏："陛下将江山社稷交给殿下，您如果只知道哭哭哭，那么如何对得起陛下呢？为今之计，希望殿下秘不发丧，赶紧回宫昭告天下。"

李治满含热泪地望着舅舅，认真地点了点头。

这是舅舅给自己上的第一课：大唐不相信眼泪。

贞观二十三年（649年）六月，李治在长安继承大统，时年二十二岁。

李世民达成了最初的设想。李治继位后，格外优待倒霉的哥哥李泰，李泰去世后，李治以唐朝最高的丧葬规格"诏葬"的形式为哥哥举哀。

长孙无忌也收获了全力押宝李治的果实，李治继位后，长孙无忌晋升太尉，总理朝政，真正的一人之下，万人之上。

君臣二人都实现了各自的目的。特别是一直认为李治容易驾驭的长孙无忌，成为大唐王朝的实际"操盘手"，凌烟阁①第一功臣，他一向在朝堂上说一不二，每有进言，李治一般都不会提出质疑。

劳苦功高的舅舅，也有酷辣凶残的一面。永徽四年（653年），高阳公主、驸马房遗爱、柴令武、薛万彻等人谋反事发，李治命舅舅着手调查。

结果，罪有应得的谋反者都被处理了，而郁郁不得志的三哥李恪，不知何故也被舅舅拉进了处决名单。

事后，李治才发现，原来三哥一直都与舅舅交恶，此次被杀，绝对是舅舅在公报私仇。

但李治又不能为三哥翻案，毕竟舅舅的所作所为，都是为了巩固自己的帝位，而且自己的太子之位，也是舅舅一次次救场救出来的。

因此，尽管杀伐决断、人事任免都由舅舅一手操持，李治却没有表现出太大的不满。只要舅舅不欺负自己这个老实人，一切都可以按照既定方式运转。

4

不过，包括李世民和长孙无忌都忽略了一个问题，纵然李治性格宽厚，甚至有些柔弱，但人是会随着环境和地位的改变而改变的。

---

① 凌烟阁：唐朝为表彰功臣而建的绘有功臣图像的高阁，太宗一朝共二十四人入阁，长孙无忌位列第一。

也就是说，站稳脚跟后，老实人会变得不老实，柔弱的性格也会变得坚硬如铁。

李治一样有自己的坚持和追求，头一件，就是勇敢追求自己的爱情。

李世民并不知道，因老实被自己训斥的儿子，早就悄悄给自己戴上了一顶绿帽子。

贞观二十年（646年）三月，李世民远征高句丽返回，由于病体虚弱，需要静养，政务暂由太子李治代理。

为此，李世民特地在寝宫旁边安置了一处院落，让太子李治居住，以便随时商讨政务。

在这短短数月间，李治邂逅了父亲的才人武则天，然后眉来眼去，就有了私情。

李治不可能不清楚当年隋文帝杨坚晚年病入膏肓之时，太子杨广在后宫搞小动作被杨坚察觉，差点被废黜，逼得杨广只好提前采取措施继位。

李治更清楚父亲对这种有违人伦的勾当，一贯是深恶痛绝的。

李世民的女儿高阳公主与僧人辩机有私情，结果辩机被判处腰斩，公主的数十名贴身婢女被赐死。

在李治的太子之位并不稳固的情况下，如果李世民得知自己的女人出轨太子，后果将不可想象。

也许李治和武则天的感情很隐蔽，大概李治也没在父亲养病期间做过什么出格之事，再加上两人的感情维持的时间较为短暂，因此就没闹出什么宫廷丑事。

李世民死后，武则天按照惯例，入感业寺削发为尼。

很快，李治就忘了有武则天这么个旧情人。

一切都是巧合中自有天意，永徽元年（650年）五月，李世民周年忌日当天，李治到感业寺进香，又见到了一袭素衣的武则天。

这一见，李治旧情复燃，第二年服孝期满就果断将武则天从感业寺接到宫里，很快拜为二品昭仪。

柔弱的老实人敢公然面对挑战，极力争取自己的幸福吗？

李治敢。他开始变得越来越不老实。

武则天入宫时，正值王皇后和萧淑妃争宠；而当武则天逐渐取得李治的独宠时，王皇后和萧淑妃又联合起来与武则天死斗。

李治极度厌烦王皇后的嫉妒之心，想废掉王皇后立武则天为后。但他说了不一定算，一定得舅舅同意了才算。

李治原本以为，立后是自己的家事，舅舅没有理由反对。

为了把事情做得更稳妥些，李治还亲自前往舅舅府上，表明自己立后的心愿。

没承想，长孙无忌居然丝毫不给老实人面子。

在一次朝会上，李治开门见山："我的皇后，希望我自己能做主！"

长孙无忌的死党，也是另一位托孤重臣褚遂良先打头阵，"王皇后无过，不能废。"

李治很生气："朕的家事由朕说了算，卿等不必再议！"

褚遂良仍然不依不饶："立后事关国家社稷，臣等有责任为君分忧！"

话说到这个份上，君臣只能不欢而散。

政界两位大佬不支持，李治又去询问军界硕果仅存的最强战力李勣。

李治仍是不绕弯子："朕打算立武昭仪为后，无奈褚遂良固执己见，朕尊重他顾命大臣的身份，却不知这件事还有没有转机？"

李勣低下头默默细品这番话，犹豫了半刻钟，才字斟句酌地回答："此乃陛下的家事，何必向外人咨询！"

得到李勣的支持，原本处于下风的李治实现了翻盘。

对呀！这的确是朕的家事，褚遂良他们都是存心想看朕的笑话，简直太过分了，想欺负老实人，没门！

永徽六年（655年）十月，李治不顾舅舅一派强烈反对，一纸诏书，就将王皇后贬为庶人，然后册立武昭仪为皇后。

注意，这是李治继位后第一次独立行使皇权。

"立后"事件给他上了第二课：想当好皇帝，就要拉拢一批人，除掉一批人，然后让所有人都对自己唯命是从。

武则天顺利晋位后，褚遂良随即被贬出朝廷，这是李治对他的惩罚。

显庆二年（657年），许敬宗、李义府等人诬告褚遂良密谋造反，李治本着"宽大处理"的原则，将褚遂良发配爱州（今越南河内西南）。

在蛮荒之地痛不欲生的褚遂良被迫给李治写信，希望李治看在他曾为高祖和太宗长期效力，又在支持李治继位的过程中发挥过重要作用的功劳上，让他离开这个鸟不拉屎、人畜尽绝的荒芜之地。

然而，李治只是草草瞅了两眼褚遂良的奏章，然后扔进了废纸堆里。

万念俱灰的褚遂良两年后死在发配之地，再也没能回到长安。

褚遂良死后，长孙无忌也快要下台了。

迫切需要紧握权柄的李治对舅舅的态度从最初的感恩、敬重，变为如今的排斥、记恨。看出名堂的许敬宗，再次用同样的手法诬陷长孙无忌谋反。

问题在于，长孙无忌虽然时常与李治争夺权力，但他的品行和功绩却是有目共睹的，说他谋反，等于扯淡。

想除掉长孙无忌，又不留下诬陷忠良的口实，许敬宗给李治献上一计："谋反就是谋反，没什么好审查的，犹豫不决只会败北，请陛下果断一点，直接抓了，不怕他不承认！"

皇帝当久了，李治不但那股子老实劲没了，连演技也愈发精湛了。

一听许敬宗的毒计，李治的眼泪说来就来："舅舅待朕情深义重，即便舅舅有罪，朕也不忍心将其治罪。"

许敬宗笑了："陛下，想要做明君，大义灭亲的手段是必须的。当年汉文帝诛杀舅舅薄昭，非但没被后世批判，反而受到广泛赞誉。臣的意思您明白了吧？"

总之一句话，恶人臣来做，您放心就好。

君臣商议妥当，长孙无忌就被定性为意图谋反，连申辩的机会都不给，直接下诏削夺官职，发配黔州。长孙无忌的儿子，也就是李治的表兄弟们，也被罢官除名，流放岭南。

没过多久，李治又让李勣、许敬宗公开复审长孙无忌谋反案，逼得长孙无忌毫无办法，只好自尽，以免受辱。

除掉长孙无忌，意味着自此以后，大唐的江山，就是李治一个人的江山；大唐的舞台，就是李治一个人的独秀。

三下五除二搞定了这一切，你还敢说李治老实柔弱吗？

5

下面再来分析李治怕老婆的症结。

其实，与其说是怕老婆，倒不如说李治对武则天是真爱。如果不是真爱，李治也不会在武则天出家为尼后还冒着极大的舆论风险将其接回后宫，更不会强行与舅舅决裂，执意立武则天为后。

至于后期武则天逐渐坐大，其中也有一个不可忽视的因素：当李治扫除一切障碍，正准备放手大干一场之时，他却突然病倒了。

显庆五年（660年），李治患上了风疾，经常头晕目眩，上朝理政勉强还能撑得住，可批阅奏章就显得格外吃力。

无可奈何的李治只好在身边寻找一名临时办事员。他的心里，已经有了理想的人选。

"陛下，该进药了。"武则天柔媚的声音飘然而至。

李治把药碗端在手中，然后指了指桌上成堆的奏章，温柔地对武则天说："媚娘，今后你来替朕读奏章吧！朕来拿主意，你负责誊写。"

这是武则天第一次协助李治处理朝政。原本，李治想着风疾若能治愈，办事员自然就要取消，可命运总是波诡云谲、曲折离奇，李治的风疾非但没有治愈，反而随着年龄的增长，日渐严重了起来。

最初的头晕目眩已逐渐恶化为双眼模糊、重影，连奏章上的字都看不清了。饱受病痛折磨的李治不但心情很糟，也失去了治国理政的热情。

"媚娘，奏章你先批，然后告诉朕批阅内容。"

"媚娘，重要的事项告诉朕一声，别的你可以自行处理。"

"媚娘，以后你自己看着批吧！"

……

李治不得不承认，媚娘的水平，处理政务滴水不漏，心细如发，责任心和积极性比自己还强。

病中的李治很乐意维持现状，与其着手调查媚娘是否向心腹侍从们说的那样不断伸手揽权，还不如安心养病来得靠谱。

然而，名义上只是李治的办事员，实际上已大权在握的武则天，居然在麟德元年（664年）在宫中行厌胜之术，①被宦官告发。

李治很自然地想到，自己之所以久治不愈，也许就是媚娘施法诅咒的。

痛苦又失望的李治悄悄召来宰相上官仪，商讨废后事宜。

没想到，君臣俩还没商量妥当，武则天安插在李治身边的卧底就把消息透露了出来。

武则天虽然心里很忐忑，但毕竟只有人证没有物证。为今之计，只有死不认罪才能化险为夷。

于是，武则天匆匆赶到李治的寝宫，当面质问道："臣妾有何罪过，惹得陛下要废了臣妾？"

李治嗔道："在宫中行厌胜之术，你还敢说没罪！"

---

① 厌胜之术：古代方士的一种巫术，通过施法诅咒，制服厌恶的人或物。

武则天咬紧牙关，死不承认："说臣妾厌胜，谁当场看见了？没头没影的事，陛下居然听信一面之词，要把臣妾置于死地！"

夫妻俩吵来吵去，也没吵出个所以然。李治不得已，把诬陷后宫的责任丢给了上官仪。很快，上官仪就被武则天满门抄斩。

"上官仪事件"后，满朝文武赫然察觉：大唐，要变天了；天空，要二日并立了！

有关武则天的小说、影视剧中，总是有意识地凸显武则天的气魄和才能，李治反倒被塑造成怕老婆，性子弱，事事容忍、妥协，和权力彻底说拜拜的懦弱之君。

真相并非如此。

李治在明知武则天权欲日熏的情况下，仍然选择妥协，丢出上官仪让其诛杀泄愤。

这不仅仅是爱情，而是忍耐。

废掉武则天又能如何呢？自知无法独自理政的李治并不想朝廷上再出现一个长孙无忌，与其相信臣子，还不如支持每日相拥而眠的枕边人。

再者说，废掉武则天，还能在哪里找到比她更优秀、更合适的人选呢？

请注意，在李治眼中，武则天一直都只是跟班和业务员，自己并非无法驾驭，只是不想驾驭。

所谓的"二圣临朝"，也不是武则天和李治的专属名词。隋朝的独孤皇后就经常与隋文帝杨坚探讨政务，宫中称为二圣。

而且，就算上元元年（674年）武则天晋位天后以来，国家的绝对控制权也没有完全交给她。

李治，仍然是大唐王朝的实际掌门人。

在这里，我们不妨举例说明。

上元元年，武则天上"建言十二事"，李治并未全部采纳，只挑选其中自认为有益的部分执行。可见，武则天并无决策权，只有建议权，否则就不会冠以"建言"一词了。

调露元年（679年），关中地区闹饥荒，李治下诏令无家可归的贫民聚集在商、邓一带求食，雍州长史李义琛以"百姓流散恐生变数"为由切谏，忤逆李治的旨意，被贬为梁州都督。可见，李治仍然拥有地方实权官员的任免权。

永淳元年（682年），即李治逝世前一年，娄师德战功卓著，李治将其提拔为比部员外郎、左骁卫郎将、河源军经略副使，还降诏大加鼓励。可见，无论是文臣还是武将，李治都能自由任免，不受控制。

其实，李治并不像后世演绎的那般没水平，武则天在李治活着的年代，也并非人们印象中那般大权独揽、说一不二。

6

最后，再来客观评价一下《旧唐书》《新唐书》中对李治功业的质疑。

在《新唐书》中，欧阳修"太宗所托非人"的观点，历来被世人所接受，以至于谈及高宗一朝的繁荣景象，多数人都认为全是武则天的功劳，甚至以武则天称帝后助推大唐走向极盛之功，掩盖高宗时代取得的成绩。

事实上，高宗一朝取得的成绩，几乎全部集中在李治患病之前。那时候，武则天还没有闪亮登场。

李治完美地延续了"贞观之治"的各项制度政策，大唐国力蒸蒸日上，被史学家誉为"永徽之治"[①]。

事实上，如果没有病魔袭扰，就不会有武氏专权；如果李治能像李世民那样再健健康康活上二十年，他的文治武功应当不输于任何一位唐代帝王。

你可能不会想到，唐朝疆域的最大值，并非李世民的贞观时代，也非李隆基的开元时代，而是李治的永徽时代！

曾经让杨广千秋功业毁于一旦的蕞尔小国高句丽，是在李治时代宣告灭亡的。好大喜功的杨广搞不定，英明神武的李世民也搞不定，存在感最低的李治却搞定了，事实如此，不服不行。

军事的功绩可不止此一项。

永徽元年（650年），漠北平定；

显庆二年（657年），灭亡西突厥；

龙朔三年（663年），败日本、破百济；

咸亨元年（670年），大唐帝国的疆域东起朝鲜半岛，西临咸海，南至越南横山，北达贝加尔湖。

这一峰值，足足维持了三十二年。

此外，在一步步开创"永徽之治"的过程中，李治关注民生，减免徭役，广开言路，抑制通货膨胀，控制物价，并号召全民勤俭节约。

在李治的时代，还诞生了我国第一部现存最完整、最古老的封建法典《唐律疏议》，成为中华法系的代表性著作。

据史书记载，李治在位期间执法状况公平公正，社会犯罪

---

① 司马光在《资治通鉴》中评价："永徽之政，百姓阜安，有贞观遗风。"

率极低。某年，大理寺卿唐临向李治汇报工作时，列出了令众人匪夷所思的数据：本年度全国各大监狱在押犯人只有五十多名，其中重罪十余名，死刑犯只有两名。

饱受风疾折磨的李治却不迷信，不信奉长生之说，始终没动过修仙的念头。这一点，自然比晚年偷偷服用"仙丹"还怕人瞧见的李世民，格调要高上许多。

坦白而言，李治虽然难以达到父皇那种文治武功"双一流"的高度，但他绝对有能力做好守成之君，也能像父皇那样从谏如流。

某次，有人举报左武卫大将军权善才私自砍伐昭陵（李世民陵寝）的柏树，是对先帝的大不敬。

李治连审都懒得审，直接命大理寺丞狄仁杰开刀问斩。

狄仁杰却表示拒绝："按照大唐律法，私砍皇陵松柏罪不至死，陛下如果只为区区几棵柏树就破坏律法，恕臣难以遵旨！"

李治噌地就从龙椅上跳了起来，目光寒厉如刀："你貌似没听懂朕的意思，朕一字一句再说一遍，权善才砍的是，我父皇，陵墓上的柏树！朕若不宰了这浑蛋，就是不孝！朕的面子可以丢，权善才必须死！"

狄仁杰正准备继续硬杠，侍中张文瓘见状，赶紧将手中的笏板一挥，喝令狄仁杰退下。

狄仁杰反倒猛地向前冲了一步，高声道："世人皆知，逆龙鳞者必遭其殃。臣却认为今生得遇尧、舜，就绝不会落到桀、殷时代诤臣蒙难的下场。如果陛下带头破坏法律，又怎能让天下人心悦诚服呢？如果陛下坚持要杀权善才，请您立刻修改法律，臣无话可说！"

李治的嘴唇不自觉地颤抖了一下，目光瞟向窗外，慢慢醒悟了过来。

最终，理智战胜了冲动，公德战胜了私怨，李治认可了狄仁杰的劝谏，仅按罪免掉了权善才的官职，并降诏提拔敢怒敢言的狄仁杰为侍御史。

事后，李治还特意将狄仁杰犯颜直谏的案例记入史册，在狄仁杰身上，李治看到了魏徵的影子。

李治真的老实吗？

只能说曾经老实过，在与托孤重臣的权力争夺战中，老实人完成了变形。

李治真是个妻管严吗？

当然也不是。只不过在自身遭遇重大疾病困扰的情况下，在武则天治国才能充分展现的前提下，让出一部分权力安心养病，总归不失为一种理智的做法。

李治真的碌碌无为、昏庸无道吗？

虽然前半生被贞观旧臣影响着，后半生被枕边"猛虎"左右着，人生的最后二十年，还被挥之不去的疾病折磨着，但他稳稳当当做了三十五年皇帝（在位时间位居大唐第二），在与病魔的抗争中，他努力将大唐王朝从一个盛世（贞观之治）推向另一个盛世（开元之治）。

被世人误解的唐高宗李治，在完成老实人"变形记"的同时，也被生活打肿了脸，往后余生，他陷入被疾病折磨、被媚娘深深支配的恐惧，以至于功绩被人忽略，性格缺陷被人恶意放大。最后，成了武则天身后默默无闻的男人、可有可无的男人。

也许，在李治心中，也有一个开创盛世的梦想，只怪生活给了他太多的阻碍，以至于风疾复发、病卧龙床时，心爱的女人在御前耀武扬威、如日中天时，李治明知道自己还有渴望，却只好装聋作哑。

唐昭宗李晔

有梦想谁都了不起

1

谈到中唐晚唐的历史，很多人大概都有这么一种感觉，"安史之乱"后，大唐的国运基本就到头了，唐玄宗李隆基的后代们普遍没有什么存在感，好像唐朝的历史在玄宗之后就终结了一样。

在这种刻板印象的影响下，唐高祖李渊、唐太宗李世民、一代女皇武则天、唐玄宗李隆基，这几位的大名彪炳千古，读者耳熟能详。然而在玄宗之后，肃宗、代宗、德宗、顺宗、宪宗……能被记住名字的皇帝少之又少，人们对他们各自的事迹功业、人生境遇的知晓度几乎为零。

其实，这是一种认知的误解和偏差。

因为玄宗之前只有六位皇帝（包括武则天），玄宗之后却有十四位皇帝；玄宗继位前大唐立国仅九十四年，玄宗退位后大唐还有近一百五十年的国运。

无论从皇帝的数量还是国运的年数，安史之乱后的大唐历史都不应被忽视。

特别是对于晚唐的历史，大部分人的认知仅仅局限于一场

"黄巢起义"，既不清楚立国近三百年的大唐王朝是如何走向灭亡的，也不清楚晚唐的皇帝都是何方神圣。

因此，多数人普遍觉得，王朝末年的皇帝基本全是一帮臭鱼烂虾，要么昏庸，要么懦弱，比如东汉末年的汉献帝刘协，北宋末年的宋徽宗赵佶。

实际上，末代皇帝也不尽是昏君、暴君，也不乏有为之君，比如明朝末年的明思宗朱由检，还有本篇的主人翁，唐朝末年的唐昭宗李晔。

唐昭宗大顺二年（891年）五月，天气还不算太热，朝臣们却总感觉酷热难当。这种热并非源于温度的升高，而是朝廷上的政治氛围很"热"。

他们都看得出来，李晔与宦官之间的争斗已渐趋白热化。毕竟，当今圣上不是个容易屈服的主。

自打安禄山搞了一出"渔阳鼙鼓动地来"，百余年间，大唐王朝始终缓不过劲，还患上了两大久治不愈的顽疾：一是藩镇割据，二是宦官专权。

到目前为止，先后在任的十二位皇帝，谁也没能真正妙手回春、药到病除。

特别是"大玩家"僖宗李儇在位期间，黄巢又朝着日渐病危的唐王朝心口窝上狠踹两脚，差点就没上过来气。

社稷传到下一任掌门人李晔手里时，他却对风雨飘零的江山很有信心，他坚信大唐的江山会好起来的，他也一定会像先祖宪宗李纯①那样，以一己之力实现王朝的中兴！

身姿挺拔、举止庄重，举手投足之间颇有明君风范的李晔，是这么说的，也是这么做的。

李晔熟读历史，很清楚藩镇割据无非就是狗咬狗，关键是你能不能做狗的主人，牵着狗的鼻子走，最好是挑唆他们斗得两败俱伤，好从中谋利。至于宦官专权，那就想办法铲除这批万恶的阉人，把禁军指挥权②收归自己手中。

有梦想、有斗志、有勇气，作风好、人品好、学识好，作为一名"三有三好"青年，李晔绝不允许自己在其位不谋其政，而强烈的权力控制欲又促使他先从宦官专权这一症结入手，具体策略还是沿用历史上经典的套路——挖墙脚、搞策反。

他的策反对象是宦官大头目杨复恭的干儿子，天威军使杨守立。

为了拉拢杨守立，李晔开出了超高的价码：赐国姓，兼任节度使，出任仅次于杨复恭的禁军二把手。他想先把杨守立这条恶狗喂肥之后，再放出来和杨复恭撕咬。

原本杨守立安安稳稳在干爹手下干得好好的，突然之间胃口被吊了起来。

现在，挡在他前面的就是干爹杨复恭，杨守立没理由不玩

---

① 唐宪宗李纯：唐朝第十二位皇帝，在位期间励精图治，改革弊政，削弱藩镇势力，重振朝廷声威，史称"元和中兴"。

② 安史之乱后，大唐皇帝们越来越不信任武将，他们选择把禁军指挥权交给宦官。久而久之，宦官在禁军中扶植亲信，垄断军权，甚至废立皇帝都由宦官说了算。宪宗李纯、敬宗李湛、文宗李昂等都直接或间接死在宦官手中。

命把干爹踢下去，自己当一把手。

杨守立被成功策反后，开始处处排挤干爹。李晔见状，立即宣布将杨复恭解职，杨复恭非但不肯，还暗杀了李晔派去传诏的官员。

大鱼上钩了！

李晔听说使者被杀，再以擅杀使者罪，派杨守立率兵抓捕杨复恭。杨复恭抵挡不住，只能逃往外地，后被华州刺史韩建擒获，终究不免一死。

杨复恭死了，下面该收拾杨守立了。

虽然杨守立在翦除杨复恭一党中卖力演出，但李晔并没有把他当成自己人，甚至没有把他当人。他仅仅是一条会咬人的恶狗，斗狗比赛都结束了，还要这狗做什么呢？

某个清晨，杨守立在上朝的路上，被李晔派去的心腹一刀毙命。

宦官专权的局面瞬间扭转，李晔又大刀阔斧地采取了一系列措施稳定朝局，包括禁奢靡、行节俭、重人才、强教育，等等，奄奄一息的王朝突然之间有了一丝久违的生机。

李晔很欣慰，他坚信只要敢于尝试，"中兴大唐"的梦想就一定能够实现。

2

纵然征程千难万险，总要勇敢前行，这是梦想的力量。

李晔有面对艰难险阻敢于亮剑的雄心，在解决掉宦官专权的顽疾后，李晔开始有针对性地医治藩镇割据的症结。

首个打击目标，是一向对朝政指手画脚，完全不把李晔放在眼里的凤翔节度使李茂贞。

更励志的是，李晔决心不借助任何藩镇的帮助，靠自己的力量讨伐李茂贞。

李晔很有信心，也很有想法。如果朝廷取胜，不仅能控制住长安西面大部区域，稳固京畿防御力量，而且中央禁军的实力和威望，都会有很大程度的提升。

景福二年（893年）九月，李晔下诏罢免李茂贞凤翔节度使的职务，令覃王李嗣周率三万禁军前往讨伐。

结果战事失利，薄弱的禁军力量面对如狼似虎的藩镇军显然不够，可李晔并不灰心，他打算借河东节度使李克用之手，帮助自己削弱李茂贞的势力。当年宪宗李纯就是用这个法子打击藩镇，并收到了极佳的效果。

李克用很给力，分分钟将李茂贞打得不敢露头，然后向李晔请旨，希望李晔批准让他端了李茂贞的老巢凤翔府。

另一边，李茂贞也赶紧派人向李晔认罪："陛下我错了，以后再也不敢了！您想一想，李克用那么热心，难道真是为您尽忠吗？您也不希望他兼并凤翔，扩充实力吧！"

其实不用李茂贞点明，李晔也很清楚，他希望藩镇之间互相抵牾，却不愿看到谁兼并了谁，更不愿看到谁一家独大。因此，他仅仅降诏训斥了李茂贞一顿，然后就此罢手，即便这次没有成功打压藩镇的势力，最起码也已向天下宣示，当今天子并非懦弱无能之主。

只可惜，这一次李晔算错了，他低估了李茂贞不要脸的程度。

消停没多久，李茂贞又声称延王李戒丕无故举兵冒犯，要带兵入朝问个究竟。

李晔没办法，再次派覃王李嗣周带上刚组建起的杂牌军前往迎战。

结果，战事又失利了。为了保存有生力量，李晔决定暂时撤出长安，向外寻求解决李茂贞的援助力量。

各藩镇节度使个个都是属狐狸的，一听说李晔想要寻求援助，纷纷敞开大门，欢迎李晔入驻。

在一番选择和磋商后，李晔决定留在华州刺史韩建的藩镇，他看重的是华州地理位置紧要，距离长安又近，进可攻退可守，绝对可以迅速制约李茂贞的势力。

此番前来，李晔带来了两万禁军，分别由皇室八位成员掌握，然而这帮王爷一点也不给李晔省心，他们觉得韩建居心叵测，又老是惦记着依靠李晔的权威对外捞取好处，根本没有帮助李晔打击李茂贞的意思，现在还都被整天关在宅院里，想想都火大。

火大，就要发牢骚，也不知道是谁发神经，突然叫嚣着要秘密起事干掉韩建，夺取华州。

一个小太监恰好从此经过，听到了诸王准备起事的"密谈"，不由得大吃一惊，立即向韩建通风报信。韩建正愁找不到借口解决掉这些心腹大患，这下很好，省得费心编故事了。

韩建秘密联合枢密使刘季述矫诏逮捕诸王，将其一干人等押往石堤谷，以谋反罪尽数杀害。

杀完之后韩建才慢悠悠地报告李晔："诸王意欲谋反，已被定罪诛杀。"

李晔长叹一声，除了伤心，别的什么也做不了。

被杀的通、沂、睦、济、韶、彭、韩、陈、覃、延、丹十一王中，既有李晔的兄弟，可能也有李晔的叔伯。

李晔的设想很简单：韩建不愿出力，可以忍；韩建想捞些好处，也可以忍。只要能给自己留出时间，在藩镇混战之中寻找到朝廷发展的方向，或是抓住机遇拉拢一批打击一批，就能在很大程度上弥补如今屡战屡败的悬殊实力差距。

因此，纵然韩建大逆不道，杀害皇亲，李晔还是被迫把他提拔为镇国、匡国两镇节度使。

李晔需要的，是时间，他只能用暂时的忍让换取有限的时间。

3

历朝历代的明君庸君，大概没人受到过比李晔更多的耻辱和失败，可李晔仍然决心继续努力下去，他仍有梦想，那是他人生的全部。

在未来的日子里，他将一次又一次为末代之君们正名，即便权威和尊严被人践踏成废墟，他也会在废墟之中建立起一座勇敢追梦的不朽长城。

乾宁五年（898年），李晔返回长安。

现实情况却变得愈加严峻，随着禁军力量被毁，亲附李茂贞、韩建的宦官刘季述、王仲先等人得以重新执掌军权。

不服输的李晔看到了这一点，他决定像当年对付杨复恭那样，把刘季述一干人等也打翻在地。

于是乎，李晔整天和朝臣密谋铲除新一代宦官集团，搞得刘季述等人惶恐不安。

刘季述等人不愿坐以待毙，他们决定再一次沿用前辈们的老套路，废掉李晔另立新主。

光化三年（900年）十一月，李晔去上林苑打猎，心情不好，喝了点小酒，晚上回来开始耍酒疯，亲手杀掉小太监、宫女数人。估计是杀人之后太过疲惫，李晔倒在床上呼呼大睡起来。

第二天他酒醒后发现，坏事了坏事了，宫门打不开了！

刘季述等人准备妥当，天一亮就率领数千禁军破门而入，一看李晔的犯罪现场没有被破坏，立马开始表演。

刘季述悲上眉梢，愁容不展地对毫不知情的朝臣们说："陛下如此荒唐，怎么能治理好江山社稷？况且废昏立明，自古有之，就算冒天下之大不韪，我们也得提前让太子登基！"

此刻，李晔正在乞巧楼上，眼巴巴地等着开宫门。很明显他还不知道外面发生了什么。见到刘季述、王仲先带着甲士气势汹汹奔向宫里，逢人便杀，李晔吓得够呛。

刘季述倒不敢弑君，而是恭恭敬敬让李晔坐好，然后当场宣布由太子监国，李晔可以光荣离职，退居二线当太上皇了。

李晔自知昨日酒后失手，被人抓了把柄。想要为自己争辩一番，可惜刘季述根本不听，他将传国玉玺搞到手后，就让手下抬着昭宗和皇后，去往少阳院暂住。

一路上，刘季述手持银挝张牙舞爪，时不时在地上比画，这当然不是练功，而是一条一条细数李晔的罪状。

"某时某事，你不听我的话，这是第一条罪状……"

一路走一路说，竟然总结出几十条，这还嫌不够。即便刘季述挖空心思，说得口吐白沫，李晔也无动于衷，反正已经被人控制，就当是听狗叫了。

李晔及皇室家眷被抬到少阳院关了禁闭，刘季述命人用铁汁把门锁一浇，表示没有特殊情况，您老人家就在里面好好过吧。为防万一，他还在宫外布下重兵把守，只留下一个墙洞给李晔送饮食。

正值严冬，嫔妃公主们没有冬衣御寒，一个个冻得号啕大哭，太监刘季述不闻不问，只提供饮食，别的一律免谈。

为防李晔向外人通风报信，刘季述规定，一支笔、一张纸都不允许送进少阳院。

没纸没笔也没书，被囚禁的李晔只能每天和家眷大眼瞪小眼，过得那叫一个无聊。

幸运的是，朝中仍有一批李晔的忠实拥趸，时任左神策指挥使的孙德昭与宰相崔胤密谋，相约联手铲除宦官集团，迎回李晔复位。

第二天一大早，王仲先哼着小曲，趾高气扬准备上朝。刚一走到安福门，伏兵早已恭候多时，孙德昭手起刀落，王仲先当场毙命。

禁军在孙德昭的率领下直奔少阳院，估计是太过兴奋，孙德昭顾不上君臣之礼，边叩门边大声喊道："王仲先逆贼已诛，恳请陛下出门重登大宝，慰劳将士！"

孙德昭随即献出王仲先的人头，检验无误后，李晔这才愿意出门相见。

宰相崔胤把李晔迎回长乐门，率领百官道贺。不一会儿，宦官首脑刘季述、王彦范等人便被抓了过来。看着这俩可恨的太监，李晔还没过完嘴瘾，两人就被手下乱棍击毙。此外，参与废立的薛齐偓准备投井自尽，被人强行捞了出来，最终也没躲过这一刀。

刘季述、王仲先等人被杀之后，宦官势力减损不少，余下者在韩全诲的带领下，夹着尾巴做人。

折腾了许久，李晔勉强再次控制住宦官的发展势头。然而，更大的危机正在藩镇之中悄然酝酿，扳回颓势的机会变得越来越渺茫。

4

人生最大的光荣，不在于永不失败，而在于能屡仆屡起。

李晔不愿意在身后被世人误解为昏庸无为之君，他有梦想，却没有实力，更没有运气。他的路注定越走越窄，最终走向灭亡。

这个过程，足够悲情，也足够令人敬佩。

天复元年（901年）九月，朱温突然亲率大军逼近长安，李晔搞不清楚朱温是何居心，急忙召集左谏议大夫韩偓等人商议对策。

思来想去，李晔没什么好办法，还是只能选择距离长安最近的老冤家李茂贞前来，以此让两镇相互牵制，最好能化干戈为玉帛，各归本镇，大家谁也别乱来。

李晔搞平衡搞上了瘾，为了让李晔看清目前的状况，韩偓一针见血地指出："两镇恩怨由来已久，此次大举发兵来京，为的是争夺各自的利益，无论哪一方都不会轻易退出。如若两镇相遇，势必引发一场大战。领导啊！现在形势危急，就不要再想着搞平衡了，为今之计，只能选择倒向一边。"

韩偓的告诫让李晔陷入沉思，到底该怎么办？一个是豺狼，一个是猛虎，落在谁手里好像都不大好。之前一直决策失误的李晔患上了选择恐惧症，一遇到这种选择性难题就头痛不已。

李晔有选择恐惧症，接替刘季述的宦官头目韩全诲没有，他曾经得罪过朱温，要是让朱温先到京城，自己这一票人哪还有活路？！韩全诲决定先下手为强，把李晔劫持到凤翔。

十月，韩全诲命神策军都指挥使李继筠派兵掠夺内库宝货、帷帐、法物，并遣人密送诸王、宫人提前出发前往凤翔。

十一月，准备妥当的韩全诲陈兵殿前，以武力强迫李晔动身。

其实不想走，其实我想留。留下来就有尊严，留下来就有希望。

但形势由不得李晔选择，在韩全诲等人一再威逼下，李晔从乞巧楼上被强行拖走，李彦弼竟然在宫中纵火，意思很明白，主上要是不走，就等着被活活烧死吧！

这下真的不走不行了，李晔只好带着皇后、嫔妃、诸王等百余人上马离京。

此次离京，究竟何时能返，李晔自己也没有答案。

出城之时回望长安，不久前刚修茸一新的宫殿，已被熊熊燃烧的大火吞噬。这些宫殿的命运，岂非跟自己相似？李晔擦干眼角的泪水，朝着凤翔方向而去。

毕竟汴梁距离长安远没有凤翔近，在朱温抵达长安之时，李晔已经在凤翔寝宫中喝茶了。

这下倒好，皇帝没劫着，还白喝了一肚子西北风。但朱温并不气馁，既然来了就绝不能空手而归。

朱温在长安稍作整顿后，一路出兵向西，不几日便来到凤翔城下。

要对付心狠手辣、狡猾恶毒的朱温，李茂贞感到双腿发软，心里发虚，一点把握都没有。

他想求和，却不想释放李晔，所以能拖几天是几天。

朱温也不着急，只要不放人，老子就不走了！

围个十天半月还能接受，可朱温越围越紧，丝毫没有退兵的打算。

虽然凤翔城内还有些余粮，可烧火做饭总需要柴草吧，眼见城内"绿化带"基本被砍光，李茂贞只能向朱温请求："以后能不能允许我的人出城樵采，我吃不吃饭无所谓，总不能饿着陛下吧？"

老朱表示同意，随便出城樵采，我绝不阻拦。

当然，李茂贞可没傻到大白天打开城门把人放出去，万一朱温趁机攻城，岂不要了老命？还是晚上悄悄从城墙上放出去比较好。

可惜，李茂贞还是小瞧了朱温的手段。你小子还想生火做饭，没门！

朱温宣布："对夜出樵采能够主动投降者，重重有赏！"

城中守军纷纷表示乐意出城樵采，然后背着柴火直奔朱温大营。朱温收降士卒不说，还白白赚了许多柴火，都省得派人出去砍了。李茂贞眼看着降兵越来越多，再不把李晔交出来，以后只能茹毛饮血了。

吃不上饭，朱温还让李茂贞睡不好觉，他让军士在城外夜夜喧闹，把"架子鼓"打得震天动地，搅得凤翔城内鸡犬不宁。

不仅如此，每次朱温军攻城准备爬墙之前，总会嘲讽凤翔守军"劫天子贼"，而凤翔守军也据理力争，嘲讽朱温军"夺天子贼"。双方将士相互叫骂，看上去似乎没有任何心理负担。

李茂贞可没心情看双方打口水仗，天降大雪，粮食也吃光了，冻死饿死者不计其数。集市上人肉一百文一斤，狗肉却卖到五百文。

在这种情况下，还真是人不如狗！

李茂贞和李晔生活条件还好点，用不着吃人肉。不过李晔想吃饭，也得自己做生意：把御衣御袍御前用品拿到集市上卖了，才能换点吃的。

混到这个境地，李晔一天也不想在凤翔待了。一听到李茂贞说要再坚持坚持，李晔就气不打一处来，你打也打不过，坚持有什么意义！你想找死，别拿我当枪使呀！

5

当危险逐渐逼近之时，李晔仍然拥有拼死一搏的勇气和胆量，这时的他，仍然不愿放弃希望，放弃心中的星星之火。

即便这看似即将熄灭的星星之火别说形成燎原之势，就连前方的道路都无法照亮。

十二月末，主动前来救援的同族兄弟李茂勋宣布投降朱温，还被迫改名为周彝。这事给李茂贞造成了极大心理压力，为了防止将来被迫辱没祖先，还是早点交出李晔为妙。

李茂贞主动给朱温写信："错误可都是韩全诲这帮太监犯的，小弟只管接待、保卫圣上，别的一切都没参与。您既然如此忠心，请将圣上带回京城，小弟日后对您马首是瞻，唯命是从。"

既然李茂贞服软，朱温也不想下死手，毕竟自己也快顶不住了。他客气地给李茂贞回了封信，表示只要尽快放出李晔，哥们儿还是哥们儿，一切都当没发生过。

李晔大喜之余，立刻宣布赞成。

韩全诲作为主犯，自然难逃一死。同属北司集团①的李继筠、李继诲等人也作为从犯被杀。李茂贞将李晔，以及韩全诲等二十余颗主犯人头送给朱温。朱温宣布就此罢手，即刻拔营起程，护送李晔回京。

在凤翔饱受身心折磨的李晔成功减掉了身上多余的脂肪，人也变得清瘦了许多。他并不想减肥，只是好几个月吃不饱饭，不想瘦也瘦了。

凤翔城外，朱温目睹天颜，却丝毫没有如沐春风的感觉。

主上真是憔悴太多了，怎么看都没了以前那股英气和威严，反倒像个文弱书生，还是个经常饿肚子的文弱书生。

一看李晔那魂不守舍的样子，朱温差点没笑出声来。不过无论李晔落魄成什么样，他毕竟还是当朝之君。敢当众取笑天子，不想混了吗？

慢慢走近，慢慢下拜，慢慢抬头，刹那之间，朱温已经切换好了表情。眉宇之间那股痛不欲生、欲说还休的劲儿，加上双目之中缓缓流下的热泪，瞬间感动了李晔。

情到浓时，李晔不禁掩面而泣，深情地对朱温说："宗庙社稷，全靠你挽救了。朕与宗族，全靠你再生了。"

估计本来李晔也就是准备随便意思一下，没承想跟朱温对戏对出情绪来了。因为这样的话，可不是一般人能听到的。不到这种境遇，李晔也断然不会说出如此感慨的言语。

---

① 北司集团：以枢密使、神策军护军中尉为核心的官宦集团。

回京之后，李晔大笔一挥："好！好！封！赏！"

朱温被封为"回天再造竭忠守正功臣"，参与救援的诸将被封为"迎銮果毅功臣"。李晔是下了血本，朱温及其部众基本上能封的都封了。

然而，朱温的手段比李茂贞、韩建等人还要恶劣，他回汴梁前留下步骑兵万人拱卫京城，又在禁军中遍插遍布心腹，李晔彻底成了孤家寡人。

同时，朱温考虑到长安毕竟不如洛阳距离近，于是他上表请李晔迁都洛阳。他一面加快洛阳迁都工程进度，一面强迫李晔动身。大刀再次架到脖子上，不去不行啊！李晔心里纵有一万个不愿意，也得收拾行李动身出发。

人走了还不算，既然长安无人居住，那些木材资源可不能浪费。朱温本着"拆一城建一城"的可持续发展原则，将长安宫室和百姓庐舍尽数拆毁，所得木材沿着渭河顺流而下，最终送到洛阳。

李晔一行来到华州，故地重游，别是一般滋味在心头。华州百姓纷纷夹道高呼万岁，这群人估计还没搞清楚李晔此时的处境。

一声声万岁就像一把把锋利的刺刀，一刀一刀直刺进李晔的心脏。

李晔眼中饱含热泪，悲伤地说："不要高呼万岁，朕再也做不了你们的皇帝了。"随后李晔转身又对侍臣说："俗话说的好，纥于山头冻杀雀，何不飞去生处乐。今朕漂泊，不知最终将落在何方。"

李晔隐隐觉得，这一走，估计再也回不来了。

由于洛阳工程量太大，一时半会儿修建不好，李晔只能先在途中将就一下。朱温不敢怠慢，亲自从驻地跑来觐见。两人又开始了新一轮的演技对决，不过这次何皇后也主动加入，更是让这场大戏跌宕起伏又饱含悲情。

朱温上殿朝拜，还没弯下腰呢，只见李晔腾地从龙椅上"飞"了下来，二话不说，直接拉着朱温来到寝宫，搞得朱温很是纳闷。

原来寝宫里皇后何氏也在。可能李晔在朱温面前，对自己的演技信心不足，怕演不出效果，就拉上何皇后一起帮忙。

何皇后一见朱温，立马哭得稀里哗啦，然后怀着无比悲痛的心情告诉朱温："今后我夫妇二人的身家性命就都拜托给您了！"

朱温这才反应过来：好嘛，在这儿等着我呢！您二位放心，目前还不会要你们的命，以后可就说不好了。

这是朱温内心的真实想法，肯定不会说出来的。

李晔在宫内宴请朱温，何皇后亲自捧着玉卮给朱温倒酒，活脱一个侍女模样。堂堂一国之母主动给臣子倒酒，这样的场景在历史上绝对不多见。李晔夫妇为了自保，也顾不上什么君君臣臣了。

李晔做的这一切，其实是在拖延时间。在这个过程中，他仍然不愿束手待毙。

某次，李晔召见朱温，说着说着突然让朱温给自己擦鞋，朱温不知领导的意图，只好蹲下身子给领导服务。

这时，李晔的双眼突然闪过决绝的杀意，他暗自冲亲信侍从轻轻挥了下手，意思就是让他拔刀干掉朱温，可侍从犹豫再三，始终不敢拔刀。

李晔不止一次给各大诸侯李克用、王建、杨行密等人发血书，希望能够感化他们带兵前来，迫使朱温放自己回去。

想法总是好的，但李晔就是把十个手指头全扎破，血全放光，也不会有人愿意来救——不是不想，实在是无能为力。

这年夏天，洛阳宫殿兴建完毕，朱温邀请李晔赶紧驾临洛阳。此时何皇后刚刚分娩，受不了车马颠簸之苦，加上又有星官夜观天象，说此时动身大凶，李晔想要推迟到十月，直接被朱温否决。

分娩怕什么，挺一挺就过去了！夜观天象算什么，你要相信科学！

没办法，不走是不行了。李晔憋着一肚子火来到洛阳，再次"光荣"地成为傀儡皇帝。

虽然恨得牙痒痒的，李晔却只能装得跟没事人一样，这年头能保住命就不错了，争取多活几天才是正事。

可惜，朱温似乎并不想再让李晔活太久了。

6

天祐元年（904年）八月的夜，已平添了几分凉意。和往常一样刻意用酒精麻醉自己的李晔，早早便上床安歇。沉睡的李晔还不知道，这已是他人生最后一夜了。

砰、砰、砰……宫外突然传来一阵急促的叩门声，瞬间打破了夜的宁静。

李晔的嫔妃裴贞一刚把门打开，还搞不清楚什么状况，就被朱温的部下史太一刀毙命。另一个弑君主力蒋玄晖顺势冲入宫中，刚好遇上起身查看动静的昭仪李渐荣，明晃晃的大刀杀气逼人，李渐荣顿时明白了一切。她自知难逃一死，便急忙放声高喊："要杀就杀我，不要杀我圣上！"

蒋玄晖对她不感兴趣，而是直接闯入寝宫寻找李晔。李晔听到屋外弑君的呼喊声，赶紧起身准备逃走。不过皇宫早被围得水泄不通，李晔没有任何出路，只能围着大殿的柱子团团转。

大殿的门被蒋玄晖等人轻松撞开，燃烧的火把瞬间将整座大殿照得通亮，毫无抵抗之力的李晔根本无处可逃。

史太猛然上前，手起刀落将李晔杀害，李渐荣想要以身护卫李晔，也被史太乱刀砍死。

锋利的刀锋刺入胸膛那一刹那，李晔的意识瞬间模糊。他仿佛又看到了登基之时，英气十足的自己迎着寒风立于长安城楼，发誓中兴大唐，翦除宦官、降服藩镇，再造一个盛世的场景。那时的自己是多么年轻，多么豪迈呀！

李晔曾非常看不起自己的老哥李儇，然而自己的遭遇和结局，却比老哥差一万倍。时也？命也？他曾经自信可以力挽狂澜，可结果却是一次次失败，一次次受辱，最终还落得个被弑之君的下场。

人生真像是一场梦啊！纵然心有不甘，心有不舍，终归也是无可奈何。李晔倒下了，解脱了，这次他再也站不起来了。

空有一腔兴邦热情，志存高远，百折不挠；却一生颠沛流离，饱受苦难，遍尝屈辱。

悲哀而又热血的人生是什么样的？看看李晔，也许就明白了。

苟延残喘的大唐王朝，在李晔被弑之时，实质上已然亡了。

三年后，朱温废掉李晔的第九子唐哀宗李柷，结束了大唐近三百年的基业。

李晔这一生，就像后世大明朱由检一样，虽然也是呕心沥血，无奈国运已尽，人力难以扭转。但明知不可为而为之，这确是一种相当英勇的气魄。

刘昫在《旧唐书》中评价李晔：

攻书好文，尤重儒术，神气雄俊，有会昌之遗风。以先朝威武不振，国命浸微，而尊礼大臣，详延道术，意在恢张旧业，号令天下。即位之始，中外称之。

欧阳修在《新唐书》中更是给予李晔十分的同情和高度的评价：

自古亡国，未必皆愚庸暴虐之君也。其祸乱之来有渐积，及其大势已去，适丁斯时，故虽有智勇，有不能为者矣，可谓真不幸也，昭宗是已。

如果李晔不是生活在晚唐末年，不是继位于早已不堪重负的大厦将倾之时，凭借其个人努力和坚持，想必很可能会带领大唐王朝走向复兴。

虽然梦想这种东西，一阵风过可能就吹没了。但努力过、奋斗过、争取过的人生，依然会熠熠生辉，令人钦佩。

这就是唐昭宗李晔，他比唐朝许多皇帝都要努力，都要勤勉，他以实际行动证明：亡国之君，并非都是昏庸无道、坐视国家灭亡。

我们不能对末代之君心存偏见和误解，毕竟李晔就是一个绝佳的例子。

初登大宝时，他胸怀远大抱负；

与藩镇和宦官奋力斗争时，他从未退缩不前；

眼见局势江河日下时，他始终不忘初心，牢记使命；

走投无路时，他仍然追寻着心中那道灿烂耀眼的光；

自始至终，他都没有放弃梦想，没有放弃人生。

李晔，不应该被后世遗忘，那些虽然屡遭失败却矢志不渝追求王朝复兴的有为之君，更不该被混在一群骄奢淫逸的无道昏君之中，一同遭受后世的非议和抨击。

李晔的故事告诉我们，有梦想的人生必将光彩熠熠，有梦想谁都了不起！

后晋高祖石敬瑭

『儿皇帝』和『卖国贼』

1

如果要评选史上最英明有为的皇帝，想必是件很困难的事，秦皇汉武、唐宗宋祖，应该都有资格参选。

但是，要想自秦始皇至末代皇帝溥仪之间共计四百多位皇帝中评选出史上最恶心、最卑劣、最无耻的皇帝，大多数人估计都会把票投给石敬瑭。

石敬瑭这辈子有两大恶到不能再恶的恶称："儿皇帝""卖国贼"。

"儿皇帝"，是骂他不知羞耻，拜比他小二十岁的契丹国主耶律德光为父。

"卖国贼"，是骂他丧尽天良，为称帝甘心向契丹割让"燕云十六州"[①]，留给中原四百年的耻辱，四百年的苦难。

"儿皇帝"是对个人道德品质的否定；"卖国贼"是对政

---

① 燕云十六州：具体指幽州、顺州、儒州、檀州、蓟州、涿州、瀛洲、莫州、新州、妫州、武州、蔚州、应州、寰州、朔州、云州。相当于今京津全境及河北、山西北部。

治品质的否定。作为皇帝，居然受到个人身份和政治身份双重差评，这"待遇"想想也是没谁了。

石敬瑭的恶劣行为，对后世王朝（特别是北宋）和百姓造成了难以预估的危害，因此挨骂是必然的。

只不过，我们在痛骂石敬瑭卖国求荣之前，如果能顺便关注一下乌烟瘴气的五代①乱世，关注一下主人公石敬瑭的生平经历，想必就可以多些理解、多些宽容。

石敬瑭，沙陀人，本为后唐明宗李嗣源②的部将，唐昭宗景福元年（892年）生于太原汾阳，自幼寡言、喜读兵法，练得一身好武艺。

石敬瑭凭借过人的本领深受李嗣源器重，李嗣源先是招他做了女婿，后又将自己的亲卫骑兵"左射军"交给石敬瑭统领。

带着这支精锐部队，石敬瑭多次营救李嗣源于危险之中，最终帮助岳父登上皇位，自己也因功授任天下藩镇中地位最高、实力最强的河东节度使。

五代乱世，武力为先，利益至上，石敬瑭就属于这种典型的务实派。谁有实力就跟谁混，既懂得如何维护既得利益，又会想尽办法保护自己不受伤害。

表现在现实中，就是关起门来谋发展，竭尽全力守住河东这一亩三分地。

当然，作为全天下实力最强的藩镇，不想出头容易，不被

---

① 五代：后梁、后唐、后晋、后汉、后周。
② 李嗣源：后唐明宗，在位七年，勤于政务，是五代前中期难得的有为之君。

人惦记很难。

在李嗣源登基前的很长一段时间里，石敬瑭和李嗣源的养子，也就是当今皇帝李从珂的关系很冷淡。

一个是养子，一个是女婿，身份地位差不多，军事才能差不多，战绩功劳也差不多。他俩都觉得对方不如自己，相互看不上。只是碍于面子，两人对彼此都还算客气，尽量维持着表面的友谊。

李从珂从义父的亲生儿子李从厚手中夺得帝位后，石敬瑭开始装起了孙子，对李从珂尊崇有加，丝毫不敢怠慢。

只可惜，李从珂却始终不能对石敬瑭坦诚相待。毕竟李从珂是通过武力强行夺位，保不齐哪天石敬瑭也会沿着自己的革命道路重走一遍。

石敬瑭就这么不幸遭到了当今皇帝李从珂的惦记，君臣相互嫌弃、逐渐交恶，已经到了必须采取必要措施消除隐患的地步。

李从珂登基后，石敬瑭从太原（节度使驻地）来到洛阳朝拜新皇，绝大多数朝臣都建议李从珂趁机把石敬瑭扣留在洛阳，以免纵虎归山。

看着石敬瑭被扣留后瘦得皮包骨头（又病又怕），都快不成人样了，李从珂不禁动了恻隐之心："石郎不只是先帝的女婿，还与朕一起打过仗。如今朕做了天下之君，石郎不依附于朕，还能依附于谁呢？！"

李从珂叹了口气，命石敬瑭返回太原，继续担任河东节度使。

尽管因李从珂一时心慈而逃过一劫，但石敬瑭紧张的心情依旧难以放松，他害怕李从珂惦记，总在绞尽脑汁寻找自全之计。

除了继续低调地装孙子外，他还多次在朝中来使面前感叹自己骨瘦如柴，久病难愈，只求尽量不引起李从珂的注意。

即便如此，李从珂仍然将石敬瑭视为心腹之疾，不除不快。

某次，石敬瑭之妻晋国长公主特地从太原赶来为李从珂祝寿，宴会将罢，长公主请求返回。

李从珂却半玩笑半认真地说了一番醉话："大老远跑来，何不多住几日，这么着急地想回去，怕是要和石郎一起密谋反叛吧？"

李从珂这随口一说，却让石敬瑭大为恐慌。为了提防随时而来的意外变故，石敬瑭把留在洛阳和各地经营的财产全部收归太原，对外却宣称自己愿意拿出个人私财补贴军用。

这种借口只能骗鬼，不糟蹋公款就不错了，谁会傻到自己出钱补贴公款呢？

此举再次引起李从珂的猜忌，他和近臣时常闲聊，每每谈及河东之事，李从珂就满心担忧地问："石郎与朕是至亲，本来没什么可以怀疑的，但最近流言蜚语不断，万一石郎真与朕决裂，那时该如何处理呢？"

其实在内心深处，李从珂还是有些惧怕石敬瑭。保险起见，还是把隐患扼杀在萌芽状态最为理想。

李从珂想保住皇位，石敬瑭更急于自保，双方都很清楚，压死骆驼的最后一根稻草还没出现，双方还各有一些时间准备，但恶战已在所难免。

2

为了彻底孤立石敬瑭，端明殿学士李崧、知制诰吕琦绞尽脑汁，为李从珂献上一条妙计：贿赂契丹。

这二人认为：石敬瑭若有异谋，必与契丹勾结。既然朝廷与河东一战在所难免，我们若能先与契丹讲和，保证契丹人不插手此事，石敬瑭失去强力外援，破之必然。

接着，吕琦给出了与契丹谈判的筹码：一是岁赠银钱十万缗；二是选派公主和亲。

在奏章中，吕琦还给李从珂详细地算了一笔账：朝廷每年在幽州、代州等地的军需开支不止十万缗，再说能花十万缗，甚至随便找个貌美的宫女完成和亲，买来契丹人的中立，让朝廷集中全力对付石敬瑭，这笔钱花得就超值。

听罢吕琦二人的建议，李从珂虽然没有立即赞成，但支持的态度已摆了出来。吕琦认为此计八九不离十要执行，于是提前写好了给契丹主耶律德光的诏书，以备不时之需。

计是好计，吕琦却忽略了一个关键问题：面子。

与契丹人讲和，就是自行丢了面子。

面子该不该丢，有没有必要丢？吕琦没考虑，枢密直学士薛文遇却考虑到了。他听说李从珂想与契丹讲和，还得每年送什么岁币，和什么亲，气不打一处来。

契丹，戎狄也，我中原王朝岂能自丢身份与戎狄讲和！

薛文遇立场坚定地告诉李从珂："以天子之尊，屈身侍奉戎狄，难道不觉得羞耻吗？再说如果契丹人得寸进尺，想求真公主和亲，该如何拒绝呢？"

薛文遇甚至还翻出了一首唐人戎昱专门为讽刺和亲写的

《昭君诗》：

> 汉家青史上，计拙是和亲。
> 社稷依明主，安危托妇人。
> 岂能将玉貌，便拟静胡尘。
> 地下千年骨，谁为辅佐臣。

李从珂一听这话，又品了品诗，果断放弃了与契丹讲和的念头。先辈们英明神武，每每大破契丹，没让契丹人主动讲和都不错了，到了自己这一代，可不能干这等窝囊事，否则实在对不起列祖列宗。

李从珂随即把吕琦召来，当面就是一顿猛批："亏你号称知晓古今，辅佐人主安定天下，能出这样的馊主意吗？何况朕一女年纪尚小，卿等忍心将其丢在沙漠？更可气的是，想将养兵养士之财送予胡虏，其意何在？"

吕琦一听话风不对，吓得冷汗直流，赶紧解释道："臣志在竭忠尽力以报陛下隆恩，肺腑之言愿陛下明察！"

李从珂渐渐消了火气，还给吕琦赐了杯酒压压惊，只是和亲纳贡之事再无人敢提了。

另一边，石敬瑭也在试探朝廷的态度，毕竟以一镇之力对抗朝廷，实在没有必胜的把握，保险起见还是以退为进，先摸清朝廷到底会不会翻脸。

石敬瑭谎称自己重病缠身，不能继续担任河东节度使，请求朝廷改封他镇，好让自己减轻负担，专心养病。

李从珂脑子一热，想趁机废掉石敬瑭。吕琦闻讯，赶紧给李从珂降温："陛下，石敬瑭这种操作肯定是在有意试探朝廷，他哪会主动放弃河东之地？我们千万不能上当！"

李从珂思来想去，既舍不得放弃这个千载难逢的机会，又担心石敬瑭借机反叛，一时犹豫不决。

犹豫之际，薛文遇又来出馊主意，他强烈建议李从珂借此机会收回石敬瑭的兵权，将之调往他镇控制起来。

"据臣观察，河东移亦反，不移亦反，旦暮之间就有分晓，与其受制于人，不如抢占先机，才能立于不败之地。"薛文遇的说辞相当振奋人心。

李从珂权衡再三，终于下定决心，命石敬瑭改任天平节度使，即刻起程。

3

李从珂为使石敬瑭尽快动身，命建雄节度使张敬达为西北蕃汉马步都部署，强迫石敬瑭赶紧离镇。

石敬瑭不傻，一旦搬到人生地不熟的天平军，估计分分钟就要被李从珂拿下。既然朝廷不给活路，那就只能撕破脸了。

石敬瑭集合河东诸将商议对策，并率先发言："我上次从朝廷回来，主上当面承诺过让我终身镇守河东，如今却突然有这种任命。我不发难，朝廷却一再逼迫，难道要我束手死在路上吗？为今之计，不如先上表称病，最后观察一次朝廷的态度，如果放宽我转镇的期限，那我就服从；如果依然向河东增兵，那我只好另谋他路了。"

紧接着，他上表朝廷，希望李从珂能多给自己一些时日周转。

但李从珂根本听不进去，命令张敬达所部加紧向河东逼近，摆明了要以武力解决问题。

既然局势已难以扭转，石敬瑭终于放弃了和谈的打算，他直接布告天下，声称李从珂是先皇的养子，根本没资格做大唐的皇帝，应传位给先皇亲子许王李从益。

此举实为变相宣布：我河东石敬瑭从今日起与朝廷彻底决裂，不服来战吧！

李从珂看了这份极具挑衅色彩的布告后，直接将其撕成了碎片。

你敢嘲讽我，难道我无法嘲讽你吗？

李从珂给石敬瑭发信称："你忘恩负义天下皆知，搬出许王又有何益！"

随后，朝廷昭告天下，削夺石敬瑭一切官爵，以张敬达为主将，集合五镇精锐之师，誓要扫平河东，灭掉石敬瑭。

寒战发展成热战，一场改变历史进程的战役就此拉开帷幕。

仅凭河东之力，石敬瑭完全无法抵挡五镇联军。他需要外援，果然如吕琦所料，他直接找上了契丹。

不过，所有人都没想到的是，走投无路的石敬瑭为了战胜朝廷，真是什么都豁得出去。

石敬瑭命桑维翰上表向契丹称臣，并主动请求认耶律德光为干爹，约定事成之后，把卢龙一道及雁门关以北诸州割给契丹，也就是所谓的燕云十六州。

太疯狂了！自中原封建王朝以来，这样丧心病狂的行为绝无先例。

认耶律德光为干爹意味着什么？意味着堂堂中原藩镇之主背叛祖宗，甘心充当戎狄的奴才。

割让燕云十六州意味着什么？意味着捍卫中原的北方屏障全部丧失，中原之地将完全裸露在契丹铁骑之下。

石敬瑭过于出格的举动，连心腹大将刘知远都看不下去了，他劝说石敬瑭："现在毕竟还没到山穷水尽的地步，称臣就行了呗（反正还能反悔），认干爹的话是不是太过了？契丹人贪得无厌，只需多花些钱财，就能换来契丹援军，实在不必许诺割让土地，更何况都是北方重镇，只恐割地之后契丹真正成为中原的心腹大患，到时后悔可就来不及了。"

以石敬瑭的精明程度，他不可能不知道自己的年龄比耶律德光大了二十岁，他更清楚这样卑劣的行为，在儒家伦理道德熏陶下的中原大地上，注定无法被接受，注定会被钉在历史的耻辱柱上。

钉就钉了，这个干爹我认定了，地我也割定了！

包括刘知远在内的大多数人以及后世那些抨击石敬瑭的人，既没弄懂石敬瑭的心思，也没看清局势的变化，他们都觉得花些钱买来契丹的援军即可，根本没必要做得那么绝，完全不给自己留后路。

其实，石敬瑭又何尝想这么豁出去，不要颜面、毁掉名声？在朝廷单方面强大的军事压力下，实力不济的石敬瑭很无奈，心里却很清楚，花钱可以换来契丹援助，但仅仅只是有限的援助而已。

契丹人见利而来，利尽而去，万一战事失利，肯定会先行跑路。再者，就算成功击退朝廷军，只能暂时解除河东的危机，下次朝廷军再来围剿，怎么解决？再称臣纳贡吗？

很多时候，给的多一点，换来的帮助肯定也多一点。石敬瑭想一步到位，彻底解决来自朝廷的威胁，唯一的办法就是把契丹和河东的核心利益紧紧捆绑在一起，许诺给契丹充足的好处，保证契丹不会半途而废。

这等足以载入史册，被后世批判痛骂的肮脏交易，对刘知远来说肯定无法接受，他毕竟不是石敬瑭，他要的没石敬瑭多，想的也没石敬瑭多。

实在支撑不住的时候，刘知远可以选择卖主求荣，甚至杀主求荣，他有路可退，有命可保。石敬瑭却没有退路，没有筹码，他要的是全胜，要的是彻底击败李从珂，为了换来契丹人百分百的全力相助，石敬瑭必须这么做，他的行为完全符合他的性格，也符合局势的走向。

事实证明，他做到了，也算准了。

4

耶律德光听说石敬瑭割地称臣认父，那叫一个狂喜。钱不钱的都是小事，我大契丹缺那一点贡奉吗？燕云十六州可是北方十六座重镇啊，我多次尝试入主中原，幽州过不去，云州过不去，应州过不去……现在这些重镇都归我了，日后再也不用担心南下受阻了！

耶律德光兴奋地对母亲述律太后说："前几日儿臣还梦到石郎遣使求救，今天使者果然来了，这真是天意啊！"

耶律德光立即回复石敬瑭："如今七月月末，仲秋（秋天的第二个月）来时，将倾全国之力前来救援，注意，御驾亲征。"

这正是石敬瑭想要的结果。

耶律德光兑现了自己的诺言，他御驾亲征，率五万（号称三十万）契丹精锐南下，旌旗漫展五十余里，远远望去甚是吓人。

多年来，契丹人很少像此番南下气势恢宏，兵力强盛。代州刺史张朗、忻州刺史丁审琦估计都被这么多契丹骑兵吓着了，他们选择紧闭城门，既不阻击，也不投降，你过你的，别动我的城池，大家都睁只眼闭只眼。

这哥儿俩安全了，契丹人也轻松了。代州和忻州作为太原北面的两大重镇，如此轻松地被耶律德光长驱而入，大大提升了契丹人的士气。

耶律德光轻松抵达太原城外，在汾水以北的虎北口驻扎，他先派人给石敬瑭传话："来得早不如来得巧，事不宜迟，朕准备今日就替你把事办了，你看如何？"

大军远来，不休整能打仗吗？石敬瑭可不敢冒险，他赶紧派人去传话："朝廷人马军势很盛，万万不可轻敌。请先休息一晚，明日议战也不迟。"

石敬瑭的话，耶律德光没听见，因为使者还没赶到，他就带着契丹骑兵出帐砍人了。

在汾水边，契丹军遇到了后唐大将高行周、符彦卿，耶律德光二话不说，直接开干，石敬瑭听说两军已交上手，只得赶紧让刘知远带人援助。

另一边，张敬达、杨光远、安审琦率步兵在太原城西北山下列阵，等待契丹发起冲锋。

没想到耶律德光只派出轻骑三千，还不披盔甲，叫嚣着直冲张敬达中军。

唐军认为这部分契丹人是来做炮灰的，此时不上更待何时！

然而，当张敬达指挥大军全力压上，妄图全歼敌军、收割战场之时，他就已经中计了。

唐兵冲上来时，这三千轻骑兵边打边撤，一直撤到汾水边，契丹人见唐兵还在追击，果断骑马涉水而去。这些骑兵故意在水中让战马踏出飞溅的水花，还时不时回头嘲讽唐军，怎么样，有本事来追击呀！

急红了眼的唐军为了追上契丹人，沿着河岸开始狂奔（都是步兵），跑着跑着，就进入了契丹设下的埋伏圈。

耶律德光一声令下，埋伏在河岸边的契丹精锐鼓噪而出，把唐军生生截成两段，分别斩杀。唐军首尾难顾，惨败溃逃，死者近万人。战败的张敬达收拾残部退往晋安寨，被迫放弃对太原城的包围。

胜利的傍晚，连夕阳都那么醉人。

踏着夕阳，耶律德光豪情满怀地来到太原城下，石敬瑭赶紧出城拜见，耶律德光握着石敬瑭的手，大有相见恨晚之意。

一阵寒暄过后，石敬瑭开始拍耶律德光的马屁："皇帝陛下远来，鞍马疲惫，却能不做休整，与唐兵交战而大胜，这是为什么呢？"

耶律德光很认真地给石敬瑭讲解战局："朕刚从北方南下时，认为唐军定会阻断雁门诸路，伏兵险要之地，全力阻击契丹南下。可朕派人一路侦察，发现从上京至太原竟无兵沿途拦截，因此得以长驱直入。唐军如此懈怠轻敌，朕知大事必能成功。"

耶律德光继续说道："两军交锋，我方气盛，彼方气衰，若不乘此急攻，一旦旷日持久，我方必不能长守，那时胜负就难料了，这便是朕急战而胜的原因。兵者，大事也，重在随机应变，切不可用什么'以逸待劳'的常论去衡量啊！"

在这里，我们必须为耶律德光的军事才能点赞，他即将实现其父耶律阿保机穷尽一生都没能实现的梦想，真正带领契丹入主中原。

这才是契丹人心心念念想要获取的核心利益，称臣、进贡都是小事，只有土地才是关键。该给的石敬瑭都给了，该帮的耶律德光自然也会帮到最后。

这才是完全对等的交易，尽管这次交易本不该发生。

朝廷这边行动像蜗牛，耶律德光那边可雷厉风行多了。他直接开门见山地对石敬瑭说："朕狂奔三千里前来救你，自然一定会马到功成，看你气宇非凡，就立你做中原之主吧。"

石敬瑭的目的达到了，下的血本值了！

当然，谦让谦让还是要的，石敬瑭反反复复推辞了好几次，才终由耶律德光册封为帝，建国大晋，史称后晋。

称帝之后，石敬瑭立即兑现了曾经许下的诺言，拜耶律德光为父，向契丹称臣，割让燕云十六州，并承诺每年进奉三十万匹金帛。

怎么形容割让燕云十六州的恶劣影响呢？我们只看一件事：从赵匡胤建宋，终北宋一朝，每任皇帝都梦想着收复燕云十六州。

那么燕云十六州何时才真正完全回归汉人怀抱呢？除去后周世宗柴荣以武力收回瀛、莫二州和瓦桥关等三关之地外，历经后晋、后汉、后周、北宋（宋徽宗时曾与金人达成回归协议）、南宋、元六个朝代，直到大明王朝建立，十六州全境才算真真正正、实实在在由中原政权再次控制。

燕云十六州尽失，河北之地无险可守，这意味着契丹人可以在镇定、河东、成德、沧景之间随意游走，甚至可以长驱南下，威胁中原王朝的都城洛阳、汴梁。

如果后人站在道德的制高点来看待此事，想必会这么评价："石敬瑭，既然打不过朝廷，你死就死了，五代乱世死的人多了，你算老几！但你为了苟活，丧心病狂地向契丹割地称臣，你就是罪孽深重的大汉奸，必须被绑在历史的耻辱柱上受万世唾骂，遗臭万年，永远无法翻身！"

这番抨击在道义上完全没有问题，关键是，当一个人自始至终受到生存的强大威胁，又掌握足够的筹码有机会从威胁中逃出生天，试问谁愿意卑微地去死呢？

大概，这就是石敬瑭的心声，他从来也不是一个高尚的人。

5

在契丹的强力支持下，石敬瑭很快兵至洛阳，万念俱灰的李从珂举族自焚。

李从珂自焚的当晚，石敬瑭便进入洛阳，数日后大赦天下，做完了这一切，后唐的历史就此终结。

以后，是属于"儿皇帝"石敬瑭的时代。

天福三年（938年）秋，石敬瑭正式给耶律德光和述律太后上尊号，他遵守承诺，不但奉表称臣，还在诏书上称呼耶律德光为父皇帝，自称儿皇帝。

承诺的分量不仅仅体现在书信中、口头上，更体现在实际行动上。每次契丹使者到汴梁传旨，石敬瑭都会在偏殿拜受诏书（注意是"拜"）。每年除固定进贡金帛三十万之外，像日常的吉凶庆吊、岁时赠遗，石敬瑭都会奉上各种珍奇玩物，几乎从未断绝。

除了耶律德光、述律太后、契丹贵族，乃至韩延徽、赵延寿等朝中重臣，石敬瑭一样大行贿赂，花心思交结。侍奉稍不如意，或是礼数没到，这些人就遣使责问，石敬瑭总会低声下气地应承，几乎从不翻脸。

时间一久，契丹人的臭脾气被石敬瑭惯出来了。晋臣出使契丹，契丹人往往轻视使臣，出言不逊。使臣受辱而归，就和朝中大臣一起批评石敬瑭制定的国策。汉人受戎狄羞辱竟不敢反抗，这在以前基本是从未有过的，领导怎么这么能忍？

石敬瑭给耶律德光上过尊号，出于还礼，耶律德光此后册封石敬瑭为英武明义皇帝。石敬瑭准备派兵部尚书王权出使契丹谢恩，没想到王权老人家认为自己多年来出任朝廷命官，向戎狄卑躬屈膝这等奇耻大辱，自己实在受不了。

他接到领导的任命后，直接跟来人说："我老了，哪还能向穹庐屈膝呢！（反话）"王权以年迈多病为由，果断拒绝了石敬瑭的任命。石敬瑭很恼火，随即将王权免职了事。

别管他人怎么评价，怎么恶心，石敬瑭依然故我，毫无心理压力。正是靠着石敬瑭的隐忍，或者说是死心塌地，契丹与中原一直没有大的摩擦。

不过，多数人都只看到石敬瑭对契丹人卑躬屈膝，却不知道在与契丹的交往中，他也时常耍着小聪明。

虽然三十万金帛满打满算仅是数县一年的赋税，石敬瑭却经常推托收成不好，一般都不给满额。耶律德光见石敬瑭平日对契丹恭敬有加，少个几万贡奉实在不好计较，况且石敬瑭每每上表自称儿臣这儿臣那，搞得耶律德光很不好意思。

毕竟大家同为一国之君，别搞得像藩属国那样，传出去不好听。最终，耶律德光不再让石敬瑭称臣，上表时只称"儿皇帝"即可。

在无法揣测石敬瑭内心真实想法的前提下，通过石敬瑭对契丹的种种表现，可以总结出两点：

其一，攘外必先安内，内部不稳，实力不济，石敬瑭绝不会和契丹闹翻。

其二，放下尊严，委屈自己，绝不贪虚名而受实害。名声、财物事小，万一惹恼契丹，再搞出一场战争，吃亏的还是自己。

外交上的一切行动以不冒犯契丹为原则，石敬瑭想得很透彻，行动很坚决。当务之急，一来要应付战后财政空竭、百废待兴的境况；二来要提防一些藩镇趁机搞事。

为了尽快解决战后诸多问题，桑维翰向石敬瑭提出了极具针对性和前瞻性的解决之道，可以概括为后晋建国的五大基本国策：

一、推诚弃怨以抚藩镇。即便藩镇节度使们心怀异志，朝廷仍应以诚相待，不计前嫌，以宽容之心感化他们。

二、卑辞厚礼以奉契丹。坚持与契丹长期修好的外交方针不动摇，确保大局稳定。

三、训卒缮兵以修武备。打铁还需自身硬，胡萝卜还要加大棒，强盛的军事实力才是威慑藩镇的最有利武器。

四、务农桑以实仓廪。农业为本，百姓不稳则政权不稳，让农业尽快在战后恢复，才能稳定政权的统治基础。

五、通商贾以丰货财。放开商业贸易，促进商业繁荣，农商齐发展，才能不断充实国家财政。

这些政策在石敬瑭时代一直沿用，数年之内，国内局势逐渐稳定下来。

比恢复经济糟心一百倍的，还是某些藩镇节度使口服心不服，伺机叛乱。

比如一代狂人成德节度使安重荣，公然向石敬瑭叫嚣："天子宁有种乎？兵强马壮者为之尔！"

在安重荣等人眼中，石敬瑭是卖国贼，不顾祖宗，不顾礼义廉耻，靠出卖国家主权和领土夺得江山，根本算不上英雄豪杰！

从继位到驾崩的七年时间里，石敬瑭一直来不及享受胜利果实，不是在平叛，就是在平叛的路上，活得很累，也十分压抑。

6

天福七年（942年），石敬瑭驾崩。史书并未明确记载石敬瑭死于何种疾病，大胆猜测一番，石敬瑭很可能死于常年忧惧。

毕竟心理压力太大，既要应付契丹人的无理索求、国内人的白眼和鄙夷，又要应付一次次的藩镇反叛，能保持心情愉悦就奇怪了。

在为石敬瑭守灵的官员队伍中，还有吕琦的身影。

设想一下，如果李从珂当年采纳吕琦的建议，契丹果真在朝廷讨伐石敬瑭时袖手旁观，或者不那么卖力，历史没准就会彻底改写。

在李从珂举族自焚之时，吕琦也被石敬瑭俘虏。原本吕琦认为石敬瑭会把他视为仇人，早晚难免一死，没想到石敬瑭上台后居然并未治他的罪，反而以其见识远大、才能出众大加重用。

七年间，吕琦从秘书监一步步升任礼、刑、户、兵部侍郎，官至金紫光禄大夫。尽管如此，作为汉人，亲眼见证了石敬瑭出卖国家领土，向契丹人卑躬屈膝的整个过程，吕琦依然对石敬瑭很有怨言。

其实，后人对石敬瑭的抨击并不完全对。

首先，石敬瑭本就不是汉人，他是汉化的沙陀人，说他是"汉奸卖国贼"，让一个沙陀人为汉人负责，其实很没有道理。

其次，从辈分上算，"儿皇帝"也没有太大的问题。

石敬瑭是李嗣源的女婿，李嗣源是晋王李克用的义子，这么算来，石敬瑭应该叫李克用一声爷爷。

当年李克用与耶律阿保机结盟时，曾约为兄弟，而耶律德光正是阿保机的儿子，尽管石敬瑭比耶律德光年长二十岁，但辈分上确实比耶律德光低了一辈，认耶律德光为父，一样没有毛病。

"卖国贼"和"儿皇帝"，却还是成为后人抨击石敬瑭无耻行径的两大罪行。

这无关乎解释合不合理，只关乎情感接不接受。

只有七年来常在石敬瑭身边走动的吕琦，在悄然间发现，新领导其实没有那么糟糕。

他看到了石敬瑭为恢复国力、稳定国内局势做出的一系列努力。

首先，对浮户问题的处理。所谓浮户，就是流离失所的百姓。浮户大规模出现的根本原因在于后唐繁重的赋税，再加上后唐末年战火不断，百姓们缴不上官府摊派的赋税，只得四处漂泊，居无定所。

为了解决浮户问题，石敬瑭听取桑维翰的建议，实行短期内"免征免租"政策，规定开荒五公顷以上的农户，免除三年的赋税徭役，这一政策的推行为浮户主动返乡创造了良好的环境。数年之后，中原各地基本不再出现浮户，农业基础得以恢复，财政不断积累。

其次，对盐业的有效改革。盐税一直是朝廷财政收入的重要一环，后唐每年盐税收入在十七万缗左右。当然，高垄断伴随着高腐败，官盐价格居高不下，各级官员中饱私囊，对百姓的变相盘剥极为严重。

石敬瑭继位后，决定取消盐业官营，全面放开市场，让利于民。政策一出，常年居高不下的盐价迅速落水，甚至跌至十文钱一斤。同时，朝廷规定各地官府必须根据各户百姓的贫富实际缴纳盐税，不准刻意盘剥。石敬瑭的盐业改革结果，就是使唐末私盐走私、私盐贩子（黄巢）彻底成为历史。

这些利民惠民的功劳，属于石敬瑭。藩镇动乱不足以颠覆政权，国家实力逐渐恢复，百姓不再流离失所，这就是石敬瑭的功绩。

我们不能以结果倒推过程，但如果不是石敬瑭和李从珂闹得水火不容，如果李从珂没有一步步把石敬瑭逼入绝境，石敬瑭自然不会投靠契丹。毕竟很多年前，石敬瑭都在河东尽心尽力保卫疆土，不断战胜着前来犯境的契丹人。

望着石敬瑭的灵柩，吕琦慢慢释然了，作为一个安全感极低、只想活在当下的典型人物，石敬瑭在生命受到严重威胁时，做出了对生命安全最保险的决断，从这个层面评价，实在不能强求他顾及更多。

只是有一点石敬瑭深信不疑，中原目前根本无法对抗契丹，委曲求全能换来安定的环境和发展空间。与契丹决裂，注定会引发动乱。

主上，你到底有什么打算呢？是否在等待时机，等到国内安定、势力强大后再一致对外呢？

吕琦没有答案。

一年后，吕琦病逝。

四年后，石敬瑭的继承人石重贵和一大批下属心气很高，觉得上一辈的丑事不该留给下一代继续承受，他的继承人态度强硬地表示："老子不想跟契丹混了！先帝制定的外交政策就让它见鬼去吧！"

于是乎，中原与契丹的一场大战，彻底颠覆了后晋政权。

后晋政权被颠覆并不是重点，重点是契丹借此机会入主中原后，对中原百姓进行了无情的欺压和迫害，一时间烽烟四起、饿殍遍地。

可悲的是，战祸原本是石敬瑭后辈的锅，却得到世人极大的宽容，反而将一切罪责通通推到石敬瑭的身上。他们都认为这是石敬瑭造成的，如果石敬瑭当年不割让领土，不引狼入室，哪会有如今的惨状？

针对这一点，《旧五代史》的作者薛居正做出了相对公正的评判：

晋祖潜跃之前沈毅而已。及其为君也，旰食宵衣，礼贤从谏，慕黄、老之教，乐清净之风，以绝为衣，以麻为履，故能保其社稷，高朗令终。

石敬瑭，大约应有二分功，八分过，也就是说，石敬瑭没什么好，但也不是个彻头彻尾的大坏蛋。

石敬瑭的勤政和隐忍功夫，不应该被后世忽视。他一生最大的过错，就是屈膝投靠戎狄，割让国家领土，让后世的中原政权相当难受，在极大的边防压力下无可奈何地与契丹（日后称大辽）求和求和再求和。

这一切，都怪石敬瑭。

不骂他，显然说不过去。

倘使非由外援之力，自副皇天之命，以兹睿德，惠彼蒸民，虽未足以方驾前王，亦可谓仁慈恭俭之主也。

读史，最忌讳站在道德的制高点评价古人。如果石敬瑭靠自己的力量夺得天下，他的后世评价又会是什么？

可能是仁、慈、恭、俭。

石敬瑭在自身所处的不利条件下，做出了对自身安危乃至日后发展最有利的决定，称臣、割地、认父，以石敬瑭的民族出身、与耶律德光的辈分，抛开面子和尊严，其实并不是完全不能接受。

所以说，在为评选史上最恶心、最卑劣、最无耻的皇帝投票时，还是应该稍微三思而后行。

毕竟，后世对石敬瑭的功过确实有些误解，更有些苛责。

宋高宗赵构

人生不易是活着

1

当十九岁的赵构自告奋勇前往金营担当人质的那一刻，大概谁也不会想到日后他居然为了偏安一隅，不惜杀害抗金英雄岳飞，然后毅然决然向金人求和。

无论在赵构生活的时代，还是整个南宋时代，不思收复失地，一味苟且偷安，无数仁人志士都曾对此表达过强烈的愤慨和讽刺。

比如爱国诗人林升这首最著名的《题临安邸》。

山外青山楼外楼，西湖歌舞几时休。
暖风熏得游人醉，直把杭州作汴州。

无论是南宋爱国人士，还是后世之人，也都曾对赵构不顾大好局势强行用十二道金牌召还岳飞表示难以接受。

收复河山的最佳机会，就这么被赵构丧失殆尽，紧接着，壮志难酬的岳飞被秦桧诬陷下狱，然后以莫须有的罪名将岳飞赐死于风波亭。

从此直到王朝灭亡，南宋再也没有获得更好的机会收复曾经丢掉的半壁江山。

　　这一切，怎么看都应该是赵构的罪过。

　　不愿收复失地，杀害国之栋梁岳飞，屈膝向金人求和，就成了赵构这辈子留下的令后世无比痛恨的三大过失。稍微了解这段历史的后人都会哀其不幸、怒其不争，顺手再将赵构划入无道昏君的黑名单，近千年来从未有过改变。

　　历史上这么多有污点的皇帝之中，赵构绝对属于被后世骂得最惨、误解最深的典型人物。人们普遍乐意从道义上去批判、痛骂赵构昏庸软弱，却不愿站在客观的立场分析赵构究竟是出于何种心理，不思收复失地，非要置岳飞于死地，然后坚定不移地要与金人讲和？

　　这一切，都要从历史事实中寻找答案。

　　在宋徽宗赵佶的众多皇子中，刚满十九岁的赵构不但天性聪明，而且天生神力。

　　据说他双臂各能平举一百一十斤的重物，然后轻松走上数百步，面不改色手不抖；还能拉开重一石五斗的强弓，达到朝廷选拔禁军军官的最高标准。

　　作为赵佶的第九个儿子，赵构原本的人生规划很简单，要么凭借超强的大脑（读书日诵千余言）搞政治，要么凭借天生的神力在军中做一个南征北战的将军。

　　可惜，靖康元年（1126年）年初，金人包围了开封，狮子大开口索要巨额赔款①，还强调必须送来亲王一人、宰相一人为质，不然甭想求和。

就在商讨赔款、挑选人质的御前会议上，赵构主动站了出来，表示愿意为社稷赴汤蹈火。

临行前，赵构还悄悄凑到老哥赵桓耳边，态度坚定地说："兄长，如果想到什么办法能打退金人，只管放手去做，千万不要顾虑我的安危，能够为国殒身，臣弟肝脑涂地，在所不辞！"

来到金军军营后，赵构始终保持着一种生死看淡的大无畏精神。谈判桌上，赵构以大宋皇子应有的气节，据理力争，毫不怯懦；在比武场上，面对伐宋统帅完颜宗望的挑衅，赵构微微一笑，连射三箭全中靶心，让在场的金人目瞪口呆。

毕竟完颜宗望才射中一次靶心，宋朝怎么可能会有如此优秀的亲王，不会是冒牌的吧？

此时，恰逢京畿宣抚司都统制姚平仲趁夜偷袭金营，完颜宗望出离愤怒，指着赵构和一同前来的宰相张邦昌狂骂："说好的和平谈判你们却搞偷袭，真是岂有此理！"

张邦昌吓得抱头直哭，坚决表示不知实情，赵构却坦然自若，你骂任你骂，皱一下眉头算我输。

赵构强大的心理承受能力让完颜宗望非常郁闷，他认定此人是宋朝皇帝派来的冒牌货，绝不可能是真正的皇室成员。

于是，完颜宗望骂骂咧咧地让赵构走了，人质替换为赵桓的五弟肃王赵枢。

赵枢的表现就"正常"多了，完全符合金人心目中那种胆

---

① 金人向宋朝索要黄金五百万两、白银五千万两、绸缎一百万匹、牛马一万头，这在当时几乎是天文数字。

小怯懦、卑躬屈膝的皇族印象，完颜宗望很满意，让赵枢留了下来。赵枢这一生，再也没有回到开封。

反观赵构，则如民族英雄般地平安返回，受到开封百姓热烈欢迎。

当年八月，金人撕毁合约再次南下，危急之中，赵构又一次"光荣"授任"告和使"，前往金军大营求和。

一行人抵达相州时，金军已渡过黄河，赵构又一路向北来到磁州，他突然停下了脚步。

也许是金人的进军速度太快实在赶不上，也许是在磁州受抗金名将宗泽"去金营只会被扣押，对于抗战救国毫无意义"的言论影响，赵构神不知鬼不觉地折回相州，静观局势变化。

很快，金军再次包围开封，赵桓只好给赵构送来密令，晋升他为河北兵马大元帅，命令九弟火速召集周边州县的人马驰援开封。

很不幸，在赵构接到任命的同时，开封城破，大宋全体皇室成员除赵构外，统统做了金人的俘虏。

当上亡国之君那一刻，赵桓仍然存着一丝念想，还时常宽慰老爹赵佶："放心吧父皇！九弟会来救我们的！"

然而，从靖康元年（1126年）年末到次年四月被掳北上，九弟并未像救世主那般率领一支勤王部队出现在开封城下，更没有与金人浴血奋战直至战死沙场的热血剧情。在这四个月间，赵构只是带着为数不多的队伍，在金军外围虚张声势，全力躲避完颜宗望的抓捕。

谁也无法探知赵构内心的真实想法，但有一点可以肯定，此时的他不可能丧心病狂地希望金人灭亡自己的国家，掳走自己的亲人，他只是不想螳臂当车、飞蛾扑火。

靖康二年（1127年）四月，赵桓的希望破灭了。

在几乎搬空开封城的金银财宝、图书文物后，金军带着徽宗、钦宗二帝及后妃、皇亲、官员、工匠等一万四千余人北归。

这些人中，既有赵构的亲生父母、兄弟，还有赵构的一妻两妾。他们即将面临的，是无穷无尽的凌辱和悲哀。

面对国破家亡的悲惨境遇，赵构不可能不悲伤，但悲伤也仅限于此。因为从结果上看，赵构是这场灾难中的唯一幸存者，也是终极获利者。

作为大宋唯一幸免于难的正牌皇子，赵构理所应当要点燃残存的星星之火，将大宋王朝延续下去。

五月一日，赵构在应天府继位，改元建炎，成为南宋的开国之君。

这一年，赵构二十一岁。

他曾经想过杀身成仁、舍生取义，却又在巨大的变数中主动调整了姿态。

如果有人觉得赵构应该英勇地率领一帮乌合之众，要么死在驰援开封的战场上，要么死在追击金军然后被围歼的战斗中。

抱歉，那是文臣武将们的操守，却不是政治家的义务。

赵构不想为国牺牲，也没有任何人有资格要求他做无谓的牺牲。

2

如果可以选择，大概赵构宁愿在开封当个衣食无忧的纨绔亲王，也不愿当这种过了今天没明天的悲催皇帝。

继位伊始，赵构就将迎来漫长的逃跑生涯。在金军的强大压力下，赵构选择放弃应天府，逃往扬州。

接下来，赵构开始全力奔跑。

建炎三年（1129年）二月，逃往杭州；十月，逃往越州（今浙江绍兴）；随后半年，又相继逃往明州（今浙江宁波）、定海（今浙江舟山）、台州（今浙江临海）、温州（今浙江温州），甚至准备乘船出海，南逃福州。

在这场惊心动魄的千里大逃亡中，赵构不仅失去了皇帝的尊严，甚至失去了男人的尊严——生育能力。[①]

建炎四年（1130年）大年初一，赵构一行人在海上草草过了新年，连一顿像样的饭都无法备齐。

从定海逃亡温州的四个月间，君臣灰头土脸，吃了上顿没下顿。最艰难时，百姓进献了五块炊饼，赵构自己就干掉了三块半，还强忍着饿意表示："朕吃饱了，你们吃你们吃。"

元宵节那天，赵构在海上偶遇两艘贩卖橘子的商船，便自掏腰包，将橘子全数买下分给大臣和侍卫们吃。

当晚，赵构还很有仪式感地让众人把香油灌进橘子皮里，点亮后放到海上。史书称"风息浪静，水波不兴，有数万点火珠，荧荧出没沧溟间"，看着甚是壮观。

新年过后，赵构带头节衣缩食，宰相带头穿起了草鞋，随行人员的生活条件，不用想也知道有多糟糕。

从二十一岁继位以来，赵构都是在绝望的逃亡中度过的。这时的他，肯定能深刻感受到：人生不易是活着。

---

① 据说赵构在某夜与宫女行房事时，忽闻金军即将杀到而惊吓过度，由此丧失生育能力。

这种悲催的经历，势必会在内心深处留下难以磨灭的痕迹，但赵构的心理承受能力足够强大，无论条件多么艰苦，他从来没有想过放弃，也没有忘记延续国祚的责任。

然而，没日没夜的逃亡还只是开胃菜，比逃亡本身更令赵构心痛的，是身边那些胆大心黑的武将。

建炎三年（1129年）年初，赵构的护卫亲军统制苗傅和刘正彦等人发动兵变，迫使赵构退位，史称"苗刘兵变"。

幸运的是，名将韩世忠等人闻讯后迅速平息叛乱，帮助赵构重新复位。此时，二十三岁的赵构这辈子第一次放声痛哭。

可赵构哭早了。

一年后，备受赵构器重的江淮宣抚使、宰相杜充公开投敌，直接导致赵构精心构建的淮河防御体系全线崩溃。

杜充投敌的消息传来，赵构心痛到差点癫怔，见人就不停地念叨："朕待杜充如此恩重，从庶人让他一直做到宰相，他是怎么对朕的啊！"

后世之人，只知道赵构日后是如何费尽心思提防武将的，却不知道南宋建立之初，全国各地几乎每天都有武将投敌叛国，特别是苗傅、杜充等人的叛变，像锋利的匕首一样一寸一寸插入赵构的心窝，让他无论如何都不敢再轻易信任武将。

毕竟，武将叛变的风险和危害性，实在太大了！

也就是在这种艰难又绝望的境地中，赵构利用金军只抢金银美女，没想赶尽杀绝的间隙，一点点积累着与强敌抗衡的微弱力量。

建炎四年（1130年）夏，金人撤离江南，赵构回到杭州，改杭州为临安府，定为南宋的行在（都城）。

改名临安，意味着并不安全，赵构常年在钱塘江岸和舟山群岛各备上百艘船，随时准备再次跑路。

在金军暂停南侵的喘息之机，赵构迅速抽调精兵镇压湖北、湖南、江西等地的叛乱和匪患，"中兴四将"①的军事力量也在此时逐渐发展壮大，将在未来的若干年里铸造起抗金救国的钢铁长城。

从创业的艰苦程度上看，赵构可比老祖宗赵匡胤难上不知多少个档次。

北宋建国，一袭黄袍加身，分分钟就完事了；南宋建国，仍是一袭黄袍，只不过赵构并不知道，黄袍还能不能穿到明天，自己还有没有明天。

在惶惶不可终日的四五年间，赵构的表现毫不昏庸，而且无可指责。反观金人在中原先后扶持的"伪楚""伪齐"两大傀儡政权，甘愿充当金人对中原百姓残暴统治的马仔以及灭亡南宋的帮凶，相较而言，赵构比他们更强大，也更有骨气，将其称为大宋的"中兴之主"，其实一点也不过分。

3

如果南宋的实力仅限于自保，甚至随时都有灭亡的风险，那么后世对一直在刀尖上跳舞的赵构，评价肯定会相对宽容许多。

最让后人看不惯的，就是南宋此后在对金作战中相继取得一连串胜利，特别是岳飞一度打到距离开封仅有四十五里的朱仙

---

① 中兴四将：韩世忠、张俊、刘光世、岳飞。

镇，金国完颜宗弼（金兀术）已经回到开封收拾包裹，准备全线撤回东北老家。

收复河山可能只需赵构点一下头，可他就是不愿更进一步，还用十二道金牌把岳飞召回，然后让秦桧出面以"莫须有"的罪名赐死岳飞。

这正是赵构这辈子最让人气愤又困惑的疑点。

了解这段历史的人大概都清楚，岳飞北伐的口号是："收复河山，迎回二圣。"这可以说是全国人民的共同心愿，却绝不是赵构的心愿。

"二圣"，就是被金人掳走的徽宗、钦宗。"迎回二圣"才是赵构不愿"收复失地"的根源。

作为徽宗的第九个儿子，赵构本来绝无资格继承皇位，只因当时除他以外，全体皇室成员都被金人一扫而光。

毕竟国家不能有两个皇帝，就像天空不能有两个太阳，而且金人也不见得同意送返徽、钦二帝。

赵构并不希望老爹和大哥能活着回来，特别是钦宗赵桓一旦返回，赵构的皇位就会立即受到威胁。

别说赵构，换成谁都不愿接受这样的结局。

如果有人认为赵构既然取得如此成就，老哥就是回来想必也难以撼动赵构的帝位，那就实在很天真了。

在距离南宋三百多年后的大明朝，就有复辟成功的案例出现。

相比于宋钦宗赵桓，明英宗朱祁镇显然更加无能，一场"土木堡之变"打光了大明建国以来的精锐部队，自己做了俘虏不说，还被瓦剌人推到前线，若不是一代英杰于谦扶持英宗的弟弟朱祁钰继位，又拼死守住了京城，没准大明王朝在英宗时代就终结了。

然而，就是这么个江山社稷的罪人，在返回京城面壁七年后，仍然在一帮臣子的帮助下废掉病重的弟弟，宣告复辟成功。

由此可见，像赵桓、朱祁镇这种丢了江山的正牌皇帝，依然代表着皇统正宗，依然具有天然的政治号召力。这种号召力，也许在某一时刻就会突然迸发。

赵构不可能不考虑这一点，他从来不是个高尚的人，况且自己辛辛苦苦挣下的一亩三分地，肯定不会拱手相让。

因此，从一开始，赵构就没打算"迎回二圣"。

最显著的迹象就是"绍兴和议"签订后，赵构通过积极斡旋让生母韦妃带着父皇徽宗的棺椁南返，却只字不提老哥赵桓。

绝望的赵桓在送别韦妃时死死拽着牛车的车轮，泪流满面地恳求道："希望您回去后跟老九好好说说，只要能让我返回故土，随便做什么都行！"

可惜，赵桓没能等来好消息，苟延残喘十几年后，他在一场马球赛上被乱马铁蹄践踏致死。

这很悲剧，也很现实。

再说赐死岳飞的问题。

在此需要说明，虽然建国初期赵构"恐金"的心理阴影一直存在，可他并非从一开始就坚定奉行投降主义，更不是一开始就准备搞死岳飞。

曾经，赵构不止一次降诏表彰岳飞的功绩，岳飞也不止一次上书答谢赵构的信任和厚爱。赵构与岳飞的融洽关系，一度像刘备与诸葛亮那样如鱼得水。

比如绍兴七年（1137年）三月，岳飞出师前写给赵构的奏章，感情格外真挚：

臣伏自国家变故以来，起于白屋，实怀捐躯报国、雪复雠耻之心，幸凭社稷威灵，前后粗立薄效。而陛下录臣微劳，擢自布衣，曾未十年，官至太尉，品秩比三公，恩数视二府，又增重使名，宣抚诸路。

紧接着，岳飞向赵构倾诉了自己的雄心壮志：

异时迎还太上皇帝、宁德皇后梓宫，奉邀天眷归国，使宗庙再安，万姓同欢，陛下高枕无北顾忧，臣之志愿毕矣。然后乞身还田里，此臣夙昔所自许者。[①]

赵构读罢岳飞的奏章，颇为感动地批复：

有臣如此，顾复何求。进止之机，朕不中制。维敕诸将广布宽恩，无或轻杀，拂朕至意。[②]

岳飞的出现如同昏暗的天空中突然闪出一抹耀眼的光芒，赵构认为，岳飞就是中兴国家最大的希望。尽管他曾被武将一次次叛变搞得心灰意冷，但在岳飞这里，赵构给予了足够的信任和恩宠。

---

① ［宋］岳飞：《乞出师札子》。
② ［宋］岳珂：《鄂国金佗稡续编校注》。

于是，在一次次取得大捷后，岳飞迎来了人生的光辉岁月。

我们从不怀疑岳飞收复河山的热忱、忠君报国的品质。只可惜，岳飞错误地把赵构的器重，当成了人生得遇知己的自恋。

此后很多年间，岳飞或是赌气，或是说话不够谨慎，或是过于自我，从而一步步失去了赵构的信任，也失去了赵构利用的价值。

这君臣之间的悲剧，并不是只有赵构的问题，岳飞也必须承担相应的责任。

比如岳飞草率地劝说赵构早日立嗣。

某次，赵构召岳飞入宫奏事，君臣相聚仍然像以前每一次那样融洽轻松、有说有笑。

政事谈完后，岳飞却不知哪根筋搭错了，突然对赵构提议："陛下，为了社稷安稳，您该早日解决一下皇位继承人的问题了。"

赵构听罢，原本热情洋溢的脸色宛若被一片阴云笼罩。此时岳飞在朝中的声望如日中天、最得宠信，赵构却仍然无法控制情绪，厉声批评道："朕知道你的提议是出于忠心，可你作为军中统帅，手握重兵，立储之事不是你该考虑的！"

一通批评说得岳飞张口结舌，满脸通红。

岳飞的提议让赵构疑心，更让赵构勾起了内心的隐痛。

刚过而立之年就落下了不育的病根，唯一的亲生儿子又在最近病逝，①这两大从不愿启齿的隐痛，却被岳飞一句立储给摊了出来，赵构感到十分反感和厌恶。

---

① 赵构唯一的儿子赵旉三岁时被宫女踢翻铜鼎，受到过度惊吓而死。

问题的严重性还不只是让赵构颜面扫地，更关键的是，岳飞触犯了自古以来封建君主最大的忌讳：手握重兵的一方统帅如果表露出对皇位继承人人选的兴趣，日后势必威胁皇权。

尽管赵构还很贴心地安排人员去开导岳飞，可君臣之间的融洽关系，很快就一去不复返了。

4

因立嗣造成的不悦还没消散，随后发生的"淮西军变"，最终导致君臣关系彻底决裂。

"中兴四将"之一的刘光世比较现实，国家尚未安稳就开始腐败堕落，结果被人举报，刘光世只得顺水推舟，引咎辞职，将麾下的淮西军统领权上交朝廷。赵构打算让升任太尉的岳飞兼领，命令已经下发至岳家军中。

此时，宰相张浚和枢密使秦桧却提出质疑："陛下，岳飞的统军水平自然没得说，可您是否要考虑一下制衡的问题？荆襄军再兼淮西军，恐怕日后尾大不掉啊！"

赵构觉得有理，委婉取消了任命，然后让张浚找岳飞谈话，做好思想工作。

事实上，如果张浚能与岳飞推心置腹，开诚布公，实事求是说明情况，以岳飞豁达的性情，自然也能体谅领导的难处。

然而，张浚却不知何故，矢口否认朝廷对岳飞兼领淮西军的任命，把思想工作做得极度失准。

张浚对岳飞说："朝廷准备任命王德为淮西军总管，郦琼为副总管，再以吕祉以都督府参军的身份节制二人，太尉以为如何？"

岳飞对张浚这种揣着明白装糊涂的态度很不开心，却又实在不好当场发作，只得强压住心头的怒火，低声回道："王德和郦琼二人素来不和，吕祉又是一白衣书生，如此搭配恐有不妥。"

张浚又问："那你的老领导张俊怎么样呢？"

岳飞沉吟片刻，淡然答道："张宣抚性格暴躁，不善驭人，恐怕也不理想。"

张浚阴沉着脸再问："那么杨沂中应该合适。"

岳飞却摇了摇头："杨沂中骁勇善战，与王德类似，既然王德不行，杨沂中肯定也不行。"

张浚的嘴角顿时浮起一丝带着冷意的微笑："如此看来，淮西军非太尉你来统领不可了！"

张浚的阴阳怪气彻底激怒了岳飞，他愤然直目，高声驳道："难道我是为一己私怨随口乱说吗？你未免太小看我岳飞了！"

说罢，岳飞拂袖而去，随即向朝廷请奏辞职，然后连批复也不等，擅自将军务交给副手张宪代管，独自一人回到庐山给母亲守孝去了。

这一赌气，既得罪了张浚，也惹怒了赵构。

作为一国之君，赵构对岳飞不经请示擅离职守的行为大为恼火，他很自然地把岳飞一言不合就撂挑子的举动理解为恃宠而骄、无组织无纪律。

为了让岳飞低头，赵构用了一种很毒辣的手段：命令岳飞两大得力助手李若虚和王贵前往庐山，劝说岳飞返回，如果二人劝不回来，就要受军法处置。

李若虚二人只得硬着头皮来到庐山，苦口婆心地多次劝说，岳飞仍是赌气不听。

僵持到第六天，李若虚再也顾不上客套，直接把话挑明了说："岳帅，你出身农户，受天子厚恩，得以坐镇一方，如今你不经请示擅离职守，按照军法与临阵脱逃无异，陛下非但没处分你，还让我俩来此劝你回去，这种天大的恩德，你难道一点都不体谅吗？我二人死不足惜，可你呢？当真要在庐山了此余生吗？当真不怕陛下疑心吗？"

这番重话直接给岳飞来了个透心凉，脸色煞白的岳飞懊悔地拍了一下额头，随即跟随李若虚和王贵下山，然后连上三道奏疏向赵构请罪。

赵构的回复却很值得玩味："朕知道你是个直人，直人没有异心，所以朕并没有生你的气，否则必有重罚。朕记得太祖皇帝曾言：'犯吾法者，唯有剑耳！'希望你引以为戒，好自为之！"

巧合的是，赵构刚批判完岳飞，淮西军就军变了，一切都被岳飞不幸言中。

5

绍兴七年（1137年）五月，朝廷依然命王德为淮西军都统制，郦琼为副，吕祉加兵部尚书衔"节制"二人。

不出岳飞所料，性格强悍的王德甫一上位，就跟副手郦琼闹了起来，郦琼也不愿吃暗亏，私下拉拢淮西诸将不听王德调度。

吕祉见双方火药味十足，保不齐就会引发热战，于是密奏朝廷尽快派遣大军进驻，收缴双方的统军权。

结果，吕祉却过于大意，将这份机密奏章交给了秘书发送，没想到秘书早已被郦琼拉拢，机密就不幸泄露了出去。

收缴军权意味着一无所有，甚至还有性命之忧。重压之下，郦琼一不做二不休，趁王德外出期间，擒杀吕祉，随即带领全军四万多人及辖内十余万百姓投降了金人建立的傀儡政权——伪齐。

南宋建国十一年来，总兵力才四十万，一次军变，国家十分之一的方面军居然集体叛变，赵构终于对那些翻脸比翻书还快的武将彻底绝望。

他不由得联想：万一日后岳飞、韩世忠等人也萌生异心，以这些方面军统帅在军民中的威望，再加上麾下十余万雄兵猛将，到那时自己还有没有机会逃跑，还有没有机会活下去，都要打上一个大大的问号。

淮西军变，给赵构造成了显著的影响。从此，连"收复河山"的象征性口号，赵构都很少再喊了。他的主要精力，都用来强化对武将的防范、猜疑与裁抑。

现实中最明显的表现，就是赵构坚决不听岳飞等人的建议，从建康执意返回临安，往后余生再也没有回过建康。

在建康还是临安，这是立场和态度问题。

御驾在建康，最起码在样子上还是力争北望中原、收复失地；御驾返回临安，表明赵构彻底放弃了收复中原的打算。

此时的赵构既不软弱也不糊涂，他就像是个精明的商人，在市场陷入混乱时，逐利是次要的，保本才是根本的。他宁愿偏安东南一隅，保住大宋的基业，也不愿冒险再让武将们统领一方，拥兵自重。

淮西军变后，赵构开始寻求各种机会与金国议和。

通过这次意外，赵构不得不认同，老祖宗赵匡胤"杯酒释兵权"的做法是多么明智，重文轻武的国策是多么适宜国情。

历经多次军将叛乱，赵构的内心越来越坚定：与其冒着风险、耗费巨资与金人打仗，还不如与金人讲和更划算呢！

绍兴十年（1140年）五月，金军在完颜宗弼的率领下大举南侵，赵构不得已，再次起用已在鄂州休整三年的岳飞北上抗金。

这一战，岳飞将完颜宗弼打得落花流水，连下郑州、洛阳，兵锋直指开封。此时，太行山脉与河南、河北地区的四十万抗金武装同仇敌忾，纷纷自发打起岳家军的旗号，收复河山的最佳时机已然到来！

也就在此时，异常激奋的岳飞留下了这么一句豪言壮语："此番我们要直抵黄龙府，与诸君痛饮！"

当然，远在吉林的黄龙府不一定能打到，可收复开封，继而横扫燕云，重整大宋河山的夙愿却极有可能实现。

实际上，迫于岳飞的压力，完颜宗弼已决定放弃开封，退守金境。就是在这种大好局面下，发生了一天之内十二道金牌①召回岳飞的故事。

收复河山的夙愿，就此破灭了！

召回岳飞的原因，依然是赵构担心岳飞"迎回二圣"，他不可能不为维护皇权而毁掉岳飞这一代人的梦想。

绍兴十一年（1141年），为了与金人讲和，赵构解除了岳飞、韩世忠、张俊三人的军权，然后全盘接受金人杀掉岳飞的条

---

① 金牌：实际上是一尺长的朱漆木牌，日行五百里，是宋朝最高级别的紧急命令。

件，换取了宋金之间第一次正式的和平。

本年十二月二十九日，除夕的前一天，岳飞以"莫须有"的罪名，被赐死于风波亭。

"绍兴和议"达成后，宋向金称臣，金册封赵构为皇帝；划定疆界，东以淮河中流为界，西以大散关为界，以南属宋，以北属金；宋每年向金纳贡银二十五万两、绢二十五万匹。

赵构以岳飞的性命和一代人的梦想为筹码，结束了宋金之间长达十年的战争状态，又换取了此后近二十年的和平局面。

6

赵构赐死岳飞，与金人和谈的罪恶，后世人记得很清楚，但赵构在整个过程中为重建国家做出的努力，却极少有人关注。

此后二十年间，赵构致力于恢复生产，他推行经界法，尽量减轻百姓的赋税负担，又大力发展海洋经济，短时间内助推了南宋在农业、轻工业、文化产业、外贸、金融等方面的繁荣。

绍兴三十二（1162年），当了三十五年皇帝的赵构疲惫了，第二年（1163年），他主动退隐做起了太上皇。

到了这时，人们才发现，为国家操了一辈子心的太上皇，原来还是一个隐藏的艺术家。

赵佶的天分，赵构一样也没少继承，他精通诗词与音乐，擅长书法、绘画，还写出了十五首意境颇佳的《渔父词》。

比如第三首：

云洒清江江上船。一钱何得买江天。催短棹，去长川。鱼蟹来倾酒舍烟。

再比如第十一首：

谁云渔父是愚翁。一叶浮家万虑空。轻破浪，细迎风。睡起篷窗日正中。

继位的宋孝宗血气方刚，不赞同赵构苟且求安的做派。赵构只好一再告诫养子："千万不要轻易言战，对金人来说，打仗只是胜败，对我们来说，打仗可是生死存亡！"

孝宗不听，执意起用曾经的主战派领袖张浚。赵构又语重心长地劝他："别轻信张浚所谓主战派领袖的虚名，当年若非他出了个馊主意，淮西军也不会兵变。"

孝宗还是不听。

结果，刚继位第一年，孝宗就起用张浚主持北伐，一场符离之战，大宋十三万大军损失殆尽，辎重损失无数，孝宗只好在次年被迫与金国重签和议。

自此，宋金之间再无大的战事，直至蒙古崛起，两家一起玩完。

"中兴四将"的时代终结后，南宋又涌现出以辛弃疾、陆游、张孝祥等人为代表的第二批青年才俊，他们一样胸怀壮志，为收复河山穷尽一生。

他们的主战热情，也曾被赵构无情浇灭。大宋已然失去了所有机会，而且机会永不再来。

坦白而言，建国初期那几年，着实给赵构留下了难以磨灭的阴影，与其说是他被金人打怕了，倒不如说他不愿再过那种被武将背叛，在海上漂泊的朝不保夕的悲惨日子。

我们不能以赵构的主观意愿来衡量整个局面。但是南宋政权在很长一段时间里，无论经济、政治、国防，还是民生，确实都相当窘迫。

这才是赵构不愿长期与金人开战，反而多次寻求讲和的客观原因，也是根本原因。

在赵构临朝的数十年间，由于国土面积只有原来的一半多点，人口大幅下降，百姓生活较为贫苦，物价却一直居高不下。

北宋晚期，物价一般维持在米价每石四五百钱的水平，到南宋初年，米价最高时达到过每石三万钱。绍兴十年（1140年）南宋政权相对稳定之后，米价仍然高达每石二千钱。

如此高昂的物价，对应的正是朝廷庞大的军费开支。据后世估算，南宋的国家财政收入平均在每年四千五百万贯左右，而供养一支四十万的军队，大约需要每年两千四百万贯，去除皇家一千三百万贯左右的开支，财政收入每年仅剩七八百万贯。

这点钱，干什么都吃紧，而且也不要忘了江南各地经常爆发的农民起义，以及朝廷为了缓和矛盾，几乎每年都会下诏免去某些地区的赋税徭役，这一来二去，财政收入就更少了。

因此，不少主和派的朝臣都算过一笔账，他们认为每年支付金国五十万两银、五十万匹绢，远比战时庞大的军费开支和失利风险更划算。

所以说，干吗要打仗呢，维持和平不好吗？

尽管在岳飞之后一代又一代热血青年们很不认可赵构的怯懦和退缩，可是，现实却从未如愿，南宋后来两次大规模北伐战争，均以惨败告终。

然后，该求和还是得求和，该赔钱还是要赔钱。

曾经，赵构作为皇室贵胄，可以选择为国家英勇献身，但作为一国之君，他不会接受任何人有机会威胁自己的皇位。

他的悲惨经历，影响了他的人生选择，这本无可指责。

为了生存，他曾放弃过一切，也曾在历经艰难险阻后重新获得了一切。

他的努力，也许无人能懂；他的功业，也许不值一提。

他却不可能看淡生死，也许在那些年的颠沛流离后，赵构的内心只有一个呐喊声久久激荡着灵魂。

那就是：努力地活下去，勇敢地活下去，不在乎一切误解地活下去！活着才有延续国祚的可能，活着才有追寻未来的希望。

明神宗朱翊钧

堕落中年人的终极反击

1

万历十五年（1587年），一个普通而又神秘的年份。

这一年，"海青天"海瑞死了，"抗倭英雄"戚继光也死了。

与这两件无关大局只关情怀的新闻相比，大明当家人朱翊钧没缘由地突然开始消极怠工，奏章不按时批，大朝会常常造假，才是包括首辅申时行在内的满朝文武最为焦心的大事。

在百官的印象中，当今圣上自亲政以来，一直保持着旺盛的精力和奋发向上的热情，加上他性格宽厚，学识过人，完全有希望成为一代中兴之君。

自万历十一年（1583年）起，刚满二十岁的朱翊钧开始全力治国。

凭借惊人的体力、精力和赌气超越"那个人"的目标，朱翊钧每天批阅奏章长达五六个时辰，经常大半夜还召见各部大臣商议国事，而且模范遵守"今日事，今日毕"的办公原则，公务处理不完，绝对不休息。

丈夫是个工作狂，王皇后只得扮演起后宫秘书的角色，帮朱翊钧分门别类整理好成堆成堆的奏章，方便丈夫随时查阅、随时批复。

不单单工作努力，朱翊钧还有一颗热忱的负责心。两年后，京畿一带大旱，他决定带着朝臣前往南郊天坛求雨。

求雨这种活动，自然是越虔诚，越能感动老天爷，降雨的概率越高。

为了虔诚而虔诚，朱翊钧拼了，从皇宫到天坛，总路程十里以上，他是步行去的，也是步行回来的！

被迫陪同领导长途拉练的朝臣们虽然不免有些疲劳，但又不得不为领导的执着和态度暗自叫好。

当代考古工作者发掘神宗墓葬时发现：无论是棺内朱翊钧右腿蜷曲的形态，还是尸骨复原后右腿明显比左腿短的情形，都足以证明朱翊钧生前确实患有严重的足疾。

参照朱翊钧此时此刻的表现，你敢相信这就是那个日后近三十年不上朝的"明朝第一懒人"吗？

那么，朱翊钧究竟是如何变成后世眼中那个不务正业、荒废朝政的昏庸之君呢？

他果真如后人抨击的那样，一丁点责任都不承担吗？

一切，都要从朱翊钧少年时代说起。

朱翊钧一直认为，他的老师张居正张先生是个完人，什么都懂，什么都会，道德品行还那么高尚，自己这辈子能得到张先生一半的真传，按照母亲李太后的说法，已经算是谢天谢地了。

张先生病重，朱翊钧虽然很焦虑，却也不免暗自窃喜。

焦虑的部分，是大明的擎天之柱即将坍塌，失去这位鞠躬尽瘁的治世能臣，注定会给国家带来难以预估的损失。

窃喜的部分，是登基十年来，自己已从懵懂无知的少年，成长为精力旺盛的君主，如今张先生走了，母亲也要还政了，终于可以从这些年被母亲和张先生支配的恐惧中解脱出来了！

纵观五千年历史，比朱翊钧更聪慧敏达的太子、少年天子，大概会有很多，但若以勤奋、刻苦、听话为衡量标准，朱翊钧称第二，没人敢自信称第一。

回想少年时代发生的一切，朱翊钧仍然记忆犹新。

先说精明强干的李太后。

朱翊钧五岁那年，基本就告别了赖床。每天五更时分，李太后就会早早地来到儿子的寝宫，从温暖的被窝中把一脸不情愿的朱翊钧叫起来，亲眼看着宦官们给儿子梳洗装扮完毕，然后目送儿子或去早朝，或去读书。

朱翊钧上朝或上课回宫后，李太后都会让他当场复述朝议或学习内容，以此考查并巩固儿子的学习成果。一旦发现朱翊钧想偷懒，李太后就会祭出惯用手段——罚跪，一直跪到朱翊钧痛哭流涕，保证改过自新时，才被允许站起来。

望着儿子失魂落魄又涕泪俱下的可怜样，李太后从不安慰，反而还要继续说："要是让张先生知道了，看你怎么办！"

李太后严格掌控着朱翊钧的日常起居，至于传道授业解惑的工作，则由"严师"张居正一手操持。

为示敬重，老妈从来不直呼张居正其名，更不允许朱翊钧直呼其名，而是始终以张先生相称。

张先生耗费了巨大的心力培养朱翊钧成才。在繁重的工作之余，张先生亲自担任主编，编写了一本少儿优秀启智读物——《帝鉴图说》。

张先生在书中精心挑选了一百一十七个历史事件。上篇八十一个，讲述历朝有为之君励精图治之举；下篇三十六个，讲述历代无道昏君倒行逆施之恶。

这本《帝鉴图说》，图文并茂，让十岁的朱翊钧爱不释手。

过了几年，张先生开始给朱翊钧详细讲授四书五经以及古代先贤们治国理政之道。

这时朱翊钧发现，张先生变得愈发严格了起来。

某次，张先生陪着朱翊钧研读《论语》，当读到《乡党篇》中一句"君召使摈，色勃如也，足躩如也"时，朱翊钧一时大意，误把"勃"读成了"背"。

"陛下！这字应该读'勃'！"张先生突然高声打断了学生，吓得朱翊钧一激灵，马上改口把这句话重读了一遍。

可以想象，此类事应该在朱翊钧的学业生涯中不止一次出现，不过朱翊钧从未因此对张先生心存埋怨，反而对严师愈加敬重。

表现在现实中，就是每次上朝时朱翊钧发现自己坐着张先生站着，实在很不好意思，可祖先们制定的礼法规定朱翊钧不能陪张先生站着，张先生也不能陪朱翊钧坐着。

朱翊钧开动脑筋，想出了一个很妙的办法：盛夏时节，安排两人专门给张先生扇扇子；隆冬时节，张先生的脚下面总会有一块厚厚的毡布。

朝臣们热得汗流浃背，张先生淡定地吹着风；

朝臣们冷得浑身发颤，张先生淡定地暖着脚。

朝臣们不由得羡慕嫉妒恨：看到没有，人与人之间的差距就是这么大啊！

2

除了例行公事地上朝和勤奋刻苦地学习，朱翊钧的生活相当枯燥。

张先生自然没空陪他玩耍，老妈也是整天板着个脸，曾经陪伴自己长大的"大伴"冯保如今做了司礼监掌印太监，私下经常见不着面。

朱翊钧只好找身边的小宦官玩。小宦官玩什么，朱翊钧就跟着玩什么。他的日常消遣方式很单调：一是斗蛐蛐，二是喝小酒。

某次，朱翊钧喝了点酒，乘着酒兴畅游御花园，在路上遇到一个面熟的小宦官，突然酒劲上来，要求对方给自己唱个小曲。

小宦官人傻了：我不会唱歌呀！

愣了一会儿，小宦官还是傻傻站着不敢发声，朱翊钧生气了。

"连歌都不会唱，要你有何用！"朱翊钧命令侍从将小宦官吊起来打了一顿，打完还割了人家一绺头发，恐吓着说："再不好好学唱歌，下次割的可就不是头发了！"

说罢，朱翊钧扬长而去。他没想到，这件看似鸡毛蒜皮的小事，居然被冯保传到了李太后耳中。

紧接着，醒酒后的朱翊钧就被叫到母亲身边，足足跪了三个时辰（六个小时）。

这一次，却不光是罚跪，李太后还扔过来一本书，当朱翊钧翻开书中带折痕的那一页，赫然发现是《霍光传》！

朱翊钧顿时吓得冷汗直冒，他当然知道西汉权臣霍光废掉了骄奢淫逸不听话的刘贺之位，老妈这意思太直白了！霍光可以废掉刘贺，张先生自然也能废掉自己！

朱翊钧泪流满面地连连磕头，希望老妈原谅自己的过失，并保证绝不再犯。

见十八岁的儿子搞得如此狼狈不堪、灰头土脸，李太后给出一个惩罚办法：鉴于皇帝有权任性，肆意妄为，必须当场写篇检查，以观后效。

朱翊钧不想写，毕竟这种检讨实在太丢人，磨来磨去，最后检讨还是让闻讯赶来的张先生代笔，写完后直接找冯保盖印，这桩荒唐事就此流传了下来。

望着思如泉涌、倚马可待写检讨的张先生，朱翊钧的眼神中第一次流露出不满、愤怒和无奈。

这个国家，到底谁是皇帝？到底谁说了算？朕都已经成年了，为何你们不能给我留点面子！

万历十年（1582年）六月，鞠躬尽瘁的张先生死掉了。

在悲伤和窃喜的矛盾情绪中，朱翊钧给张先生办了场隆重而不失奢华的葬礼，然后正式接管了原本就应该自己负责的朝政。

曾经，朱翊钧觉得自己很幸运，十岁丧父的他有个严厉却不失精明的母亲，有个博学而高尚的超级名师，两翼齐飞辅佐自己快速成长。

尽管朱翊钧近年来常常对张先生的严格要求感到郁闷，但在内心深处，他对张先生人品的敬重没有改变，对张先生辛苦十年、实现中兴的功绩没有质疑。

张先生，成为大明建国二百年来，唯一一个生前就加封太师、太傅①的官员。

此时，不会有人料到，仅仅半年后，当一封弹劾冯保十二大罪的奏疏摆到朱翊钧面前时，朱翊钧居然难忍喜色，抚掌笑了数声："朕等这个机会，已经很久了！"

张先生生前，有些情况朱翊钧永远不会察觉；张先生死后，这些情况统统浮出水面，让朱翊钧重新认识了这位曾经被自己极度崇敬的严师，更彻底摧毁了张先生在自己心目中的地位。

原来，时刻以圣人之道教诲、要求朱翊钧低调节俭的张先生，个人生活居然这么高调奢华，连回家奔丧的轿子，都可以满足日常饮食起居，三十多个壮汉才能抬得动；

原来，经常教诲朱翊钧少近女色的张先生，自己却悄悄娶了两个貌美的年轻姬妾，还有偷偷钻研房中术的行为；

原来，张先生之所以对宫廷之事了如指掌，是因为他早在父皇在位期间就和自己的"大伴"结下了深厚的友谊；②

原来，张先生在老家湖北，斥巨资一万两银建了一座豪华住宅，美其名曰是为了供奉朱翊钧赏赐的墨宝；

原来，张先生三个高中进士的儿子，都有走后门的嫌疑；

……

这就是你口中所谓的圣人之道吗？！没想到你竟是这种人，还有脸整天教朕学什么圣人之道。

被曾经最尊敬、最信任的人欺骗，这种滋味让内心备受伤

---

① 明朝称太师、太傅、太保为三公，正一品，属于最高级别的荣誉头衔。
② 根据大明律例，大臣结交太监是重罪。

害的朱翊钧久久难以平静。

十年被骗，一朝报复。

张居正被朱翊钧彻底清算，不但个人家产（黄金上万两、白银二十多万两）被抄没，长子张敬修自杀，十几口人被活活饿死，深陷报复快感之中的朱翊钧，还将张居正生前一大批忠实拥趸尽数罢黜或贬谪。

这批拥趸中不乏良臣勇将，比如抗倭英雄戚继光，穆宗时期调防蓟辽，十余年间，蒙古铁骑从不敢轻举妄动，这次也因与张居正关系密切被贬往广东，三年后再遭弹劾罢官，回乡后郁郁而终。

比如治理黄河功勋卓著的潘季训，上疏替张居正说了些公道话，直接被朱翊钧勒令退休，直到黄河泛滥到一发不可收拾时，才又被请了出来。

3

张居正"伪君子"的形象被无情揭露，给朱翊钧的心灵留下了不可磨灭的创伤。

他开始报复性地奋发图强，他心里清楚，万历前十年取得的欣欣向荣的大好局面，全是张居正的功劳，他希望做得比张居正还要出色，也完全有理由相信自己可以超越那个再也不愿提及的人。

虽然尽管我们无从得知万历十五年（1587年）究竟发生了什么，让五年来一直勤奋努力的朱翊钧开始懈怠，但却有一个很明显的现象值得参考。

那就是自张居正去世之后，从万历十年（1582年）到万历十五年，国家并未因朱翊钧的勤政而变得更富强。恰恰相反，财政收支重新陷入入不敷出的状态，加上天灾不断，经济发展再未重现万历前十年，也就是张居正主政期间的辉煌。

当然，心力交瘁的朱翊钧不会承认自己的治理水平不如张居正，更不会承认自己眼高手低，他只会偶尔面对着成堆成堆难以批完的奏章急得流泪，或是一次又一次地对身边的人抱怨："朕从未放松过自我要求，对待政务也从未懈怠，为何总是没成效呢？"

朱翊钧没有答案，身边的人更没有答案。

按照现代心理学分析，朱翊钧应该属于典型的抑郁质人格，敏感、内向、情绪不稳定，特别是经历过认知的大起大落，报复性地给自己定下了过高的目标，发现无法实现后特别容易自暴自弃，并出现过激的举动。

无法带领国家走向中兴，这种挫败感显然给他造成了极大的心理负担，迫切需要从挫败的情绪中解脱出来的朱翊钧，开始频繁的称病、酗酒、贪色、动气。

万历十五年（1587年）伊始，一场不知因何而起，又不知何时能终结的君臣拉锯战，就此拉开了序幕。

每天都有一大堆事需要朱翊钧批示，朝臣们左等右等，就是没见朱翊钧有一丝好转：干事越来越敷衍，不上朝的次数越来越多。每次上奏询问，只能得到四个字的回复：病了，勿忧。

然而，他们却发现，一直声称有病的朱翊钧，在后宫可劲地折腾开来，从醉酒打骂宫人，到大批选拔美女，甚至还不到三十岁就开始卖力修陵墓，只修墓一项，就花了国家财政两到三年的总收入，折合白银七百多万两。

在苦等无果的情况下，朝臣决定向朱翊钧开战。

交战双方目标明确，朱翊钧一方独身一人，却拥有决定权，只想在后宫躲到天荒地老；朝臣一方人数众多，却只有话语权，只想尽快让领导恢复正常。

很明显，朝臣一方不占优势，奏疏再怎么上，架不住朱翊钧就是打太极，敷衍了事。

渐渐失去耐心的朝臣一方不得已改变了奏疏的内容，让这场拉锯战变得格外有趣。

礼部祠祭司主事卢洪春，就是第一个吃螃蟹的人。

他给朱翊钧上的奏疏，名叫《遣官代祭奏疏》。乍一看，跟劝谏朱翊钧上朝没任何关系。实际上，卢洪春在奏疏中句句不离领导的病情，却不单单是劝领导好好保重身体。

> 陛下春秋鼎盛，诸症皆非所宜有。不宜有而有之，上伤圣母之心，下骇臣民之听，而又因以废祖宗大典，臣不知陛下何以自安也。

也就是说，卢洪春并不相信朱翊钧在春秋鼎盛的年龄患上了头晕眼黑之疾，他怀疑朱翊钧是装的，还说了句重话："臣不知陛下撒谎骗人于心何安！"

紧接着，卢洪春说了段更绝的话：

> 果如人言，则以一时驰骋之乐，而昧周身之防，其为患犹浅。倘如圣谕，则以目前衽席之娱，而忘保身之术，其为患更深。

陛下，如果您年纪轻轻，身体就出现问题，肯定是在那个方面用力过度了，可得注意点啊！

最后，卢洪春又撂了句狠话：

较夫挟数用术，文过饰非，几以聋瞽天下之耳目者，相去何如哉！

陛下，您如果不好好端正自己的态度，还打算文过饰非，那是不存在的，我们不聋也不瞎，都听得见、看得清的！

可以想象，朱翊钧看过卢洪春的奏疏，是何等程度的愤怒。

虽然卢洪春以狂悖犯上之罪，先挨了六十棍子，然后削职为民，但他却凭借此疏名扬四海，而且得以青史留名。

卢洪春这一番进谏，大大鼓舞了群臣的斗志，他们纷纷从询问朱翊钧的病情变为疯狂批判朱翊钧的私生活。

御史范俊、主事董基、员外郎王就学前赴后继，争着上疏，争着被打屁股，然后个个在史书上留下了名字。

刚消停没几天，大理寺左评事雒于仁紧接着又向朱翊钧开炮了。

他的奏疏比之前所有人的都要简单粗暴、凶狠猛烈。

这封奏疏，名叫《酒色财气四箴》（也称《酒色财气疏》）。

雒于仁根本不绕弯子，直接指出朱翊钧的问题：

皇上之恙，病在酒色财气也。夫纵酒则溃胃，好色则耗精，贪财则乱神，尚气则损肝。

然后，他给朱翊钧开出了药方：

以皇上八珍在御，宜思德将无醉也……以皇上妃嫔在侧，宜思戒之在色也……以皇上富有四海，宜思慎乃俭德也……以皇上不怒而威畏，宜思有愆速惩也……

朱翊钧自万历十七年（1589年）腊月底看到这封奏疏，就开始痛骂，不停地骂，昏天黑地地骂。

一直骂到正月初一，骂到首辅申时行前来拜年，朱翊钧还是气鼓鼓地对申时行抱怨："雒于仁写信骂我，你看到了吗？这种沽名钓誉之徒，今天必须处理了！"

申时行一向以"和稀泥"著称，他既想保护雒于仁，又必须照顾朱翊钧的心情，于是笑嘻嘻地答道："他确实是为了出名什么都干得出来，陛下如果从重处罚，只会成全他的名声，损害您的形象。"

朱翊钧一听确实在理，只好强忍怒火放弃了重罚的打算。即便雒于仁像当年海瑞骂嘉靖那样将朱翊钧骂得一无是处，却没有掉脑袋，甚至没有挨棍子，背上行李就走人了。

与群臣周旋到失去耐心的朱翊钧终于明白了一个道理：这帮人就是故意来捣乱，故意让自己打一顿，然后博取后世之名的。

你们想青史留名，拉朕下水，朕绝不会再上当了！

4

就目前的态势看来，虽然朱翊钧对群臣的激烈反应颇感无奈，却并非彻底灰心。

最有可能的猜想：朱翊钧只是想短暂性地放纵一番，抚慰一下那颗受伤的心灵。

不上朝不代表不管事，那些事关社稷安危的大事，比如发生在这一时期，也是万历朝最著名的"三大征"[①]，朝臣肯定不敢不经请示自行决断，朱翊钧自然也不会心大地不管不问。

自万历二十年（1592年）宁夏之役和日本第一次入侵朝鲜之役拉开序幕，直到万历二十八年（1600年）播州之役结束，近十年间，我们可以清楚地看到，朱翊钧不止一次深夜召集内阁大学士开会，频繁降诏指挥前线作战，赏罚一干人等。

在这一时期，朱翊钧的表现还是可圈可点的，毕竟从结果看，"三大征"取得完全胜利，巩固了江山社稷，维护了大明在东亚的主导地位。

这绝对应该算作朱翊钧的功绩。

其实，真正让朱翊钧与朝臣彻底决裂并荒废国政，是"国本之争"。

万历十四年（1586年），这一年有件喜事，朱翊钧最宠幸的女人郑贵妃喜得爱子，取名朱常洵。

这一年还有件糟心事，首辅申时行奏请朱翊钧早立太子，也就是长子朱常洛。

朱常洛生于万历十年（1582年），他的生母恭妃最初只是个无人关注的宫女。某次，朱翊钧去李太后宫里请安，太后不

---

① 万历三大征：分别为李如松平定蒙古人哱拜叛变的宁夏之役；李如松、麻贵抗击日本丰臣秀吉政权入侵的朝鲜之役；李化龙平定苗疆土司杨应龙叛变的播州之役。

在，他就随便叫了个宫女给自己打盆水洗手、洗脸。

水打来了，朱翊钧百无聊赖地洗着，不经意间瞥了一眼这个端脸盆的宫女。

没想到，姿色平平的宫女居然引起了朱翊钧的兴致。

然后，宫女就被朱翊钧即兴抱上了床。

整个后宫除了太后都可以成为朱翊钧的女人，完事后，双方就此分手。宫女没资格向朱翊钧要求什么，朱翊钧也不会给她什么。

过了月余，朱翊钧就忘了这茬事，这个宫女也准备把此事烂在肚子里。可惜，她的肚子很"不争气"，一次就怀上了朱翊钧的骨肉。

眼看肚子一天天变大，宫女再也瞒不住了，只得向太后交代事实。

太后听罢，随即召来儿子，人证物证俱在，原本还想耍流氓的朱翊钧只能低头承认，晋封宫女为恭妃。

两个月后，恭妃生下了朱翊钧的第一个儿子，取名朱常洛。

太后抱了孙子，很高兴；

朝臣们见社稷有后，很高兴；

唯一不高兴的只有朱翊钧，那次冲动的行为，他现在想想依然十分后悔。

对姿色平平的恭妃，朱翊钧没有太多感情，对长子朱常洛，也谈不上喜欢。

因为，他满心希望的是自己最宠幸的郑妃能最先诞下皇子，然后名正言顺立为太子。

恭妃的突然怀孕、生育，打乱了朱翊钧的既定规划，也毫无征兆地导致君臣围绕立嗣问题展开了一轮又一轮的磋商、反驳，再磋商、再反驳，然后不可避免地斗争、批判、开战！

郑妃与恭妃的待遇，简直是天壤之别。

相貌妖艳、身姿妩媚的郑妃自入宫起就备受朱翊钧的宠爱，恭妃生下朱常洛次年，郑妃也生了个女儿，朱翊钧很高兴，直接晋封郑妃为贵妃。

万历十四年（1586年）年初，郑贵妃给朱翊钧生了皇三子（皇二子早逝）朱常洵。

夫妻俩还没来得及怎么高兴，三月，首辅申时行就领衔上奏："希望陛下早立太子，顺人心、固社稷。"

朱翊钧用脚指头都能想到申时行是什么意思，申时行也很清楚朱翊钧喜得爱子后，肯定动了换人的念头。

自古国家立嫡不立长，立长不立贤，立长不立幼，既然朱常洛和朱常洵都非皇后生的嫡子，那就必须按照宗法礼制——立长不立幼。

"爱卿，长子年纪还小，过几年再说吧！"朱翊钧简单敷衍了申时行，转身就以郑贵妃诞下皇子劳苦功高为名，晋升其为皇贵妃，后宫二把手，地位仅次于皇后。

朝臣们瞬间炸开了锅。

户部给事中姜应麟第一个站出来上疏："陛下，您爱谁我们不管，可您晋封郑妃娘娘为皇贵妃，我们就要跟您说道说道了。恭妃娘娘先生皇长子，郑妃娘娘后生皇三子，按照惯例，应该先晋封恭妃为贵妃，再封郑妃为皇贵妃。顺便再提醒您一下，皇长子立为太子的事，还是要抓紧办。"

哪壶不开提哪壶！朱翊钧很生气，直接将姜应麟免职。

好戏就此开场。

次日，吏部员外郎沈璟上疏支持姜应麟，被免；

第三日，吏部给事中杨廷相上疏支持姜应麟、沈璟，被免；

几日后，刑部主事孙如法上疏支持姜应麟、沈璟、杨廷相，还是被免。

局面一度闹得近乎失控，朱翊钧还是顶住了压力，郑贵妃顺利晋升郑皇贵妃，恭妃却还是恭妃。

5

在事不关己的外人看来，哪位嫔妃先晋封，哪个皇子做太子，都是皇帝自家的私事，外人跟着操什么闲心？

然而，饱读诗书、以天下为己任的士大夫，却不会向有权任性的朱翊钧妥协，他们以大无畏的牺牲精神，不怕处分、不怕罢官，冒着枪林弹雨，前赴后继，为内心坚守的真理拼命与皇帝抗争。

此后三十多年里，上疏批判朱翊钧成了他们的规定动作，打棍子、撤职、流放成了他们追求的荣誉勋章，以至于演化为谁挨的棍子越多、流放的地方越远就越觉得光荣。

很可惜，朱翊钧只看到了群臣试图拉上自己求名的一面，却忽略了他们"致君尧舜上"的期望；群臣只看到了朱翊钧胡乱作为的一面，却也忽略了他内心敏感、脆弱，渴望顺心如意的一面。

大明君臣，就像是偏激的家长和叛逆的孩子，谁也不愿正视自身存在的问题，更不愿妥协让步。大明朝正是在这种激烈的内斗中，不可避免地偏离了既定的发展轨道。

万历十五年，一切早成定局。

如果群臣能让朱翊钧称心如意地立朱常洵为太子，那么事情还有挽回的余地，朱翊钧也许还能回心转意，但此时，群臣的潜台词却是这样的：

"陛下，虽然您能让郑贵妃升为皇贵妃，我们却一定要让皇长子成为太子，一定不会让您恣意妄为，破坏祖宗礼法！"

万历十八年（1590年）初，雒于仁事件处理完毕后，群臣无视内心狂躁的朱翊钧，再次提及立嗣一事。

还是首辅申时行打头阵："陛下，皇长子今年已经九岁了，四年前您说皇长子年纪小，现在应该差不多了吧？"

朱翊钧撇着嘴，不情不愿地拒绝："长子身体还比较弱，等他长大一些再考虑不迟。"

早就知道你会这么说！申时行言笑晏晏："那立嗣之事暂且不提，先让皇长子出阁读书吧？"

朱翊钧闷声道："朕已经指派内侍（太监）教他读书了。"

申时行仍是言辞温和："陛下您在东宫时，五岁就出阁读书了，还是不要继续让皇长子输在起跑线上吧？"

君臣谈来谈去，也没谈出个所以然来。

一个月后，内阁大学士王锡爵接着上疏："陛下，立嗣可以缓，少儿教育却迫在眉睫，皇长子九岁，皇三子五岁，都应该出阁读书。"

朱翊钧那边却玩起了隐身，王锡爵等了两个月，奏疏仍石沉大海。

"既然你不给面子，那就休怪我们不要面子了！"申时行、王锡爵等四位内阁大学士集体辞职，理由只有一个：身体不舒服，干不动了！

他们确实很累，自朱翊钧三年前退居二线后，朝政基本全靠内阁这几个老头子玩命支撑，如果他们都辞职了，朱翊钧就得累死。

所以，朱翊钧被迫召来四位大学士谈判，先是一通不顾大局撂挑子的批判，然后留下了一句口头承诺："册立太子之事，朕准备明年就办，可如果谁还敢以此捣乱，那就等到皇长子十五岁再说！"

听了朱翊钧的口头承诺，四位大学士突然腰不酸了，腿不疼了，走路也有劲了，剩下的事，就是耐心等待了。

从春天等到夏天，从夏天等到秋天，从秋天等到下一年春天还是杳无音信。

领导说话不算话，那就别怪我们不客气了！

万历二十年，礼部给事中李献可率先发难，上疏请求早日批准皇长子出阁读书，愤怒的朱翊钧直接将其降职。

几天后，礼部给事中钟羽正上疏支持李献可，内容如下："李献可只提读书，没提立嗣，处罚不公平，请把我一起降职吧！"

朱翊钧满足了他的请求。

半月之内，钟羽正的同僚、同僚的同僚先后上疏，共计十二位当朝官员被免。就在这时，礼部尚书、吏部尚书也站了出来，这回朱翊钧连骂都骂累了，事情却还是拖着不解决，朱翊钧也还是坚持不上朝。

直到万历二十二年（1594年），皇长子出阁读书的事情才最终敲定。

然后又拖了七年，拖到皇长子十九岁时，朱翊钧再也无力与群臣周旋，终于昭告天下：立皇长子朱常洛为太子。轰轰烈烈的"国本之争"就此落下帷幕。

在这场没有硝烟的战争中，包括申时行、王锡爵在内的四位内阁首辅被迫离职，尚书、侍郎等十余位部级官员被降职，言官、各部主事、给事中一百多人被罢官、流放，也正是在此期间，"家事国事天下事事事关心"的东林党崛起了，大明朝的政局即将从君臣之争转变为残酷的党争。

这一切，朱翊钧都不关心，他只知道，在长达十多年的独自抗争中，他失败了，仅此而已。

6

"国本之争"结束后，朱翊钧彻底消停了。

坚持不上朝的朱翊钧甚至连内阁大学士都不愿召见，某位不愿透露姓名的内阁成员说自己入阁十五年，总共只见过三次皇帝。可想而知，下面的官员想见朱翊钧一面，简直比登天还难。

彻底关闭心门的朱翊钧还大量积压群臣的奏章，哪怕是事关对外战争或自然灾害的紧急报告，朱翊钧依然不听不问不理会。

明争暗斗、沽名钓誉、口是心非……这是朱翊钧对整个文官集团的评价；

骄奢淫逸、叛逆报复、刀子嘴玻璃心……这是文官集团对现任领导的评价。

双方各自对对方失望透顶。

文官集团对朱翊钧彻底失望，也只能不停地上奏疏，朱翊钧不理会，他们就无可奈何；可朱翊钧对文官集团彻底失望，危害性就呈几何式增长。

实际表现为：万历后二十年间，朱翊钧根本不过问人事升迁和队伍发展，最严重时，整个官员系统职位空缺率达到惊人的百分之五十。

也就是说，高官们难以施展才华、小官们升迁无望，大部分人都失去了从政的热情，于是纷纷辞职。

最初，大家还按照规定写一写辞职报告，等领导批示后才敢离职，后来见领导根本不批示，连报告都懒得再写，直接拍拍屁股就走人了。

其间最有趣的当属首辅李廷机的辞职历程，简直比要账还要艰难。

自万历三十八年（1610年）被任命为首辅时，李廷机就上疏声称自己久病不愈，无法担当重任。

朱翊钧不批。

李廷机继续上疏；

朱翊钧继续不批。

直到万历四十二年（1614年），李廷机共计呈递一百二十三封辞职信，并举家搬出京城以示决心后，朱翊钧才勉强在形式上批准了他的辞职。

清代史学家赵翼评价朱翊钧：

论者谓明之亡，不亡于崇祯而亡于万历。

黄仁宇在《万历十五年》中也评价称：

表面上似乎是四海升平，无事可记，实际上大明帝国却已经走到了它发展的尽头。

大明王朝走向灭亡的罪魁祸首，似乎是朱翊钧无疑。

但一切怠政的罪责难道都可以推到朱翊钧一个人身上吗？

其实不然。在万历朝，有一个很有趣的现象：皇帝很荒唐，大臣很疯狂。

皇帝荒唐指的是朱翊钧坚决不上朝，大臣疯狂自然就是一次又一次与朱翊钧叫板，非要事事逼迫朱翊钧向朝臣妥协，仿佛朱翊钧做什么都是错的。

设想一下，如果让你坐在朱翊钧的位子，事事不顺心，时时被挑战，干什么都会被批判，无论怎么坚持到头来都不能如愿，这样的皇帝当着还有什么劲头？

不妨再换种思路，那些动辄搬出圣人之道的朝臣，动机真有那么崇高？做派真有那么正直？

肯定不是。其中不乏沽名钓誉之徒，为了批判而批判，为了邀名而邀名。他们很清楚，骂一句朱翊钧，也许就能大红大紫，何乐而不为呢？

朱翊钧，明显察觉了这一点。青年时代，他的志向无疑是超越张居正的功绩，努力做个明君圣主，但却在迈入中年后陷入了一场君臣拉锯战，消磨掉了所有斗志，更遗忘了曾经的梦想。

这无疑是朱翊钧的人生悲剧，当然也是全体朝臣乃至大明王朝的集体悲剧。

在这个悲剧中，君臣都有不可推卸的责任，我们不能误解朱翊钧的怠政就是昏庸，也不能肯定朝臣的批评就是崇高。

客观而言，朱翊钧与历朝历代那些昏庸残暴的皇帝大不相同，他什么都明白，什么都看得透，也从不滥施刑罚，所有被他处分的大臣，都写过奏疏，质疑过他的决策，挑战过他的权威，甚至人品。

朱翊钧最大的问题，就是怠政。

可要说懒吧，他这辈子，其实又很忙。

前十年忙着学习进步，中二十年忙着争国本，后十八年忙着在后宫生闷气。

作为大明在位时间最长的皇帝，万历一朝发生的大事也层出不穷。

张居正改革、清算张居正、国本之争、万历三大征、梃击案①……有些是朱翊钧一手操办的，有些是朱翊钧作为当事人参与的，有些可能是朱翊钧根本没有关注过的。

他的一生，说简单也简单，说复杂也复杂。

简单在于：他生于深宫、死于深宫，一辈子至少三分之二的时间待在后宫。

复杂在于：作为皇帝，他可以数十年不上朝、不见大臣、不关注国事，非但没有任何愧疚，反而声称都是被朝臣逼成这样的。

青少年时代先被生母、严师逼迫，中老年时代再被朝臣压迫，受害至深的朱翊钧经历过张先生形象崩塌的认知剧变、迫切渴望证明自己的情绪亢奋、无可奈何承认失败的失落挫败、做自己想做的事而不能的悲哀狂躁，以至于采用了一种自暴自弃、杀敌一千自损八百的终极反抗方式：我把自己关起来，不让任何人

---

① 梃击案：发生在万历四十三年（1615年）的一场有关刺杀太子朱常洛的政治事件，明末三大疑案之一。

有机会走进我的空间，外面的事，既然我的江山我说了不算，那你们随意吧！

朱翊钧，像极了装在套子里的人，他自以为不在意群臣是一种精神胜利，却不知群臣一样不在意自己。

就在朱翊钧与朝臣艰苦斗争数十年间，在白山黑水的东北大地上，努尔哈赤以十三副兵甲宣告起兵，创建了大金国（史称后金），并在朱翊钧死前一年，在"萨尔浒"一战中重创明军，大明元气大伤。

四十八年只是历史的一瞬，却是堕落中年人朱翊钧一万个孤独的叹息。

这一声声来自深宫的叹息，撕裂了大明君臣的灵魂，也敲响了大明王朝走向灭亡的丧钟！

明思宗朱由检

终究是一个人扛下了所有

1

朱由检最初的志向，就是做一个与世无争的藩王，平常就在府邸无忧无虑地生活，过年过节进宫陪哥哥朱由校说说话、吃吃饭，国家大事对他来说很遥远，也轮不到他来操心。

朱由检是堕落中年人万历皇帝朱翊钧的孙子，万历二十多年不上朝，而且对自己被迫立的皇太子，也就是明光宗朱常洛始终保持着"放养"的状态，唯独偏爱郑贵妃生的皇三子福王朱常洵。

表现在教育层面就是朱常洵享有充分的教育资源，而极度缺少父爱的朱常洛十多岁才拥有出阁读书的权利，若非群臣前赴后继甘受杖刑、罢官、流放，不顾一切与朱翊钧开战，朱常洛根本没资格接班。

想象一下，朱常洛都这么不受待见，他的儿子就更没人重视了。长子朱由校少年时代几乎没有接受过正规的教育，日常起居全由老爹的选侍负责，以至于日后作为一国之君，居然连奏章都不太能读懂，碰到生僻字只能跳过。

朱由校没人重视，他的弟弟朱由检更惨。五岁那年，他的生母被父亲赐死（原因不详），朱由检被分配给另一选侍抚养，数年后选侍生了女儿，就不太情愿照顾别人生的孩子了，于是朱由检再次被转手他人。

朱由检就是在这种恶劣的环境下成长起来的，一方面父亲的储君之位始终面临危机，另一方面自身也得不到足够的重视和培养，日后朱由检在位期间表现出的多疑、偏执、焦躁，与青少年时期的成长环境有很大关系。

不过，尽管朱氏两兄弟的成长环境同样受限，朱由检却和朱由校完全不同。虽然朱由检很尊敬自己的哥哥，可他目睹自家的江山社稷风雨飘摇，哥哥只乐意躲在后宫搞木匠活，对治国理政一窍不通，国事被死太监魏忠贤把持，心中难免有些愤懑：我若为君，绝对不会是这么一副烂摊子！

据说某次朱由检在与哥哥的谈话中无意间问道："皇兄，做皇帝快乐吗？"

懵懂的朱由校天真地回答："马马虎虎吧，我先凑合干几年，到时候让给你干。"

也许冥冥之中自有天意，明熹宗天启七年（1627年），快快乐乐干了七年皇帝的朱由校病逝，由于三个儿子先后早逝，皇冠不偏不倚落在了朱由检头上。

只可惜，青少年时期过得很惨的朱由检，继位时的境况更惨，他爷爷的爷爷朱厚熜（嘉靖）沉迷修道，二十年不上朝，他爷爷朱翊钧将不上朝的传统又延续了二十多年，他哥哥一生木匠手艺登峰造极，治理国家的能力相当于白痴。

三位大佬都是只享受权力，不履行职责也不承担责任的主儿，百余年间将大明朝折腾得乌烟瘴气、一片狼藉。

更惨的是，朱由检还将面对心腹大患魏忠贤的猜疑和威胁，搞不定魏忠贤，自己的皇位就坐不安稳，无法铲除宦官集团祸乱朝政的流毒，大明朝就注定要继续烂下去。

十七岁的朱由检独自一人坐在大殿之上，一整天繁琐而隆重的登基大典搞得他疲惫不堪，上下眼皮不停地打架，他却不愿上床歇息。

他不怕黑暗，也不怕安静，他怕死！

这是朱由检入住禁宫的第一个夜晚，偌大的皇城之中，全是陌生而冷漠的面孔。

朱由检不知道潜在的危险会不会来，也不知危险究竟何在，他只知道现在不能轻易相信任何人，不能吃任何人送来的食物，更不能接受任何人献上的殷勤。

与朱由检的小心翼翼形成鲜明对比的，是寝宫宦官们正热火朝天地忙里忙外，清除上任皇帝留下的一切痕迹。

朱由检若有所思地看着这些陌生的身影来来去去，突然，他张口叫住了一个从他身边经过的宦官："那个谁，你停一下。"

宦官闻言，急忙驻足面向天子，惶恐地低下了头。

毕竟，新皇帝需要适应新环境，老侍从们也需要适应新领导。

朱由检饶有兴致地上下打量着局促不安的宦官，最后目光聚焦于宦官腰间佩带的那把宝剑。

"好剑，拿来我看。"

宦官不敢怠慢，立刻解下佩剑，跪着呈给朱由检。

朱由检拿过宝剑，却不着急出鞘，而是盯着剑身发呆，良久后方抬眸对愈发惶恐的宦官说："你去通知今晚宫里所有值勤的侍从，让他们都到朕这里来。"

侍从们闻讯，以为新皇帝有什么重要决议需要宣布，纷纷着急忙慌地赶到殿内。

映入眼帘的，是一桌精美的菜肴，一张和颜悦色的面孔，还有一把仍未出鞘的宝剑。

"尔等今晚辛苦了，这桌菜肴就赏给你们享用吧！"

这桌超级丰盛的菜肴，是大太监魏忠贤特意安排的，朱由检一筷子也没动，甚至连看都没看一眼。

2

皇帝请侍从吃饭，吃的还是自己精心准备的那一桌。次日一大早，魏忠贤就收到了这个消息。

朱由检还是信王时，魏忠贤就和他有过接触。那时候朱由检见到魏忠贤，总是客客气气地一口一个厂公，丝毫不摆藩王的架子。

魏忠贤一直觉得朱由检是一个很够意思又比较上道的人，当了皇帝肯定也像他的老哥朱由校那样容易控制。

然而，第一次示好，魏忠贤就吃了闭门羹。

为了验证一下新皇帝究竟信不信任自己，魏忠贤采用了历朝历代最经典的试探手法——辞职。

第二天，一封请辞东厂总督太监、回乡养老的辞呈就被送进宫中。

当天下午，魏忠贤被召进宫，朱由检热情接见了他，家长里短地聊了起来。

聊了半天，朱由检就是不提辞呈一事，魏忠贤实在等不及，只好打了句岔："陛下，那封辞呈您看了吗？"

朱由检这才慢慢从座椅上站了起来，然后走到魏忠贤身边，颇为感慨地说道："你知道朕的皇兄在临终前对朕说过什么吗？他告诉朕，要想江山稳固，社稷振兴，必须绝对信任两个人，一个是张皇后，另外一个就是你呀！"

"陛下……"魏忠贤的客套话还没展开，朱由检就打断了他："不必再说了，江山社稷离不开你，朕也离不开你，你的辞呈朕不会批的。"

魏忠贤放心了。他开始相信，朱由检会成为他的新朋友，继续纵容他扰乱朝堂、祸国殃民。

可惜，他想多了。

跌宕起伏的局势变化，既让魏忠贤被迫做了回丈二和尚，又让这场策划已久的阉党绞杀战变得比小说剧情还要扑朔迷离。

魏忠贤辞呈被驳回后，"对食"①客氏也装模作样地提出了辞职。

这一次，朱由检居然批准了！而且理由相当充分："客氏是先皇的奶妈，又不是朕的奶妈，先皇都升天了，奶妈自然也用不着了。再说这是她主动提出的，朕也没办法呀！"

朱由检这么一整，魏忠贤有点郁闷了。为了继续试探，他授意好友兼心腹司礼监掌印太监王体乾提出辞职。

朱由检批复道："先皇重臣，不能随便撂挑子。"

魏忠贤又有点放心了。

---

① 明朝规定：宫女和太监可以结为挂名夫妻，不能同居，但可以面对面吃饭，互慰寂寞，称为"对食"。

紧接着，朱由检对魏忠贤的善意开始如春风般温暖和煦。

都察院右副都御史杨所修上疏弹劾阉党骨干成员兵部尚书崔呈秀、工部尚书李养德、太仆寺少卿陈殷、延绥巡抚朱童蒙，罪名是"不孝"，也就是没有按照规定给父母守孝三年。

自从"东林党"那些铁骨铮铮的硬汉们被魏忠贤迫害致死后，很长时间都没人敢上疏骂阉党了。如今公然有人站出来搞事情，魏忠贤正好借此试探朱由检的态度。

朱由检的态度很难以捉摸，他打了个"八折"，留下了魏忠贤头号心腹崔呈秀，将另外三人辞退回家、反省过失。

然后，江西巡抚杨邦宪上疏要为魏忠贤修生祠。

朱由检不但批准，而且借此机会给阉党主要成员加以封赏，活着的提拔，死掉的追认，连魏忠贤的侄子魏良卿都得到了一块免死铁券。

一番操作下来，魏忠贤彻底放松了，也离死不远了。

半月之后，局势急转直下。

工部主事陆澄源跳过阉党成员，上疏直取魏忠贤。

这一次，朱由检勒令陆澄源收拾包袱滚蛋。

两天后，兵部主事钱元悫延续火力，顺带还捎上了朱由检，意思是魏忠贤之所以如此猖狂，全是朱由检纵容的结果。

这一次，无故受到冒犯的朱由检居然没理会。

次日，刑部员外郎史躬盛、国子监监生钱嘉徵上疏响应。特别是钱嘉徵的奏疏，写得相当有水准，逻辑清晰、用词准确、态度坚定，把魏忠贤骂了个狗血淋头。

魏忠贤没想到，这次朱由检会把他叫进宫里，当面解释多次受到弹劾的原因。

魏忠贤肯定不会承认自己的罪过，他只有趴在地上痛哭，用尽全力不停地哭，一边哭一边解释。

朱由检则在一旁兴致勃勃地陪魏忠贤演戏，等他哭干了眼泪，正转身准备离去的那一刻，朱由检的眼神突然如利剑般冰冷，大声喝道："等一等！"

魏忠贤被朱由检的喊声吓了一大跳，只好转过身来等待指示。

不知何时，朱由检手里多了封奏疏。魏忠贤知道肯定是弹劾自己的，他心虚地望着眉头紧锁的朱由检，不敢出言解释。

"魏公公，你想不想听听钱嘉徵是怎么骂你的？"朱由检掩住了自己所有情感的流露，随手将奏疏甩给身边侍奉的宦官。

"念！"

就这样，魏忠贤冷汗涔涔又惶恐不安地听完了这封奏疏的全部内容。

合上奏疏的那一刻，魏忠贤彻底绝望了，精神崩溃的他失魂落魄地叩拜而出。

现在，他已一无所有。

天启七年（1627年）十一月一日，魏忠贤被发配凤阳看坟。

五日后，行至河间府阜城县的魏忠贤，收到了锦衣卫奉命抓捕自己的消息。

当晚，万念俱灰的魏忠贤就在阜城县的一个客栈里上吊自尽，结束了罪恶至极的一生。

3

魏忠贤死后，阉党被一网打尽。此时，满朝文武才猛然发现，新皇帝在铲除阉党过程中表现出的敏锐、冷静、聪明，正可为被推进重症监护室的大明王朝补上一大口续命汤。

而一举铲除阉党集团的朱由检，也正踌躇满志地看着当前的局势，随后毅然决然以有限的精力投入到无限的救国事业中。

作为自明太祖朱元璋以来最勤政的皇帝，朱由检值得夸奖又让人心疼的事例数不胜数。

据史书记载，朱由检白天在文华殿接见群臣，晚上在武英殿批阅奏章，为处理公务彻夜不眠。某次，他去慈宁宫拜见刘太妃，聊着聊着就睡着了。

刘太妃命人拿来锦被给朱由检盖上，他只休息了大半个时辰就醒了过来。

太妃很心疼，劝皇帝注意身体，朱由检连连拱手对太妃说了这么一段话："皇爷爷在时，天下还太平无事，如今东北军情紧急，四方又连连遭灾。我没本事，两天两夜没睡就撑不住了。"

说罢，朱由检不免有些热泪盈眶，默默用衣袖擦了擦眼角，在场的人包括太妃都忍不住失声痛哭。

无一日不上朝，每天只睡几个小时，这就是朱由检的日常状态。

更感人的是，朱由检厉行节约，上任伊始便发出"文官不爱钱"的号召。当然，他可不是说说而已，在位十七年，宫中没有营建任何工程，朱由检减少后宫一切不必要的用度，他和皇后带头穿旧衣服，新年都不添置新衣，一件龙袍缝缝洗洗穿了好几年。

和爱修道的嘉靖、爱偷懒的万历、爱手工的天启相比，朱由检没有任何特殊嗜好，他不酗酒，也不好色、不爱财，只对治国理政乐此不疲。

偶有闲暇，朱由检就挤出时间博览群书、好学不倦，《资治通鉴》《贞观政要》《皇祖明训》等典籍几乎从不离手。

同时，朱由检还特意让人画历代明君贤臣图，写《正心诚意箴》，分别放置在文华殿、武英殿中，方便自己随时观摩。

设想一下，兢兢业业十几年，酒色财气样样不沾，从来没享受过随心所欲的生活，心甘情愿履行义务、承担责任，这种皇帝，白给都没人干。

朱由检却愿意干，认为天下事尚有可为的朱由检，每天都会在心里默默鼓励自己："只要胸怀一腔热血，只要群臣一心、将士用命，天下何愁不安定，国家何愁不振兴？！"

相较于勤政刻苦、不言放弃的朱由检，满朝文武的表现却极度令人失望。

这帮人日常只干两件事：一是争斗，二是敛财。

自崇祯元年（1628年）伊始，朱由检就逐渐发现，刚刚铲除的阉党显然不是最恐怖的敌人，真正无法击溃的敌人就在自己身边。

朱由检很奇怪：他是皇帝，大家都拥护他这个皇帝，自己说的话大家也都听从，可工作就是干不成，推进不下去！

每天上朝，这帮脑满肠肥的当朝重臣们都只干同一件事——相互攻击。

用官方术语，这叫党争。

党争并非始于崇祯时代，也不会在崇祯时代绝迹。真正让朱由检感到疑惑的是，曾经朝廷上存在东林党、楚党、浙党、阉党这几个大帮派，虽然也争斗不断，最起码还有人干活。

如今呢？阿猫阿狗都能自立帮派，而且这些帮派斗争的焦点，从不关乎朝廷政策，只关注某某派某某人最近干了什么出格的事，比如谁出行不遵守礼制，谁生活作风有问题……

铲除阉党后，朱由检打算重组内阁，亲自挑选了十几名备选人员，然后搞了个任前公示。

没承想，公示刚张贴出去，举报信就如雪花般飘进宫里。

"陛下，此人当年可是魏忠贤的心腹，我亲眼看到他下朝后对魏忠贤点头哈腰、卑躬屈膝，万万不能用啊！"

"陛下，此人的人品很恶劣，他娶了好几房妾室，却让爹妈住破房子，不孝之人怎么能重用呢？"

……

举报的内容大公无私，内心想法却很阴暗：凭什么有他没有我，他上台了我还混什么？

可以想象，面对这些挑不出毛病又不可理喻的举报信，朱由检有多头大。

但工作还是要开展，无可奈何的朱由检只好用了个老掉牙却又能让所有人闭嘴的方法——枚卜，俗称抓阄。

于是，崇祯朝首次组阁，九大阁员中除原本在位的三人外，其余六人都是抓阄抓出来的。

靠抓阄定阁员，是内阁制度形成以来从未用过又不可思议的荒唐办法，却也是当下唯一能够使用的方法。

公平能保证，水平就不一定了，况且那些没被选中的觊觎者也不会给机会让他们展示水平。

一年后，九大内阁成员中有八位被迫下台，下台原因无一例外都是被骂走的。

朱由检只好再次抓阄组阁，然后接着被骂走、赶走，或是受不了刺激自己走。这也正是崇祯时期内阁动荡、频繁换人的直接原因。

但凡群臣能多点责任心，分一些精力去关注关注朝政，朱由检也不至于那么劳累。

大明的文官集团已经烂到了骨子里，用再猛的药也治不好了。

至于贪污腐败，比党争更加触目惊心。

随便举个例子。崇祯三年（1630年），西北大旱，灾害过后，就是饥荒。

没有粮食，就用人肉充饥。

这绝不是危言耸听，据说此次灾荒期间，西北各地的小孩白天都不敢出门，如果家长没看住或是小孩心太大跑了出去，大概率永远都回不来了。

外面的世界，有无证经营的人肉市场，有明码标价的人肉价格，还有无数双饥饿的眼睛，可以把你吃得连渣都不剩。

西北的惨状，朱由检一开始了解得并不是很清楚，既然有灾，就要尽快赈灾。朱由检责成户部筹措了十万石粮食发往陕西、甘肃，他完全想不到，这批粮食从京城出发时，就被克扣了一半，到了行省省署，还剩两万，从省属到县城，还剩一万，真正能到百姓手中的，只有区区五千。

十万石粮食就这么分没了，案发后朱由检气得咬牙切齿："少贪一点朕还能忍，可这些贪官的吃相未免太难看了！"

既然粮食是从户部发出去的，那必然要追究户部的责任。

朱由检让户部尚书揭发，户部尚书可不傻，拉着几个侍郎、员外郎研究了半天，拉出来几个办事员顶缸，罪名是核算数目不严谨，以失职罪撤职了事，然后结案。

朱由检只好自己动手，找出几个主犯，该撤职撤职，该流放流放，然后也只能无奈宣布结案。因为他发现，想一层层查，根本就不现实。

首先，朱由检很忙，既忙于应付后金的皇太极、蠢蠢欲动的流民起义，还有一大堆公务要处理，没有太多的时间去关注一桩粮食贪污案。

其次，也是最关键的一点，如果从上到下、从中央到地方全部撤职处分，谁来干活？没人干活，本就运转不畅的政府只会陷入更加窘迫的境地。

从继位到明朝灭亡，朱由检始终难以解决党争和贪腐这两大难题，以至于在煤山自尽时，朱由检曾仰天高呼："诸臣误我！"

后世多数人以此认定，朱由检是在推卸责任给群臣。实际上，如果设身处地站在朱由检的立场，每天面对着一群正事不干，以整人为乐、以贪腐为动力的混账官员，朱由检更像是个踽踽独行者，没有帮手，只有对手；没有助力，只有阻力。

在这种境况下，换作是谁，也不见得能比朱由检做得更好。

4

朝廷上党争激烈，国库里空空如也，边境烽火连天，民间怨声载道，起义此起彼伏，而且似乎连老天爷都不打算让大明朝苟活下去了。

据《汉南续郡志》记载：

崇祯元年，全陕天赤如血。五年大饥，六年大水，七年秋蝗、大饥，八年九月西乡旱，略阳水涝，民舍全没。九年旱蝗，十年秋禾全无，十一年夏飞蝗蔽天，十三年大旱，十四年旱。

　　小冰河时期带来的气候异常，导致明朝末年天灾频发。

　　与后金鏖战需要军费，朱由检掏不出钱；

　　各地灾害不断需要赈灾，朱由检掏不出钱。

　　当然，他也很清楚一些直观或隐形的数据：

　　比如，他爷爷万历皇帝一座陵墓就花了七八百万两白银；

　　比如，他叔叔福王朱常洵在洛阳的"豪华别墅"市值近三十万两白银，名下还有良田四万顷，就是不愿出钱赈灾；

　　再比如，皇室、勋贵、官绅地主大肆兼并土地，部队中军将克扣士兵粮饷，明规则、潜规则，买官卖官、提成陋规，层层克扣、层层盘剥，真正受苦受难的只有社会最底层的百姓。

　　同样跟着受苦的还有朱由检，富有四海，也一无所有。

　　某次，在殿上议事时，朱由检的内衣袖子不经意间露了出来，袖口已是破破烂烂。

　　朱由检发现某位朝臣正盯着自己的衣袖看，感觉很尴尬，急忙把破烂的衣袖往里面掖。大臣很感动，就此事猛夸一番。

　　夸完以后，一切照旧。大臣们做不到，也不会去做。

　　无论朱由检个人如何节俭，他也不可能变出银子来，财政还是空空如也，还是只能拆东墙补西墙。

　　毕竟钱不在国库，不在民间，都在大明皇亲国戚和各级官员的囊中，他们不愿出，谁也掏不走。

　　上流社会不愿出钱，朱由检只好让最底层民众出。

　　崇祯三年（1630年），强征"辽饷银"，每亩加征银三厘；

　　崇祯十年（1637年），开征"剿饷银"，每年加派银三百三十余万两；

崇祯十二年（1639年），加征"练饷银"，每年征银七百三十余万两。

开源之外，朱由检还被迫施行了一项"损人不利己"的节流政策——裁撤官驿①。折腾了一年，裁减驿站二百余处，只减掉了八十万两额外支出，却导致上万民驿卒丢掉了工作。

被裁人员中，就包括日后大明的终极掘墓人。这个驿卒，名叫李自成。

当然，李自成并不是一开始就打算造反的，被迫下岗后，李自成回米脂老家待业。同年年末，由于还不起举人艾诏的欠债，李自成被人告到米脂县衙。

欠债还钱天经地义，问题是艾诏和米脂县令却想要李自成的命。

李自成不想死，反杀了艾诏，吃了人命官司。走投无路的他只好远走他乡，辗转参加了陕西农民起义军。

其实，明末农民起义并非爆发于崇祯时代，早在万历年间就曾爆发过小股农民起义。真正拉开农民大起义序幕的，是陕北澄县起义。那一年，是天启七年（1627年）三月，那时候，朱由检还没继位。

朱由检非始作俑者，是救火队员，这既是他的责任，也是他的悲哀。

崇祯元年（1628年），农民起义开始大规模爆发，黑杀神、一丈青、飞天虎、上天龙、轰塌天、大红狼、小红狼……一

---

① 官驿：古代各地接待来往官员的公办旅舍，为官员提供酒食和住宿。

时纷纷登场。

三年之内，"闯王"高迎祥、"八大王"张献忠、"闯将"李自成、"曹操"罗汝才等依次亮相，仅陕西就有义军一百多支。

天灾不息，苛政不除，走投无路的饥民就要揭竿而起，加入义军；军将贪污，欠饷不发，朝廷军卒就改旗易帜，加入义军。

十七年间，朝廷每年都在剿贼，却越剿越多，越剿越集中，越剿实力越强。与此同时，关外还有皇太极的满族铁骑，俨然已成心腹巨患。

攘外还是安内，这是个问题。是默然忍受起义军的毒箭，还是挺身反抗戎狄的袭扰，朱由检既犹豫，也无可奈何。

5

十七年艰苦抗战，捉襟见肘的朱由检既不能攘外，也无法安内。

现实情况中不止一次看到：本来剿贼剿得好好的，突然关外战事吃紧，屡战屡胜的剿贼主将曹文诏、洪承畴、左良玉就被紧急调往关外防御金人入侵，无奈痛失好局。

而且散布各地的起义军总是打一枪换一个地方，抢一处换一处再抢。起义军在前面跑，朝廷军在后面追，追着追着，起义军投降了，赢得短暂喘息后，起义军又叛变了！

辛辛苦苦十几年，曾经满怀一腔热血的朱由检什么都没有得到，什么都没有干成。

他只有一次次下罪己诏，无奈成为史上下罪己诏向老天爷和百姓认错最多的皇帝。

崇祯八年（1635年），大明龙兴之地凤阳被起义军攻占，朱元璋祖辈皇陵被焚毁，朱由检下罪己诏，以施政失策向天下百姓道歉。

崇祯十年（1637年），中原大旱，饿殍遍野，朱由检下罪己诏，向上苍祈雨，哀民生之多艰；

崇祯十五年（1642年），黄河决堤，几十万百姓无辜丧命；明清①和谈失败，清军攻入山东，俘虏百姓三十余万。朱由检下罪己诏，以个人失德向老天爷及百姓认罪。

崇祯十六年（1643年），京城瘟疫泛滥，边关告急，李自成建"大顺"政权，张献忠建"大西"政权，朱由检下罪己诏，号召天下臣民共赴国难，拯救摇摇欲坠的大明王朝。

崇祯十七年（1644年），正月初一，李自成在西安称帝，三月兵临北京城下，朱由检下罪己诏，号召各路人马带兵勤王。

可惜，罪己诏在饥寒交迫的天下百姓眼中，远没有这首不知作者的《闯王》歌更具鼓动性：

朝求升，暮求合，近来贫汉难存活。
早早开门拜闯王，管教大小都欢悦。
杀牛羊，备酒浆，开了城门迎闯王，闯王来了不纳粮。
吃他娘，着他娘，吃着不够有闯王。
不当差，不纳粮，大家快活过一场。

同样，罪己诏在达官显贵眼中，也没有保住性命、保住家

---

① 皇太极于崇德元年（公元1636年）在盛京称帝，建国号大清，此前均称为后金。

产，等待新政权建立后再继续享受更现实。

大明王朝立国二百七十六年，终将不可避免地走向灭亡。

崇祯十七年（1644年）三月十九日拂晓，北京城陷落，万念俱灰的朱由检在景山一棵歪脖子树上自缢身亡，终年三十三岁。

死前，朱由检在蓝色袍服上留下最后一封罪己诏，也是遗书：

朕自登基十七年，虽朕薄德匪躬，上干天怒，致逆贼直取京师，然皆诸臣误也。朕死，无面目见祖宗于地下，自去冠冕，以发覆面。任贼分裂朕尸，勿伤百姓一人。

朕的大明亡了！一切都结束了！

亲人、仇人，爱过的、恨过的，做得对的、做得错的，恩恩怨怨从此一笔勾销。

陪着朱由检一起殉国的，有周皇后、嫂嫂（朱由校之妻）张皇后、袁贵妃、幼女昭仁公主、心腹太监王承恩、大学士范景文、左都御史李邦华、大理寺卿凌义渠等共百余人。

死者长已矣，活着的人挥手告别了这个时代，迎接下一段全新旅程。

6

后世史学家们谈及明朝灭亡的罪人，有的认为"明之亡，亡于天启"；有的认为"明之亡，实亡于万历"；也有的认为"明之亡，始亡于嘉靖"。

对于亡国之君朱由检，大多数人都给予理解和同情。

比如掘墓人李自成评价：

君非甚暗，孤立而炀蔽恒多；臣尽行私，比党而公忠绝少。

清顺治帝评价：

朕念明崇祯帝孜孜求治，身殉社稷。若不急为阐扬，恐千载之下，意与失德亡国者同类并观。朕用是特制碑文一道，以昭悯恻。尔部即遵谕勒碑，立崇祯帝陵前，以垂不朽。

清代文史大家张岱更是给予高度赞扬：

古来亡国之君，有以酒亡者，以色亡者，以暴虐亡者，以奢侈亡者，以穷兵黩武亡者，嗟我先帝，焦心求治，旰食宵衣，恭俭辛勤，万几无旷，即古之中兴令主，无以过之。

作为历史上最勤勉的皇帝之一（甚至是第一），兢兢业业、事必躬亲的朱由检，二十多岁就累白了头发，眼角爬满了鱼尾纹，他不抛弃、不放弃，勤俭自律、勇敢拼搏的精神绝对应该赢得掌声和尊重，而非嘲笑和谩骂。

当然，我们不能以此认定朱由检十七年间毫无失误，也不能把明朝的覆灭完全归结于时运。在十七年执政生涯中，朱由检在与后金军、农民军周旋期间出现过多次失误，以至于机会尽失，再无翻盘的可能。

比如，朱由检过于好面子，屡次丧失良机。当年"八大王"张献忠被朝廷军打到头皮发麻、穷途末路，原本是一举荡平流寇的绝佳时机。没想到朱由检听说张献忠准备投降，居然降诏让朝廷军暂缓围剿，还特意告诫臣下："他既有诚意，朕怎能寒了他的心？"

结果，张献忠趁势逃出生天，后来东山再起。

崇祯十六年（1643年），李自成逼近京城，朝臣建议朱由检迁都南京。朱由检自然知道迁都可暂避起义军锋芒、保住东南一隅，却又怕迁都丢了面子，被世人骂他没有骨气，最终迁都未能成行。

比如，朱由检性格多疑、滥杀重臣，其中包括袁崇焕、刘策、孙元化、熊文灿等多位朝廷功勋。他们之中既有含冤被杀（袁崇焕），也有剿贼不利被杀。据保守估计，朱由检在位期间换了五十名内阁大学士（首辅两人被杀）、十四名兵部尚书（七人被杀）、滥杀督师（或总督、巡抚）十一人。

滥杀的恶劣影响既表现为丧失栋梁，也表现为大多数文武官员因此丢掉对朱由检的忠诚和支持，以至于朱由检号召百官出钱助剿时少有响应，李自成进京后却踊跃投诚。

再比如，朱由检不懂军事，却多次瞎指挥。其中最著名的一次发生在崇祯十三年（1640年）松锦之战，主将洪承畴力主防御，效果显著。可朱由检却以军饷消耗过大（也担心洪承畴拥兵自重）为由，强行要求洪承畴出城与后金决战——克期进兵，不进者死。

结果，明军惨败，辽东柱石洪承畴被俘，大明再也无力与后金周旋。

时运不济，难免命途多舛；尽心尽责，终究无力回天。

朱由检的悲剧告诉世人：勤政，纵然是治国的第一良方，但扭转不利局势，更需要有效的举措和策略。

猛药，也许能迅速缓解急症，却也容易带来极大的副作用。朱由检为根治急症所下的一服服猛药，就一次次不可避免地加重了药剂的副作用。

作为藩王入主大内的典型人物，朱由检从小教育和关爱的缺失，难免导致他为政有些先天不足。朱由检斗倒魏忠贤以及终其一生为国家所做的努力，证明他有抱负、有决心，可惜年轻又缺少经验的朱由检没有重整河山的时运、也没有有效治疗急症的方法。

我们不能单纯以勤政、节俭将朱由检称为千古贤能之君，也不能以其失误将其误解为亡国昏庸之主。朱由检是个复杂的人，复杂就复杂在也许他本不具备力挽狂澜者所应具备的性格和能力，却始终为了这个看似渺茫的目标顽强奋斗了一生。如果朱由检像他哥哥那样昏庸，活该他亡国，可他为振兴国家做出的努力以及个人不屈不挠、永不放弃的品质，收获更多的是同情。

我们只能说，他已经做了他所能做的一切。无论功过是非、祸福荣辱，亡国之君朱由检，终究是一个人扛下了所有。既可悲，也可敬；既悲凉，也热血！

清世宗胤禛

纵有疾风起，
人生不言弃

1

雍正十三年（1735年）八月二十日，天气仍有些微微热，一向讨厌炎热的胤禛与往常一样移驾圆明园，在清凉的园中批阅奏折、召见朝臣。

谁也不会料到，御极十三年以来，精力仿佛永远不会用尽，健康状况从未亮过红灯的雍正，居然在三日之内，变成了一具硬邦邦的尸体。

由于一切来得过于突然，就连十三年来朝夕奉驾的大学士张廷玉都不免"惊骇欲绝，一昼夜水浆不入口"，而另一位朝廷重臣鄂尔泰更是仓促之间只搞到一匹骡马，捧着传位遗诏从圆明园奔入紫禁城，大腿被骡马硌得鲜血直流。

雍正毫无征兆突然暴毙，死因不详，就连《清史稿》也对此讳莫如深：

丁亥，上不豫。戊子，上大渐，宣旨传位皇四子宝亲王弘历。己丑，上崩，年五十八。

相较而言，清廷《雍正朝起居注册》的记载稍微详细了一些：

雍正十三年八月二十一日，上不豫，仍办事如常。二十二日，上不豫，子宝亲王、和亲王朝夕侍侧。戌时，上疾大渐，召诸王、内大臣及大学士至寝宫，授受遗诏。二十三日子时，龙驭上宾。

也就是说，雍正二十一日发病，还能正常办公，二十二日病情突然恶化，当晚，弥留之际的雍正召集王公大臣安排后事，二十三日龙驭归天。

由此可见，无论《清史稿》还是《起居注》，都只草草记载了雍正驾崩的事实，至于雍正究竟得了什么病，官方并没有给出任何合理解释。

雍正之死，就成了千古之谜。

官方不解释，民间自然无法探知实情，渐渐地，各类小道消息甚嚣尘上，一时间闹得满城风雨。

其中，最具感官刺激、最能满足世人猎奇心理和重口味的传说，就是"吕四娘夜斩雍正头"。

相传，侠女吕四娘是清初民间反清学者吕留良的孙女，在吕氏一族因文字狱被满门抄斩之际侥幸逃出，成为吕家唯一的幸存者。

为了给家人报仇，吕四娘隐姓埋名，拜大侠甘凤池为师，学成之后便于雍正十三年趁夜潜入宫中，用剑斩下雍正的首级，带着首级逃出禁宫，从此销声匿迹。

传说还有另一种版本，吕四娘是个超级美女，侥幸逃过一劫的她靠美色顺利混入后宫，在一次侍寝时趁机用匕首刺杀了仇人。

民间不但把吕四娘的传说描绘得有声有色，而且还特意给传说再添上浓墨重彩的一笔：朝廷为了掩盖雍正头颅被斩的真相，用黄金给雍正的遗体镶了一个假头！

侠女吕四娘刺杀雍正的传说，自清以来一直深入人心，还成为当代武侠电影的一个特色题材，一直很有市场。

可惜，传说永远是经不起事实推敲的。

先来分析一下吕留良有没有吕四娘这个孙女。

雍正在处理吕氏一案后，为了防止有漏网之鱼，他密令宠臣李卫严查此事。

经过李卫仔细调查，给领导提供了一张详细的人员说明单：吕留良之子二人，孙二十人，曾孙十九人，妻、妾二十四人（出家二人），尚未婚配之女五人，总共七十二人，均已发配黑龙江，人员核实清楚，不可能有人漏网。

而且，传说中吕四娘的师父甘凤池，也在另一起反清案中被捕处斩，不可能在后期传授吕四娘武艺。

退一步说，就算真有吕四娘，就算吕四娘拥有李白诗中"十步杀一人，千里不留行"的过硬本领，刺杀皇帝也是一项不可能完成的任务。

自雍正四年（1726年）起，雍正几乎三分之二的时间都待在圆明园，这不仅仅源于雍正怕热，喜欢在园中避暑，还有出于避开朝中反对势力（皇八子一党）的考虑。

基于此，雍正将圆明园的卫戍力量布置得相当强劲，园中警卫一度多达六千人，园的东南西北四角共设置一百多个岗哨，园外有绿营兵马二十四小时无间断巡逻，雍正身边还有一大批武艺高强的贴身侍卫，仅凭吕四娘一人之力，想要冲破一道道布防杀到雍正面前，简直比登天还难。

因此，吕四娘刺杀雍正的传说是假，应该可以证实。

2

问题恰恰在于，按照常规思路，如果一个皇帝贤明有道，深受臣民爱戴，当他为江山社稷耗尽心力龙驭归天之时，大家悲痛缅怀都来不及，哪里会编出这种侠女复仇还砍人头颅的传说来恶心当事人呢？

当然，除了吕四娘的传说，在当代各种影视作品中，对雍正都不怎么友好。

比如《甄嬛传》说雍正纵欲过度，还被枕边人下毒，最终又被甄嬛气死；还有一些港台的武侠电影中说雍正火烧少林寺，残杀少林弟子，结果被一票人闯进皇宫刺杀而死；又或是说雍正发明了一种独门暗器——血滴子，结果被仇家用血滴子斩去头颅。

仿佛一千种影视剧，雍正就有一千种死法。如此看来，雍正在世人眼中非但不能用明君形容，反而是个坏到不能再坏的暴君。

正因如此，民间对雍正的评价十分恶劣，将其视为一个谋父、弑兄、屠弟，贪财好色的人，死了也是活该。

换言之，倘若雍正自身并无上述斑斑劣迹，那么肯定是有人对其怀有深深的恶意，不遗余力污蔑、栽赃，欲搞臭而后快。

然后经过时间的沉淀，这种种恶意和诬陷就逐渐演化为浓得化不开、也解释不清的误解和谜团，给后世留下了很多发挥、演绎的空间。

围绕在雍正身边的诸多谜团中，"雍正夺嫡"的剧情无疑是最精彩、最被人熟知，也是除雍正死因之外最大的疑点。

与"太后下嫁（孝庄下嫁多尔衮）""顺治出家""乾隆身世"并称为"清初四大疑案"的"雍正夺嫡"，也有另一种叫法——九子夺嫡。

九子，也就是康熙的九个皇子，分别为大阿哥胤禔、二阿哥胤礽（废太子）、三阿哥胤祉、四阿哥胤禛、八阿哥胤禩、九阿哥胤禟、十阿哥胤䄉、十三阿哥胤祥、十四阿哥胤禵。

原本，包括胤禛在内的全体皇子都没有资格竞争皇位，若不是太子胤礽品行不良，先后两次被废，也不会有九子夺嫡的剧情。

皇太子不给力，剩下的皇子又都不是省油的灯，晚年的康熙为稳定朝局，缓和诸子矛盾，当众宣布不立太子。

对于康熙的一片苦心，诸皇子也只是面上随便装装样子，私下里仍是各自为营，暗中发展个人势力。

当时公认有资格继位的主要有三人：四阿哥胤禛、八阿哥胤禩、十四阿哥胤禵。

起初，八阿哥胤禩一度是最有力的竞争者，他不但得到九阿哥胤禟、十阿哥胤䄉、十四阿哥胤禵的拥护，而且在朝中也有众多支持者。太子第一次被废公推新太子人选时，胤禩最得朝臣支持，得票数远高于其他皇子。

知子莫如父。虽然胤禩才能出众，待人礼敬有加，康熙却实在讨厌他结交朝臣、靠仁义收买人心的本性，尽管胤禩得票最高，康熙也不置可否，权当作废。

至于十四阿哥胤禵，原本只是诸多皇子中比较平常的一个，而且还与胤禩私交甚密，本不具有争位的资格。

只不过康熙五十七年（1718年），胤禵突然被授予抚远大将军职，率军西征准噶尔。

由于大清王朝建国至今，从来没有任命皇子为大将军的先例，康熙的举动，不可避免地引发了种种猜测。

后世多数人认为，康熙命胤禵为抚远大将军，目的正是让他建军功、树威信，以便日后顺理成章接班上位。

按照这种思路，胤禛登基，才被称为"夺嫡"，也就是靠阴谋诡计夺走了本该属于胤禵的皇位。

实际上，世人只看到了胤禵人前的风光无限，却忽视了胤禛多年来积攒的好口碑。

胤禛与诸皇子最大的不同在于，他才能一流、本领出彩，却自始至终保持着内敛的作风，极善韬光养晦、不动声色，从未当众显露过争位之心。

这并不是重点，重点是胤禛不但对康熙忠诚孝顺，对兄弟也绝无偏私。父皇交代的工作，他总是兢兢业业、如履薄冰；胤礽第一次被废、诸皇子落井下石之际，他能够站出来善意维护。

这一切，都在康熙心中留下了极好的印象。

胤禵出征在外，胤禛也在一步步被康熙委以重任。

康熙六十年（1721年）正月，胤禛奉命前往奉天祭永陵（爱新觉罗先祖）、福陵（努尔哈赤）、昭陵（皇太极）；

康熙六十一年（1722年）十一月，胤禛又代替康熙在冬至日前往天坛代行祭天大礼。

祭祖、祭天乃国家头等大事，皇帝不去，一般都是由储君代行，而且胤禛代行其事，又是在康熙身体欠佳之际，其中隐含的政治分量不言而喻。

据此推断，康熙让胤禵出任大将军，并非有意立胤禵为皇储，而是由于胤禵与胤禩走得太近，此举只为调虎离山，既削弱胤禩在京的有生力量，又瓦解胤禩与胤禵的联盟关系。

事实证明，胤禵在西北连连大捷，争位之心逐渐显露，再不对胤禩唯命是从，而胤禩失去了胤禵在军中的支持，顿时实力大减。

3

尽管康熙的种种举动都意在为胤禛继位铺平道路，然而从胤礽第二次被废直到康熙驾崩前，他都没有当众透露任何口风表明到底立谁为嗣，这就不可避免地给胤禛登基造成了诸多舆论压力。

康熙六十一年（1722年）十一月十三日，康熙在畅春园病重，短短一天里，胤禛被康熙召见了三次。

当晚酉时，康熙在弥留之际匆忙召集在京的诸皇子，包括皇三子胤祉、皇七子胤祐、皇八子胤禩、皇九子胤禟、皇十子胤䄉、皇十二子胤祹、皇十三子胤祥，由步军统领、九门提督隆科多当众宣布遗诏："皇四子人品贵重，深肖朕躬，必能克成大统，著继朕即皇帝位。"

戌时时分，康熙驾崩。

次日，在朝堂当众宣读康熙遗诏，雍亲王胤禛继位。

十六日，颁布康熙遗诏，向天下昭告胤禛登基。

整个传位过程虽然显得格外仓促，却正是康熙想要达到的效果，仓促之间一言而定大计，完全不给胤禩一党反抗的机会，胤禩确实也没有任何翻盘的可能性，只能俯首接受胤禛继位的事实。

但事情总有两面性，胤禩夺位失败，对胤禛登基颇为不满。

不满，就要搞事情，毕竟传位过程有很多疑点可以做文章。

毕竟胤禛一天之内三次接受康熙召见，谁也不知道父子俩谈论了什么，谁也不知道胤禛在此期间做了什么。

很快，谣言四起，其中最令人耳熟能详的，就是胤禛用卑劣手段夺取了原本属于十四阿哥胤禵的皇位。

也就是说，在接受康熙召见时，胤禛得知父皇最终选择了胤禵继位，不甘心失败的胤禛秘密勾结隆科多，在康熙病床前篡改了遗诏，把诏书中传位十四子的"十"改为"于"，诏书就由"传位十四子"变为"传位于四子"。

这个谣言不仅在当时被传得神乎其神，就是放到现在，仍然被一些小说影视剧沿用，以艺术的表现手法和故事情节的跌宕起伏获得了不少人的关注。

实际上，这种说法完全经不起推敲。

首先，康熙的遗诏内容为"皇四子人品贵重，深肖朕躬，必能克成大统，著继朕即皇帝位"，根本就没有传位几子的写法。

退一步说，就算遗诏中有这种写法，别忘了遗诏会有满、汉两种文字书写同一内容，胤禛可以以一笔之差篡改汉文诏书，在满文中可没法把"十"改为"于"。

其实，雍正登基，绝对是康熙钦定的，不会存在篡改诏书

338

的疑点。

问题在于，即便众皇子、众大臣彼此心知肚明，可百姓们看不到遗诏的内容，不知道传位的来龙去脉，争位失败的八爷一党有意散布谣言，民间自然乐于接受这种适合作为茶余饭后谈资的说法。

可气的是，继位后的胤禛确实没什么杜绝谣言的好办法，如果采取武力抓捕散布流言者，或是禁止民间随意谈论，恰恰会给人留下得位不正的口实。

因此，在昭告天下继位为君后，胤禛为自己选定的年号为"雍正"。

雍正，即雍亲王得位之正。

如果谣言到此便能戛然而止，那么雍正在后世人眼中也会多些宽容和理解。

只可惜，继位后的雍正不可避免地出于维护皇权的需要，对自己的兄弟们严厉打击。

三阿哥胤祉博学多才，对夺位兴致不高，雍正继位不久，就被贬去为康熙守陵，八年后夺爵、囚禁，卒于雍正十年（1732年）。

八阿哥胤禩作为党派首脑，也是皇权的最大威胁者，先是被授任总理王大臣、晋封廉亲王，雍正四年（1726年），以结党妄行罪褫夺王爵，圈禁，并削宗籍，更名为"阿其那"，当年便暴毙于禁所。

九阿哥胤禟作为八爷党的绝对主力，直接被雍正派到西宁，雍正三年（1725年）夺爵，幽禁。四年，削宗籍，更名为"塞思黑"，也是死于雍正四年（一说被毒死）。

十阿哥胤䄉依附胤禩，罪责较轻，雍正元年（1723年）被夺爵、圈禁，乾隆二年（1737年）被释放。

十四阿哥胤禵不但是夺嫡的强劲对手，而且还是胤禛的同母胞弟，雍正继位后同样被圈禁，乾隆二年被释放。

在雍正的诸多兄弟中，除了早年被过继出去的皇十六子胤禄，以及始终支持自己的皇十三子胤祥、皇十七子胤礼之外，无一例外都受到了雍正或轻或重的惩罚。

不过，要是以此抨击雍正丧心病狂、残害兄弟，其实也是一种过度的误解。

第一，圈禁并没有想象中那么严重，作为清朝惩罚皇子的一种措施，圈禁的方式并不固定，大都是关进宗人府或是软禁在各自府邸，不得外出。像胤䄉、胤禵很可能只是被关了禁闭，并无生存威胁。

第二，对于胤禩和胤禟的量刑，这二人也确实心怀叵测，一直寻找机会败坏雍正的名声，彻底铲除威胁而且是灭掉自己的亲兄弟，虽然道德层面比较残忍，但政治层面并非不能接受。

毕竟历史上杀兄弟的皇帝并不少见，作为一国之君，显然不能容忍任何有机会威胁皇权的因素存在。

在这一点上，雍正只是严厉打击，而绝非随意妄杀，可以批判，但不能误解。

4

从某种程度上看，雍正与唐太宗李世民的境遇颇为相似。

两人同样在继位过程中有过波折，同样也在继位后发奋图强，拼着命想要证明自己登基的正确性和合理性。

实话实说，雍正显然比历史上诸多有为之君更加勤奋，在其主政的十三年间，他就像一台永不停歇的工作机器，常年保持着高负荷飞速运转。史书称其"办事自朝至夜，刻无停息。天下政务，无分巨细，务期综理详明"，用工作狂来形容恰如其分。

数据是最真实的体现。正常人每天要睡七至八小时，雍正每天的睡眠时间往往不足四个小时。据不完全统计，雍正在十三年间处理的奏折数量近二十万件，批语一千多万字，而且雍正每天还要频繁接见大臣、讨论政务，甚至在吃饭时都要边吃边看奏折，或是听取朝臣汇报工作，时刻不敢贪图安逸。

每一年，他只有在自己生日当天才会特意给自己放一天假，稍微休息休息。

这样的皇帝生涯，雍正并不是坚持一年两年，而是十三年如一日，天天坚持，天天硬撑，这份毅力和恒心，历史上绝大部分皇帝都不能做到。

在《清实录》和《雍正朝起居注册》中，关于雍正勤政的事例数不胜数。

比如雍正六年（1728年），在连夜处理秋审勾决死刑犯的批示上，雍正写了这么一段话：

朕每日办理政务，日朝至暮，精神倍出，身体从不困乏，倘稍闲片刻，便觉体中不舒畅。朕之勤于政事，实出于衷心之自然，非勉强为之也。

按照雍正自己的说法，他属于典型的高成就需求型人格，每天从早到晚处理政务，精神倍儿棒，从来不觉得疲乏，休息时反而生理心理都不舒畅。

如果不是真的热爱，不是真正拥有强烈的责任感和事业心，谁也不可能坚持下来。

由于长期熬夜加班，身心疲惫，写字也有些歪歪扭扭，对此，他还特意告诫臣下："因灯烛之下字画潦草，恐卿虑及朕之精神不到，故有前谕，非欲示朕之精勤也。"

雍正不光勤勉，而且处理政务格外仔细认真，容不得丝毫疏忽大意。某次，礼部侍郎蒋廷锡呈递的奏折中将"重道"二字写错，虽说不影响奏折的中心思想，雍正还是用朱批给蒋廷锡标注出来，事后还特地召见，谆谆告诫道："你不要觉得写几个错别字无甚紧要，如果朕不给你指出问题，日后势必影响你的发展。"

我们不止一次能在《雍正朝起居注册》中看到，雍正每日每月的工作量十分繁重。很多时候，雍正一边要批阅从全国各地发来的奏折，一边还要针对各种问题与朝臣磋商。此外，还有诸多重要事务之外的小事，一样需要雍正腾出时间处理。

领导过于拼命，做臣子的也难免心中不忍。某次，两江总督查弼纳特意上奏：

伏乞皇上茶饭按时，爱养圣躬，以理政务，窃闻皇上日理万机，甚至夕阳西下，龙体尤为劳顿，臣优（忧）难忍，不揣冒昧奏请。

陛下您一定要听臣一句，按时吃饭，爱护龙体，臣实在不忍心看您为国事没日没夜地操劳，毕竟身体才是革命的本钱呀！

结果，雍正是这么回复的："大概外省递来的奏折，十有八九都是晚上批阅，你的奏折也是如此。朕打小就发现自己晚上精神特别好，所以晚上加班一点也不勉强，勿忧勿忧！"

雍正很拼命，自然也见不得臣工偷懒，有时候交付给大臣的所办事务得不到及时处理，雍正就会叫来负责人一通批评："朕整天坐在勤政殿里，苦等你们的奏折，为何你们对此无动于衷？事情能办不能办，总得给个回复，如果不能办就说明理由，朕看你们是偷懒不想办！如果是这样，干脆把活都交给朕，朕来替你们办！"

当然，口头批评之外，雍正还运用了一种比较现代的处罚方式：坐班。

这些办事不给力的朝臣全被雍正派到圆明园值班，雍正规定：天不亮必须到园门前，日落后才准下班。

正是凭借这种"朝乾夕惕、事无巨细"的拼搏精神，短短十三年间，国家财政收入狂长了数倍，不但极大扭转了康熙晚年财政枯竭的窘境，还为后世乾隆一朝的文治武功打下了坚实的基础。

5

雍正的勤政程度是有目共睹的，甚至是证据确凿的，很难想象像雍正这种全心全意为江山社稷拼死拼活的典型人物，居然会在后世留下如此恶劣的名声。

比如雍正整日操劳国事，平常深居简出，从来没有大规模搞过南巡。

这一点，雍正和康熙、乾隆完全不同。康熙有事没事就爱到外面逛一逛，光是明朝的旧都南京就去了好几回。乾隆一生更是六下江南，花费甚多。

雍正却没空搞巡行，他每天面对的不是奏折，就是臣工。

然而，针对雍正常年深居简出，坊间却流传着这么一种说法：雍正常年深居后宫，沉迷酒色，由此染上重疾，致使身体偏瘫，腰部以下身体不能活动。

这明显就是造谣生事、无中生有了！

某次，陕西固原提督路振扬进宫面圣，耳闻目睹雍正的勤勉后，颇为感动地对他说："臣闻流言，谓皇上即位后常好饮酒。今臣朝暮入对，唯见皇上办事不辍，毫无酒气。"

谣言不攻自破。

十三年间，诸如此类的恶意造谣层出不穷，原因何在？

一切真相，都要从雍正在位期间推行的新政中去寻找。

众所周知，康熙晚年由于吏治宽松，腐败、怠政现象极为严重，以至于国库亏空，财政枯竭，西北打仗没有银子，治理黄河也没有银子，康熙盛世之下隐藏着巨大的威胁。

基于国家之弊，雍正登基后随即进行了大刀阔斧的改革。

一、清查亏空

雍正即位不到一个月，便着手整治亏空。他颁布严诏，向各级官员发出警告，不准克扣百姓，限期将多年来所欠亏空尽数补齐。

为此，雍正特意成立专门审查钱粮奏销的机构——会考府，对各地财务问题进行详细审计。同时加大对亏空钱粮官员的惩处力度，雍正二年（1724年）八月，朝廷明文下发各省：

那（挪）移一万两以上至二万两者，发边卫充军；二万两以上者，虽属那（挪）移，亦照侵盗钱粮例拟斩。

对贪污腐败造成财政亏空而又限期不能补齐的官员，即革职抄家，甚至开刀问斩。

雍正还在国库之外专门设置了封桩库，追缴的赃款全部储存其中。十三年间，封桩库共计收入三千余万两，基本解决了康熙朝遗留的亏空问题。

二、全国推行摊丁入亩

"摊丁入亩"又称"地丁合一"，意即把固定下来的丁税均摊至田赋中，征收统一的地丁银。这一制度的全面推行，标志着中国古代两千多年的人丁税（人头税）被废除。

摊丁入亩放松了对户籍的控制，减轻了无地、少地者的经济负担，增加了大量自由流动的劳动力，对商品经济的活跃起到了积极的推动作用。

三、火耗①归公

自明至清，火耗问题一直是官员贪腐的重要渠道。地方官向百姓征收赋税时，常以碎银损耗为由，多征银两。

毕竟明清两朝官员的俸禄极低，七品县令年俸不足五十两，为了维持日常开支，朝廷一般默许州官通过火耗加征部分钱税。

但由于各地情况不同，附加税又无定例可循，极易造成地方官员中饱私囊。基于此，雍正推行"火耗归公"，意即将火耗统一收归地方财政，然后一分为三：一部分用以弥补亏空，一部

① 火耗：碎银加火铸成银锭时的折耗，也称耗羡。

分分给州县官员加薪养廉，一部分留地方公用。

除以上三大改革以外，雍正还推行官绅一体当差、一体纳粮，以及整顿旗务。

所谓官绅一体当差、一体纳粮，即作为特权阶级的官绅，也要像普通百姓一样缴税，服兵役、徭役。当然，这并不是强行要求人人平等，官绅们若不想服役，可出银钱免役。

所谓整顿旗务，则是针对旗人不从事生产，无偿接受朝廷俸养的整顿，内容包括削弱旗主职权，打击不法旗人，号召旗人像汉人一样耕种劳动，自力更生。

这五项改革措施，中心思想只有一点：增加财政收入。

问题是，虽然改革对增加财政收入作用巨大，却也在推行中损害了很多人的切身利益。

比如清查亏空，导致许多官员焦头烂额、怨声载道；比如全国推行摊丁入亩，按田亩多少纳税，地多者多交，地少者少交，平民百姓很拥护，地主阶层却恨之入骨；比如火耗归公，原本官员自行征收的银钱被朝廷强砍一刀，直接降低了官员的灰色收入；再比如官绅一体当差、纳粮，整顿旗务，既得罪了全天下的官绅，也得罪了八旗子弟。

因此，尽管雍正呕心沥血，十余年间雷厉风行推行改革，国库日渐充裕，但雍正个人的声望也在持续走低。

也就是说，雍正在后世遭受非议的根源，就是在推行改革中得罪了很多人。这些利益受损者自然不会对雍正客气，再加上夺位失败的八爷一党煽风点火，雍正就被污蔑为得位不正、残杀兄弟、爱钱好色的昏暴之君。

6

立国近三百年的大清王朝，最令后人津津乐道的便是"康乾盛世"。

"康乾盛世"，却只字不提夹在康乾中间的雍正，其实是很没有道理的。

没有雍正苦撑十三年，致力于恢复国力、稳定局势，就不会有乾隆朝的巅峰盛世。

换言之，雍正先替康熙还了国库亏空的债，又为儿子乾隆日后的文治武功夯实了基础，更为国家长治久安不惜牺牲个人声望背了黑锅。

最后，还是要回到开篇提出的疑点，雍正到底是因何突然暴毙而亡的？

这个问题可以归结为三点：沉重的工作负担、积压的负面情绪，还有长期服食丹药。

雍正性格偏执，办事雷厉风行，手段酷辣，再加上多年操劳、备受质疑，改革又多有阻力，心理长期处在高度紧张状态，身体健康虽未亮过红灯，也是常年保持亚健康状态。

真正导致雍正暴毙的根源，很有可能是服食丹药中毒。

据《清内务府活计档》记载，雍正不止一次向畅春园运送炼制丹药的原材料。

雍正八年（1730年），内务府总管海望与太医院院使刘胜芳等，为雍正采办桑柴一千五百斤，白炭上百斤，红炉炭二百斤，矿银十两，黑炭一百斤，好煤二百斤……

此后五年间，平均每月都有大量黑煤、木炭、铁、铜、铅制器皿，以及硫黄、矿银、黑铅、红铜等矿物送往畅春园。甚至雍正十三年（1735年）八月初九，也就是雍正驾崩前半个月，仍有两百斤黑铅被送入圆明园。

不过，雍正炼丹，并不是为了得道修仙，而是为了争取多活几年。他拥有崇高的理想、出众的才能，以及拼搏进取的恒心和毅力。他的功绩，不应被世人遗忘；他的人生，更不该被抹黑。

雍正这辈子，得罪了很多人，也结了很多仇家。

得位，得罪了八爷一党；

改革，得罪了一大批既得利益者；

文字狱，得罪了许多汉人。

八爷一党骂雍正得位不正；利益受损的官僚、士绅、旗人骂雍正擅改祖制、荒谬贪财；汉人们骂雍正暴虐无道、妄杀成性……

其实，雍正身后留下的诸多骂名、误解和他本身并没有多大的关系，主要是由于他的仇人、敌人，或因皇位被夺，或因利益受损，在民间不断散布流言，诽谤中伤，进而在后世愈演愈烈，以致世人混淆是非，妄加批判。

雍正的诸多仇人，就像一阵阵疾风，能够将参天大树连根拔起，却吹不走爱新觉罗·胤禛振兴国家的初心和抱负，吹不走一代英主为后世之君打下的坚实根基。

就像雍正自己的诗作《雍正三年乙巳二月十有二日皇考服制告除违情从礼溯时增怆敬述纪哀》所述：

告裕今朝怆益滋，服除从吉礼从宜。

频看冉冉流光转，每虑悠悠报德亏。

348

承大业惟循凤训，念诒谋祗奉成规。

无如瞻恋终难及，莫罄缠绵结永思。

大业，需要有心人；宏图，需要追梦人！

其实，历史上所有被误解的皇帝，他们的人生都很精彩，都有值得认可或称道之处，也都因各种原因被世人或多或少地误解。

当我们抛弃偏见，放下刻板印象，擦亮双眼，用心感受，站在历史的大背景和个人成长经历的角度去看，你就能清楚地看到，那些被误解的皇帝都在以个人的努力、奋斗、拼搏、进取向世人昭示：纵有疾风起，人生不言弃！

参考文献

［1］司马迁.史记［M］.张大可，译.北京：商务印书馆，2016.

［2］班固.汉书［M］.北京：中华书局，2012.

［3］陈寿.三国志［M］.北京：中华书局，2012.

［4］习凿齿.汉晋春秋［M］.北京：人民出版社，2015.

［5］范晔.后汉书［M］.北京：中华书局，2012.

［6］房玄龄，等.晋书［M］.北京：中华书局，2015.

［7］姚思廉.梁书［M］.北京：中华书局，1973.

［8］李延寿.南史［M］.北京：中华书局，2016.

［9］魏徵.隋书［M］.北京：中华书局，1973.

［10］刘知己.史通［M］.白云，译.北京：中华书局，2019.

［11］刘昫.旧唐书［M］.北京：中华书局，1975.

［12］欧阳修，宋祁.新唐书［M］.北京：中华书局，1975.

［13］薛居正，等.旧五代史［M］.北京：中华书局，1976.

［14］欧阳修.新五代史［M］.北京：中华书局，2015.

［15］司马光.资治通鉴［M］.张大可，译.北京：商务印书馆，2019.

［16］李焘.续资治通鉴长编［M］.北京：中华书局，2004.

［17］脱脱.宋史［M］.北京：中华书局，1985.

［18］王夫之.读通鉴论［M］.北京：中华书局，2013.

［19］张廷玉.明史［M］.北京：中华书局，2015.

［20］夏燮.明通鉴［M］.北京：中华书局，2017.

［21］毕沅.续资治通鉴［M］.北京：中华书局，2016.

［22］赵翼.廿二史札记［M］.北京：中华书局，2016.

［23］吕思勉.秦汉史［M］.北京：商务印书馆，2010.

［24］吕思勉.两晋南北朝史［M］.上海：上海古籍出版社，2010.

［25］吕思勉.隋唐五代史［M］.上海：上海古籍出版社，2010.

［26］吴晗.吴晗论明史［M］.北京：北京理工大学出版社，2016.

［27］陈寅恪.陈寅恪魏晋南北朝史讲演录［M］.安徽：黄山出版社，1987.